LA MAISON TRAMBOLIN

Serge de La Roche

LA MAISON TRAMBOLIN

ROMAN

filipacchi

Illustration de couverture :
Kazimierz Dzyga

A mes garçons, aux jeunes qui entrent et entreront dans la carrière quand leurs aînés n'y seront plus, en souhaitant qu'ils sauront se libérer du poids héréditaire des « Maison Trambolin » et exorciser leurs démons et leurs fantômes.

Avant-Propos

Pour héros de « L'appât », j'avais choisi un personnage qui vit encore, Antoine, que j'ai bien connu et pour qui j'ai la plus grande considération. C'est un ancien de la guerre d'Indochine. Comme beaucoup d'autres en France, en Amérique, sans même parler d'Allemagne ni d'Italie dans une autre guerre, il avait été porté au pinacle quand, à l'âge de vingt-cinq, vingt-six ans, il avait été enrôlé pour combattre sous le drapeau de son pays et avait fait preuve de qualités mentales, viriles et physiques exceptionnelles. Comme beaucoup, après Diên Biên Phu et autres batailles perdues dans d'autres pays, il s'était retrouvé au ban de la société : « Malheur aux vaincus ! » — principe cher aux Gaulois, si j'en crois les historiens — alors qu'il possédait toujours les mêmes qualités qui auraient dû lui permettre normalement de faire une carrière enviée dans bien des domaines.

Il en va différemment pour « l'honnête » Gilbert Trambolin qui, sans avoir de vertus comparables, est l'un des personnages centraux de « La Maison Trambolin ».

J'ai eu la chance de ne jamais rencontrer dans ma vie quelqu'un lui ressemblant.

Et pourtant, j'ai un modèle, un monstre enfoui quelque part en moi, un monstre qui aurait pu aisément être moi si je n'avais été conditionné dès mon enfance à le combattre.

Dans ce livre je lui ouvre les portes de mon enfer avec l'espoir que, malgré l'égoïsme et l'inconscience autorisés par notre nouvelle société, personne d'autre ne se reconnaîtra en lui.

Première partie

Le monde est rempli de coquins...

Chapitre 1

A une trentaine de kilomètres de la ville, sur la rive gauche du fleuve, Nautailles allonge sa Grand-Rue. D'après certains, elle aurait pour origine un chemin de halage qui, dans des temps très anciens se serait écarté de près d'un kilomètre de la berge pour se réincarner en route départementale. Croira qui voudra...

Sa population en temps habituel est limitée à quelques dizaines de membres distingués des administrations et des professions libérales, à une cinquantaine de commerçants, à une vingtaine de tenanciers d'auberges, bouchons et autres débits de boissons et aux représentants des quelques rares familles, ruinées ou enrichies, mais ayant gardé leurs demeures familiales comme résidences secondaires.

Les jours de marché, en revanche, Nautailles est envahi par la foule d'exploitants agricoles considérés comme Nautaillais bien que leurs fermes dispersées dans la campagne environnante — quelquefois à cinq ou six kilomètres du clocher du XIXe siècle, bâti sur les ruines de l'antique église adorée sous la royauté, mais brûlée pendant la Révolution en même temps que la forteresse médiévale des comtes de Nautailles.

Cette famille historique avait apporté à la couronne un connétable, un amiral, des ministres et quelques favoris et favorites. Un Nautailles avait même eu le privilège d'avoir la tête tranchée à la hache sous Richelieu.

Les derniers descendants de ces géants étaient passés glorieusement à la guillotine en 1793. Il y a peu de chance qu'en notre temps il se trouve un amateur pour relever le nom et le titre.

Cependant, alors que la Grand-Rue est presque entièrement décorée d'enseignes commerciales surmontant des vitrines aguichantes et des constructions neuves, un long bâtiment à la façade sale et fissurée, décourage par son aspect rébarbatif tout visiteur. La Maison Trambolin borde entièrement la place de l'Eglise. La rue de l'Eglise, qui prolonge la place du même nom, court le long de l'ancien cimetière pour buter, à quelques centaines de mètres de là, dans le remblai d'un chemin de fer désaffecté qui marque la limite des crues du fleuve à ses plus fortes inondations.

La Maison Trambolin s'élève sur l'emplacement de l'ancien château fort, une sorte de tertre, considéré par certains scientifiques comme une remarquable anomalie géologique. D'après d'autres érudits cette butte serait un vestige d'une civilisation préhistorique disparue, tombeau d'un chef enterré avec son bateau, ses épouses et sa cavalerie. Au XVIIIe siècle, un poète local, orgueilleusement latiniste au surplus, avait rêvé que cette élévation du terrain recouvrait les ruines d'une cité antique gallo-romaine ou même celte. Il imaginait qu'il y aurait eu en ce point l'embouchure d'une rivière, avec un port où les nautes — les bateliers — reprenaient leur souffle avant de s'atteler à nouveau à leurs péniches ou radeaux pour remonter le fleuve. Il était cependant peu vraisemblable, avait rétorqué un géologue nautaillais, qu'une rivière eut traversé les marécages qui couvraient la région, et encore moins que le fleuve eut entièrement comblé le supposé port de ses sédiments. A plusieurs reprises on avait proposé d'effectuer des fouilles pour les départager. Toutes les générations de propriétaires du fonds y avaient mis leur veto.

Entre ce monticule et le fleuve, sur une prairie, jadis marécageuse, une municipalité géniale avait édifié un vaste caravaning. Elle l'avait équipé d'une plage artificielle de sable, entourée de tous les faux-semblants de bonheur dont pouvaient rêver les Hollando-Germano-Scandinaves roulant vers la mer ou les montagnes.

Des crèches, baptisées aires de jeux, à l'intention des parents désireux de se débarrasser de leur progéniture tout en gardant bonne conscience, y avaient été installées. Le principal charme de ce camping étaient les animateurs et animatrices choisis à cause de leur esthétique, plus que pour leurs compétences, afin de donner une apparence de réalité aux rêves d'enfance retrouvée des papas et des mamans.

Après le coucher des enfants, tout ce personnel se retrouvait avec les touristes jeunes, encore jeunes et toujours jeunes, dans l'ambiance enfumée d'un centre culturel et artistique, intitulé modestement discothèque, crée à l'intention d'âmes seules dans un esprit commercial bien inspiré.

Il était dix heures du soir quand une Peugeot 805, modèle blindé réservé aux personnalités du Moyen-Orient soucieuses de leur sécurité pendant leurs visites en Europe, se rangea en double file devant la porte d'entrée centrale de la Maison Trambolin : aucun autre emplacement n'était disponible, une soixantaine de véhicules ayant déjà envahi la place de l'Eglise et la Grand-Rue.

— Tu restes au volant, ordonna Monsieur Félix à P'tit Louis son chauffeur — un colosse, ancien champion de catch poids lourds qui avait quitté son siège avec une souplesse d'écureuil pour tenir la portière à son patron —, et tu m'attends !

— O.K. boss, acquiesça P'tit Louis.

D'un geste machinal, il sortit un Magnum 44 de la ceinture de son pantalon et le tendit à son patron.

— Rengaine-moi ça et vite ! Ici, je suis incognito, l'arrêta Monsieur Félix.

Puis il se dirigea vers la porte d'entrée et tenta de l'ouvrir. Elle résista. Il tambourina à coups redoublés. Au bout de deux ou trois minutes, un jeune garçon, quinze-seize ans, tout en longueur, cheveux ébouriffés, apparut sur le seuil en maintenant un battant entrouvert.

— Je suis désolé, Monsieur. Ici, c'est une propriété privée. J'attendais quelques amis, il en est venu le triple ! Il me serait matériellement impossible, avec la meilleure volonté du monde, de recevoir une personne de plus. Il n'y aurait même pas la place pour une aiguille.

— Dis-moi, petit crevard, qu'est-ce que t'as l'air d'insinuer ? Que je suis obèse ? Eh ben ! je vais te faire une confidence. Je pèse peut-être cent dix kilos, mais des gringalets comme toi, j'en moucherais vingt tous les matins.

— Monsieur, je ne comprends pas, je suis Alexandre Trambolin et je m'étonne que vous veniez chez moi pour m'insulter.

— Va chercher Arnaud de Marchefeuil. Dis-lui que l'obèse Monsieur Félix est là, comme convenu, et qu'il n'aime pas attendre.

Quelques instants après, un autre jeune homme, grand, brun, un peu trop beau, un peu trop bien habillé, sortit de la maison.

— Bonsoir, Monsieur, je suis désolé de ne pouvoir vous recevoir à l'intérieur pour le moment, mais c'est notre dernière soirée. Monsieur Trambolin, père de mon ami Alexandre, ne lui avait permis d'inviter qu'une trentaine de personnes au plus. Avec les amis des invités et les amis des amis, nous sommes plus de cent vingt. Depuis une heure, Alexandre passe son temps à renvoyer tous ceux qui se présentent. J'espère que vous ne nous en voudrez pas ?

— Ça va, ça va. Je ne suis pas venu gambiller, mais pour voir la maison à vendre.

— Avec votre permission, je vous fais passer par la cour.

Arnaud sortit une lampe électrique de sa poche et se dirigea côté église avec Monsieur Félix trottinant derrière lui.

La 805 les accompagna en marche arrière.

Arrivés à la place de l'église, Arnaud tourna à droite, vingt mètres plus loin, dans un chemin privé — l'impasse Trambolin. Bordé de chaque côté de hauts murs, il menait à une imposante porte cochère. Une large brèche, dans le mur défoncé de droite, s'ouvrait sur une cour encombrée de matériaux de construction. Arnaud expliqua rapidement :

— La maison appartenait en copropriété au père d'Alexandre et à l'une de ses cousines. A la mort de celle-ci, il y a quelques années, ses héritiers proposèrent à Monsieur Trambolin de la lui racheter. Celui-ci refusa, certain que personne dans le pays n'oserait se porter acquéreur de « sa maison ». En réalité, il y eut bel et bien vente et c'est un benêt venu de la capitale qui en devint le légitime propriétaire avec l'espoir d'en faire un hôtel-bar-restaurant. Il n'y mit jamais les pieds. Sur l'intervention de Monsieur Trambolin, le maire lui refusa la licence n° 4, prétendant qu'il n'offrait pas les garanties morales et financières suffisantes. Le gars qui avait pourtant déjà commencé les travaux, fut alors lâché par sa banque et fit faillite. C'est ainsi que la partie sud, déjà à moitié démolie, est mise en vente par les créanciers du bonhomme. Mais, d'après ce que j'ai compris, le maire serait aujourd'hui, tout à fait d'accord pour donner un avis favorable à n'importe quel acheteur. Ce chantier abandonné en plein centre de la ville est considéré comme une offense pour Nautailles.

— Ça va, ça va. J'ai compris. Les licences ça me connaît. Alors, on visite ?

— Ce soir ? Là, tout de suite ?

— Bien sûr. Je suis venu pour ça. D'ailleurs, ne t'inquiète pas pour moi, je suis comme les chats, je vois mieux dans le noir. C'est même pour ça que je ne sors que la nuit.

A la lumière de la torche électrique, les deux hommes traversèrent la cour.

— C'est pas très grand, mais suffisant pour un parking de dix ou douze voitures. Il ne m'en faut pas plus. Ici, au rez-de-chaussée : cuisines, dépendances et grande salle. Très bien. Et là-haut, qu'est ce qu'l y a ?

— Huit chambres à l'étage... avec beaucoup d'espaces perdus et, au-dessus, le grenier.

— Est-ce qu'on pourrait y installer quatre ou cinq chambres pour des nanas ?

— Dix, douze..., affirma Arnaud.

— On peut visiter ? s'enquit Monsieur Félix.

— Oui, bien sûr, mais il faudra passer par chez Alexandre. Pour le moment Monsieur Trambolin a gardé la jouissance des greniers.

— Quoi ?... Il a un bail ?

— Pensez-vous, il occupe sans titre. Une procédure est d'ailleurs en cours.

— D'ici que j'achète toute la baraque, il n'y a pas loin. Allez, hop, en avant !

Sortis du chantier abandonné, Arnaud et Monsieur Félix se retrouvèrent devant la porte cochère fermée du jardin de la Maison Trambolin. Arnaud extirpa un passe-partout de sa poche et crocheta la serrure qui se laissa faire en philosophe, habituée à tous les mauvais traitements.

Après le jardin, ils traversèrent une cour puis, passant sous une vaste véranda, ils arrivèrent à une porte également close qu'Arnaud crocheta tout aussi naturellement pour se retrouver dans le hall d'entrée reliant la rue à la cour.

S'insérant dans l'amalgame mouvant des « invités » d'Alexandre et des « amis de leurs amis » qui s'y pressaient, ils gravirent un large escalier en pierres taillées jusqu'au premier étage, puis un second plus étroit, en planches brutes. Ils se retrouvèrent alors sur un étroit palier à peine éclairé par un vasistas. Arnaud poussa d'un geste théâtral les deux grands vantaux sculptés, récupérés comme l'escalier dans quelques ruines abandonnées et tourna l'interrupteur.

— Sacré nom de Dieu de Bon Dieu, c'est pas dix chambres, mais dix salles de bal qu'on pourrait faire là-dedans ! s'exclama Monsieur Félix.

Puis, regardant plus attentivement les amoncellements d'œuvres d'art et de mobiliers de différentes époques entassés les uns sur les autres, il continua :

— Mais c'est une vraie caverne d'Ali Baba ! Il y a dans ce bric-à-brac trois ou quatre trucs qui seraient beaucoup mieux à leur place chez moi qu'ici. Je compte sur toi pour m'arranger ça.

— Ça sera très difficile, Monsieur, dit Arnaud. Depuis que les Trambolin ont eu des malheurs, ils ont vendu d'un cœur léger des terres, des fermes, des forêts, mais tous les antiquaires qui ont voulu leur acheter ce qu'ils appellent leurs « souvenirs de famille » sont repartis bredouilles.

— N'en parlons plus, on verra ça plus tard. En attendant, sors-moi donc cet espèce de machin là par terre à gauche du grand fauteuil, pour que je le vois d'un peu plus près.

Il montra du doigt une sorte de panoplie sur le velours bleu jauni de laquelle étaient fixés un « katana » et un « wakizachi ». Tout ce qu'il fallait pour transformer un quidam quelconque en samouraï.

Arnaud se baissa, ramassa le panneau et le présenta à Monsieur Félix. Celui-ci tira de sa gaine le sabre le plus court par sa longue poignée en ivoire noirci.

— Ça c'était de l'acier, pas du fer blanc, ajouta-t-il en passant son index gauche sur la lame ternie. Ça coupe comme un rasoir. Allez hop, emballe-moi ça vite fait. Je me l'emporte !

— Pas aujourd'hui, Monsieur, dit Arnaud en posant la panoplie par terre. Il y a trop de monde en bas. Il nous sera impossible de passer sans être vus.

— Tu as peut-être raison. De toute façon, je ne regrette pas mon dérangement. Je donnerai des ordres à mon homme d'affaires pour que dès demain il se mette en rapport avec le notaire des Trambolin. Maintenant je file.

Redescendant les deux étages, ils se retrouvèrent dans le hall. Chanté par une voix grave, rauque, d'une irrésistible sensualité, un air tzigane, accompagné par deux guitares, les arrêta devant une porte entrouverte.

— Qu'est-ce qu'il y a en bas ? interrogea Monsieur Félix.

— C'est le domaine de mon élève, Alexandre, lui répondit Arnaud. Cette maison est probablement la seule dans le pays à pouvoir s'enorgueillir de posséder un sous-sol. Partout ailleurs l'eau affleure le niveau du rez-de-chaussée.

— Et qui c'est cette nana qui chante ? Avec une voix comme ça, elle ferait bander un mort.

— C'est une histoire tout à fait banale. Il y a deux ou trois semaines, je roulais en direction de la ville quand j'ai vu une vieille guimbarde en panne. En panne d'essence, je précise. Deux garçons et une fille étaient étendus sur l'herbe. Des vrais clodos. Je les ai accostés et leur ai demandé si je pouvais les aider. Ils entreprirent alors de me raconter leur vie. J'en ai retenu qu'ils arrivaient de Macédoine ou d'Epire avec pour seuls bagages, leurs guitares. Ils espéraient devenir de grandes vedettes en chantant. Très vite il leur fallut déchanter. Bientôt, complètement fauchés, ils en furent réduits à faire la manche — sans grand succès, m'avouèrent-ils avec un pauvre sourire. Ils faisaient pitié à voir. Alors, je les ai pris sous ma protection.

— Ça va, ça va, j'ai compris. Pas besoin de détails. Au fait !

— Le fait est que la fille m'a paru intéressante et les deux garçons sublimes. Je leur ai fait passer une audition et, comme ils étaient aussi talentueux que beaux, je les ai engagés tous les trois à l' « Alexander's Ragtime Club ». Hélas ! Monsieur Trambolin père trouvant les amis de son fils trop envahissants décida de fermer la boutique. Ce soir, c'est la dernière séance.

— Viens, on va jeter un coup d'œil sur ce joli petit monde, décida Monsieur Félix.

Profitant de ce qu'un groupe s'en allait, Arnaud se faufila dans la cave. Il parla à mi-voix à un couple qui immédiatement se leva et libéra deux chaises.

Aussitôt installé, Monsieur Félix fit signe de la main aux « artistes » qui vinrent s'incliner devant lui tout en jouant et en chantant à la mode tzigane.

La fille, provocante, agitait en cadence poitrine, hanches et ventre, mais s'arrêta net et s'assit sur ses genoux quand il la prit familièrement par la taille.

— C'est votre jour de chance, ma belle, lui annonça Monsieur Félix. Je vous engage. Voilà une petite avance sur vos cachets.

Plongeant la main dans la poche intérieure gauche de sa

veste, il en sortit une épaisse liasse de billets de cinq cents francs maintenus par un gros clip en or blanc et rouge, avec trois fleurs piquées de rubis. Il en prit un, un second, puis un troisième, qu'après un court instant de réflexion, il remit dans la liasse qu'il rempocha.

— Voilà mille francs. Soyez demain matin à onze heures au “ Bégonia ”. Tout le monde en ville vous dira où c'est. Vous demanderez Monsieur Félix. Comment vous vous appelez ?

— Sophira, Django et Milanos, pour vous servir, Votre Altesse, répondit la fille.

— Et vous êtes en France depuis combien de temps ?

— Oh ! depuis longtemps... Cinq ou six semaines, affirma Milanos.

— Et vos papiers ? Vous avez des papiers ? Notez que je vous demande ça pour la forme, parce que s'il y avait le moindre pépin, j'arrangerais ça en deux coups de cuiller à pot. L'important dans la vie c'est d'être placé... D'avoir des relations. Et des relations, croyez-moi, j'en ai !

— Nous sommes parfaitement en règle, affirma Sophira. Nous sommes des réfugiés politiques et, dès notre arrivée en France, on nous a délivré des permis de séjour provisoires. Chez nous c'est un régime communiste. Le pire. Et nous, nous sommes comme des cigognes. Nous sommes nés libres. Alors, quand on a voulu envoyer mes frères à l'armée, on est partis.

— Bon, ça va. J'ai compris. Maintenant, il faut que je file. Mon chauffeur m'attend.

— Dehors, devant la maison ? Vous avez trouvé une place ? s'étonna Sophira.

— Non, ils sont garés dans l'impasse, juste devant le chantier, dit Arnaud.

— C'est à vous cette grosse bagnole qui s'est mise devant la nôtre ? demanda Diango.

— Ça vous gêne ?

— Non, pas du tout, mais je l'ai remarquée parce qu'elle est drôlement belle.

— Bon, dit Monsieur Félix, tout en continuant à serrer la taille de Sophira, avant que je ne parte, la petite va bien me chanter encore quelque chose... en français si possible. Tu en connais une en français ?

— Bien sûr... J'ai tout un répertoire.

Elle se leva.

Milanos plaqua quelques accords, tandis que Django s'excusait devant Monsieur Félix :

— Je vais en profiter pour respirer un peu. Quand Sophira chante en français, c'est Milanos qui l'accompagne.

Il salua et s'éclipsa.

Pendant presque une demi-heure Monsieur Félix oublia qu'il avait un rendez-vous important et que des amis de confiance — susceptibles de témoigner qu'il avait joué au poker toute la nuit avec eux, si c'était nécessaire — attendaient son retour pour pouvoir enfin regagner leurs pénates.

— A demain ma belle ! Maintenant il faut vraiment que je lève l'ancre, dit Monsieur Félix. Avec tout ça, je n'ai pas vu ton protégé, le fils Trambolin dit-il à Arnaud. Ce gamin m'intéresse. Pour avoir monté une affaire comme celle-là à son âge il faut qu'il ait quelque chose dans le chou. Va me le chercher.

Mais Alexandre avait disparu et au bout de quinze minutes de vaines investigations, Arnaud revint bredouille :

— Apparemment, il n'est nulle part.

— Tant pis pour lui, dit Monsieur Félix, j'aurais aimé lui faire un petit cadeau pour lui témoigner de mes bonnes dispositions, mais puisqu'il ne daigne pas venir me saluer, je me le garde. La prochaine fois que je viendrai, ce sera en propriétaire de la moitié de sa baraque, bien décidé à le faire déguerpir et au besoin à grands coups de pompe dans le fondement.

— Si vous voulez bien me le permettre, murmura Arnaud, j'ai quelque chose à vous demander. Cela m'arrangerait beaucoup si vous pouviez m'avancer une dizaine de billets sur ce que vous m'avez promis.

Monsieur Félix fit la sourde oreille, se leva et se dirigea vers la sortie.

Eclairant le chemin de sa torche électrique, Arnaud le reconduisit. Le moteur était arrêté, mais le ronflement de P'tit Louis tournait très rond.

— Debout là-dedans ! ordonna Monsieur Félix en ponctuant son ordre de quelques coups de ses battoirs sur le capot de la voiture qui résonna comme une grosse caisse.

P'tit Louis sursauta, actionna brutalement le démarreur et commença une savante marche arrière pendant qu'Arnaud courait à la hauteur de la portière arrière gauche. « Cela m'arrangerait beaucoup, patron, insista-t-il. Et pour vous c'est si peu de chose. »

Il n'entendit pour toute réponse qu'un sifflement dédaigneux, celui d'un pneu qui rendait l'âme.

— Je descends voir ce que c'est, boss, éructa P'tit Louis.

— Fais gaffe, conseilla Monsieur Félix. On peut avoir été piégés. Magne-toi de changer la roue. Moi je surveille.

— Que se passe-t-il ? demanda Arnaud à P'tit Louis.

— On a crevé, annonça celui-ci, en lui tendant une latte de bois avec un clou énorme. Y'a pas à s'inquiéter, boss, ça vient de cette saleté de chantier. Ces salopards d'ouvriers y s' foutent vraiment du pauvre peuple. On jurerait qu'ils le font exprès.

— Je vais vous donner un coup de main, proposa Arnaud.

— Eclaire-moi seulement, et ça ira très bien.

Dix minutes plus tard, le mal était réparé. La roue de secours était montée et la roue crevée, casée à sa place dans la malle arrière.

— Reculez lentement, conseilla Arnaud, je vais vérifier s'il n'y a pas d'autres cochonneries du même acabit qui traînent par là.

Il n'y avait rien et la puissante limousine regagna tranquillement la grande route.

C'est à la sortie sud du bourg, à l'endroit où la chaussée était rétrécie par des travaux, que l'attentat eut lieu. Cette fois, c'est un pneu avant qui éclata, puis le pneu arrière droit, puis à nouveau l'arrière gauche : ce n'est plus une planche, mais trois, hérissées de gros clous, qui avaient été déposées sur le chemin de la Peugeot.

P'tit Louis éteignit les phares, coupa le moteur et, se glissant comme un serpent du côté gauche, il se coula sur le sol. Mais la lumière de la lanterne, signalant les travaux, suffit au tireur de fronde à l'affût, à quelques mètres de la voiture, dans la tranchée creusée le long de la route pour installer le tout-à-l'égout, pour ajuster son tir.

La bille d'acier fracassa le crâne de P'tit Louis qui laissa tomber le beau Magnum 44, dont il était si fier.

Plus silencieux encore que lui, le tireur, cagoule noire sur la tête, s'empara du pistolet, rampa jusqu'à la portière avant restée entrouverte, puis, bondissant à l'intérieur de la 805, braqua l'arme sur Monsieur Félix et lui intima d'un mouvement du canon de sortir. Monsieur Félix s'exécuta.

Aussitôt qu'il fut dehors, l'agresseur le frappa violemment avec la crosse et, comme Monsieur Félix s'obstinait à rester debout, il lui asséna un coup d'une telle violence que la cervelle jaillit du crâne.

Monsieur Félix daigna enfin se mettre à genoux, puis s'étendre face à terre.

L'agresseur retourna le corps, glissa sa main dans la poche gauche du veston de sa victime et en retira l'épaisse liasse de billets que son propriétaire avait imprudemment exhibée dans la cave de la Maison Trambolin.

Le portefeuille de P'tit Louis était également agréablement garni et son chronomètre suisse était en or ainsi que sa grosse chevalière et sa lourde gourmette.

L'agresseur dépouilla ensuite avec la même conscience le corps de Monsieur Félix. Il ne trouva rien de très appréciable à part sa Rolex, sertie dans son bracelet en or massif rouge et blanc. Il entreprit alors d'extirper du pantalon la ceinture en croco cousue main. Il la tâtait avec intérêt quand il aperçut les phares d'une voiture qui approchait rapidement. D'un coup sec il la tira, arrachant les passants du pantalon au passage.

La voiture s'arrêta à quelques mètres, évitant de justesse la collision avec la Peugeot. Un homme en sortit en poussant des hurlements de fureur avinés.

Une balle du Magnum 44 suffit à le faire taire.

Le tireur resta hésitant quelques secondes. Il paraissait visiblement ahuri de ce qu'il venait de faire, mais mû par une inspiration subite, il s'agenouilla près du cadavre de P'tit Louis, plaça le pistolet dans la grosse main de son légitime propriétaire et prit bien soin de le pointer dans la direction du malheureux conducteur nerveux et malchanceux qui avait si bien terminé sa soirée. Peut-être se persuadait-il naïvement que cette mise en scène ferait croire aux gendarmes que ses deux victimes s'étaient entretuées.

Comme il s'appuyait sur la terre avec sa paume pour se relever, il frôla de sa main quelque chose de froid et de rond : c'était la bille d'acier avec laquelle il avait foudroyé le Goliath des faubourgs. Pas de doute, la chance était avec lui ! Sa bille ! — son fétiche — qu'il avait failli perdre à jamais ! Elle était un peu gluante bien sûr, mais là. Bien là. Dans ses doigts. Il chercha quelque chose pour l'essuyer et finalement se résolut pour ce faire à utiliser la cravate de P'tit Louis. Une autre idée illumina son esprit : il ne tenait pas tellement à sa fronde. Il l'avait découverte un jour dans les vêtements d'un jeune sportif wallon — ou peut-être danois ? — installé sur le terrain de caravaning. « Ça, même l'ivrogne d'en face pourrait faire la même » pensa-t-il très satisfait de soi-même et, joignant le geste à la pensée, il plaça la fronde dans la main de sa dernière victime. « Et le calot d'acier ? » Ça non, il lui était impossible de se séparer de ce souvenir de son enfance au moyen duquel — avec n'importe quelle fronde — il était capable d'atteindre un lièvre, un agneau et même le berger qui accourait pour se saisir de lui.

Il réalisa soudain qu'à n'importe quel moment une autre voiture pouvait survenir et le surprendre. Peut-être même quelqu'un du voisinage avait-il entendu la détonation ? Alors, comme une bête sauvage, il se coula dans l'ombre...

Chapitre 2

Les « derniers amis, et les moins amis des moins amis » partaient quand Arnaud vit réapparaître Alexandre... et dans quel état ! Décoiffé, les vêtements en désordre, les mains tremblantes... Des taches brunâtres — on aurait dit du sang — maculaient les manchettes et le plastron de sa chemise.

— Qu'est-ce qu'il y a ? Qu'est-ce qui t'arrive ? s'effraya Arnaud.

— Viens avec moi. Vite !

Alexandre courait suivi par Arnaud. Il l'amena derrière le cimetière, là où une petite porte ouvrait sur le remblai de l'ancien chemin de fer local qui reliait autrefois Nautailles à la ville. Les rails avaient été enlevés depuis cinquante ans et remplacés par un sentier. Personne n'y passait plus et les broussailles avaient envahi les bas-côtés.

A quelques pas de là — dissimulé dans les fourrés — Arnaud vit un corps de femme. Les jupes relevées découvraient les jambes souillées de traînées de sang.

Au-dessus du corsage déchiré émergeait un pauvre visage tout tuméfié.

— Qui est-ce ? demanda Arnaud.

— C'est Becky Reinbach, répondit Alexandre. Nous devions nous retrouver à deux heures au monument aux morts. Je l'ai attendue. Elle n'est pas venue. Je suis parti au-devant d'elle. Elle n'était nulle part. J'ai pensé qu'elle avait peut-être changé d'avis, alors j'ai pris le raccourci pour revenir à la maison. Elle était là. Quelqu'un s'agitait sur elle. J'ai attrapé le type par le col de sa chemise pour le soulever. Aussitôt sur pied, il m'a frappé et s'est enfui. Je suis tombé. Quand je suis revenu à moi, je n'avais même pas la force de porter Becky, alors j'ai couru te chercher.

— Rentre chez toi, lui ordonna Arnaud et prends une douche. Surtout ne t'inquiète de rien. Je m'occupe de tout.

Il prit Becky dans ses bras, mais à peine avait-il fait quelques pas dans la direction de la maison des Reinbach — un F4 au sud de Nautailles, à l'emplacement de l'ancienne gare — qu'il se retourna.

— Il vaudrait mieux que tu n'étales pas partout tes vêtements tachés. Fais-en un petit ballot. A mon retour on décidera de ce qu'on en fera.

— Que vas-tu dire à ses parents ? interrogea Alexandre.

— Rien que la vérité : je suis sorti prendre l'air, je suis allé jusqu'au cimetière, j'ai entendu gémir, j'ai trouvé leur fille et je la leur ramène.

— Ce n'était pas Alexandre... Ce n'était pas Alexandre... murmura-t-elle d'une voix indistincte.

— Tu sais qui t'a agressée ?

— J'ai cru d'abord que c'était Alexandre, mais celui qui m'a attaquée sentait mauvais, très mauvais. Je me suis défendue. Je l'ai griffé, mordu. Il y avait plein de sang sur lui. Il ne faut surtout pas que mon père sache...

— On ne peut pas faire autrement. Si j'appelle les gendarmes ce sera pire. Seuls tes parents peuvent décider de ce qu'il convient de faire.

Alexandre, douché et habillé de propre, attendait Arnaud. Il revivait cette journée qui avait commencé comme un rêve et qui se terminait en cauchemar.

Comment s'était passée l'entrevue avec l'intransigeant père de Becky s'interrogeait-il avec angoisse.

Monsieur Reinbach n'était en effet pas particulièrement apprécié. Il était venu s'installer à Nautailles il y a six ou huit mois à peine. Il n'avait pas beaucoup de clients — et pourtant les vaches des fermiers avaient autant d'ennuis de santé, et même plus, que les fermières elles-mêmes. En tout cas, elles étaient beaucoup mieux surveillées.

Monsieur Borojev, l'ancien vétérinaire, s'était établi, lui, dans le pays juste après la guerre en l'absence de tout autre praticien. Il sortait du maquis et était considéré comme un héros. On ne lui avait pas trop demandé d'explications sur sa présence en France, ni sur les études qu'il avait faites en Bulgarie et les diplômes qu'il affirmait posséder. L'important était qu'il guérissait ses malades, qu'il réalisait des miracles lors des « accouchements » difficiles, sauvant les mamans et leurs veaux, et qu'il n'était pas exigeant pour ses honoraires. Mais voilà, quarante ans ça passe vite, très vite et, pour les nouvelles générations, qui ne savaient pas qu'il avait été un résistant de la première heure puis, une sorte de « docteur miracle », et était naturalisé depuis plus de vingt ans, il n'était qu'un métèque, un charlatan, sans diplômes reconnus — tant et si bien que le droit d'exercer lui avait été retiré et sa maison vendue aux enchères. Quant à lui, il avait eu une chance extraordinaire : il était allé agoniser dans une fondation charitable pour anciens militaires abandonnés par leur famille et par Dieu, grâce aux recommandations d'anciens compagnons ou soi-disant tels.

Monsieur Reinbach qui, lui, avait des diplômes à revendre, n'avait pas été très heureux dans ses débuts avec deux vaches qui avaient crevé en vêlant et d'autres chez qui il avait découvert des maladies contagieuses et qu'il avait fait abattre. En outre, en tant que juif, d'origine helvète, converti au protestantisme, il n'était pas particulièrement sympathique à une population catholique qui se souvenait encore des raids effectués par les « féroces Bernois » qui, au moment des guerres de Religion, (il n'y a pas si longtemps) avaient ravagé le pays, massacrant, Bible en main, les populations sans distinction d'âge, de sexe, ni de virginité.

Lui-même d'ailleurs ne semblait pas très porté à frayer avec des voisins qui, sur plus d'un chapitre et notamment sur ceux de la gourmandise et de la luxure, étaient assez éloignés des dix commandements.

Cependant, quelques jours auparavant, tout avait changé. Reinbach Rebecca, pensionnaire dans une institution pour jeunes filles, réputée à la fois pour sa sévérité exemplaire et l'excellence des résultats obtenus par ses élèves, était arrivée pour passer quelques vacances chez son père. Bien que personne ne put se vanter d'avoir eu la moindre conversation avec elle, tous les garçons avaient crié au miracle : « Pour une belle fille, c'est une belle fille ! proclamaient-ils. La plus belle qu'on puisse imaginer ! » Les incomparables beautés locales pouvaient aller se rhabiller.

C'est ainsi que, pas plus tard que la veille, Alexandre avait décidé de faire la connaissance de ce phénomène. En toute innocence, il avait sonné à la porte de la maison Reinbach, s'était présenté et avait demandé à voir Rebecca.

— A quel sujet ? avait aboyé le vétérinaire.

— Je venais simplement l'inviter à la soirée de clôture de l' “ Alexander's Ragtime Club ” dont vous avez probablement entendu parler. Elle pourra y faire la connaissance de tous les jeunes du pays, filles et garçons de son âge.

Outré d'une prétention aussi incongrue, le paternel fronça les sourcils et dégoisa un discours qui avait franchement suffoqué Alexandre.

— Monsieur, ma fille ne fréquente pas n'importe qui. De plus, votre démarche ne me paraît pas tellement désintéressée. Je vous informe donc, à toutes fins utiles, et vous demande d'en faire part à tous les autres Roméo du quartier, que Mademoiselle Reinbach n'est nullement intéressée par les flirts et autres frottis-frottis tolérés dans certains milieux décadents. Mademoiselle Reinbach est une jeune fille pure, élevée dans la religion et je tiens à ce qu'elle ne soit pas pervertie par vos méprisables diableries. Quant à se faire de nouvelles relations, celles dont elle bénéficie actuellement nous suffisent. J'ajouterai qu'elle est fiancée avec un homme des plus estimables et que celui-ci lui interdit d'accepter quelque invitation que ce soit en son absence.

Alexandre se souvenait d'avoir insisté avec la plus grande courtoisie : il n'était pas n'importe qui et il était partisan de bonnes relations entre voisins.

Mais Monsieur le vétérinaire ne voulait rien entendre :

— Considérez qu'elle est absente, rugissait-il en le poussant vers la porte.

Alexandre regrettait maintenant de lui avoir exprimé sa surprise de constater qu'il existait encore des individus aux esprits aussi rétrogrades.

— Si c'est avec le même principe que vous soignez vaches, chèvres et chevaux, s'était-il entendu dire, je comprends pourquoi les résultats de vos traitements sont... ce qu'ils sont !

Que s'était-il passé ensuite ? Plutôt que d'emprunter les rues qui contournaient la place de l'église, Alexandre avait pris le raccourci du remblai. A peine avait-il fait une cinquantaine de pas sur le sol caillouteux qu'il entendit quelqu'un courir derrière lui. Quand il se retourna... le soleil changea de place et le ciel, de couleur. A travers un nuage rose, il La vit et il La reconnut ! Une Madone de Botticelli, une mélodie de Mozart ! Plus merveilleuse que les plus merveilleuses créatures de ses rêves les plus fous, une déesse avançait vers lui.

Il en eut le souffle coupé.

— Je suis Rebecca Reinbach. Mais pour toi je suis Becky et, si tu le veux bien, on se tutoie, lui dit-elle avec une voix aussi envoûtante que sa silhouette, ses cheveux et sa bouche. J'ai entendu ta conversation. C'est vrai que nous nous sommes promis avec mon fiancé de ne pas sortir l'un sans l'autre. Tout de même, je voulais te dire que je suis désolée de l'accueil que t'a réservé mon père. Je ne suis pas plus autorisée à choisir mes amis que je ne l'ai été à choisir mes parents.

— As-tu au moins choisi ton fiancé ? s'entendit dire Alexandre.

— Non, pas vraiment. Tu sais, depuis l'âge de dix ans, j'entends maman répéter tous les jours que quand on est aussi belle que moi, on doit obligatoirement épouser un millionnaire. Papa, de son côté, me rappelle, à chaque fois que je le vois, que dans notre milieu on ne se marie qu'entre gens de la même église. Mon père et ma mère sont divorcés. J'habite avec elle quarante-six semaines par an et six avec lui. Mais c'est tous les jours, que je sois chez l'un ou chez l'autre, que j'entends que l'Amour ça n'existe pas.

— Mais ton fiancé, s'était tout naturellement inquiété Alexandre, ne t'a-t-il pas démontré que l'amour existe ?

— C'est un Américain de Boston, lui avait-elle répondu. Il est à la fois millionnaire et puritain de père et de mère. Il pourrait être le mari idéal. Mais c'est un vieux ! Il a trente ans.

— Je serai millionnaire dans six mois, un an au maximum puisque ta mère l'exige. Mais protestant, changer de religion pour plaire à un éventuel beau-père, cela ne se fait pas chez nous. Cependant, comme nous sommes à l'époque de l'œcuménisme, nous échangerons nos promesses devant un curé et un pasteur. D'accord ?

C'est ainsi qu'Alexandre avait demandé Rebecca en mariage.

— Dansons, lui avait-elle dit pour toute réponse.

— Sans musique ? Ici, sur les cailloux ?

— Oui, avait répondu Rebecca.

Ils dansèrent l'un devant l'autre, en silence dans le silence. Sans qu'aucun n'ait fait le premier pas, il la sentit soudain contre lui. Aucun baiser ne fut échangé.

Subitement, le nuage rose s'était dissipé. Alexandre s'était pour la première fois retrouvé seul. Complètement seul, mais heureux, comme il ne l'avait encore jamais été. Ne lui avait-elle pas dit, juste avant de disparaître : « Je t'attendrai cette nuit à deux heures devant le monument aux morts » ?

Toute la journée il n'avait pensé qu'à elle. Son parfum, le contact de sa peau, les pointes de ses seins durcies butant sur sa poitrine, sa bouche tendue vers lui, ses paupières abaissées sur l'émeraude de ses yeux, tout cela lui faisait perdre la raison.

Toute la journée il s'était répété qu'il aurait dû la renverser sur l'herbe, la serrer contre lui. Ils se seraient léchés, griffés, mordus, battus comme un matou avec une chatte en rut... Ils se seraient aimés comme le premier mâle avec la première femelle.

Que s'était-il passé cette nuit ? Peut-être ses pensées impures, la puissance de son désir, les tableaux érotiques qu'il avait imaginés s'étaient-ils répandus en ondes contagieuses autour de lui ? Peut-être avaient-ils contaminé quelque brute incapable de refréner ses instincts comme il l'avait fait lui-même ? Mais peut-être était-ce lui-même, Docteur Jekyll refoulé qui s'était transformé en un monstrueux Mister Hyde et qui avait agressé et violé l'innocente ?

Il ne me reste plus qu'à mourir, avait-il décidé, en pensant à ce qu'il avait trouvé, à ce qui était arrivé et à ce qu'il avait perdu. Et il cherchait le moyen le plus propre pour se châtier — se faire hara-kiri peut-être ? — quand Arnaud revint.

— Alors ? demanda Alexandre.

— Tout s'est passé comme nous l'avions prévu. Je me suis souvenu qu'avant d'être catholique, puis athée, j'avais été parpaillot. Le père vertueux a fait de la morale à l'agneau souillé en commençant par : « Je te l'avais bien dit. Tu n'oseras pas prétendre que je ne t'avais pas prévenue » et en achevant par une malédiction d'un prophète de la Bible.

Quant à moi, il m'a félicité de n'être pas allé à la gendarmerie. J'ai dû jurer sur la Bible une discrétion absolue et, comme je lui faisais remarquer l'urgence de donner des soins médicaux à ta Becky, il s'est enfin décidé à l'emmener avec lui en voiture à la ville.

« Surtout que personne ne sache rien dans le pays, me répétait-il inlassablement. Quel ennui si ma femme apprenait cette aventure. Elle qui m'avait tellement recommandé de veiller scrupuleusement sur notre petite rose blanche ! Vous rendez-vous compte de ce qui arriverait si son fiancé se doutait seulement qu'elle a perdu sa virginité ? Il serait capable de revenir sur ses engagements. »

— Bref, complètement débile le paternel, conclut

Arnaud. Quant à la petite, elle s'est lavé la figure et le reste, puis a changé de toilette, avec un courage incroyable. Je n'aurais jamais cru une fille capable d'une telle énergie morale. Chapeau ! Cette mésaventure pourrait ne pas avoir de conséquences réellement graves à condition que nous mettions la main sur le fils de chienne qui a fait ça et que nous le réduisions au silence. As-tu réfléchi à la question ?

— Pas vraiment, répliqua Alexandre, mais une chose est certaine, il faut le retrouver et le détruire.

— Avec quoi ? demanda Arnaud.

— Il y a tout ce qu'il faut au grenier, affirma Alexandre. On a intérêt à prendre quelques dispositions. Allons-y !

Ils trouvèrent en vrac dans une malle en osier la collection d'armes blanches de l'arrière-grand-oncle explorateur. Il y avait des sagaies empoisonnées d'Amérique du Sud, des haches en pierre polie d'Australie, des arcs, des flèches et autres outils de mort primitifs, très pratiques pour fendre les crânes, ouvrir les ventres ou crever les yeux, mais ne pouvant échapper à la curiosité des passants.

Arnaud faisait la même observation pour des sabres de cavalerie, mousquets et fusils de différentes époques, quand Alexandre trouva enfin ce qu'il cherchait.

Dans un porte-parapluies, ébréché et réformé, il y avait tout un choix de cannes et de gourdins ayant appartenu à un autre grand-oncle du genre muscadin.

Alexandre choisit une canne-épée à garde rétractable — comme le train d'atterrissage d'un avion.

Arnaud s'empara sans aucune hésitation d'un jonc très élégant avec un pommeau doré, inoffensif en apparence.

On aurait pu croire que c'était lui-même qui l'avait placé à portée immédiate de sa main.

— C'est tout juste bon à se briser en morceaux en rencontrant le dos d'un bichon, remarqua Alexandre, étonné.

— Tu te trompes, le rassura Arnaud : mon père possédait un outil de ce genre avec lequel j'ai joué jusqu'à ce que je l'aie cassé en le faisant virevolter au-dessus de ma tête. Je l'ai laissé échapper. Résultat : une porte en chêne massif qui vola en éclats. Regarde, c'est très simple, tu fais glisser ta main le long de la tige, puis tu amorces un tour. Le pommeau, qui pèse un kilo de plomb minimum, prend tout de suite une vitesse supersonique et, avec un peu d'entraînement, tu défonces la poitrine — ou tout autre organe — de l'imprudent qui a eu la mauvaise idée de t'attaquer. J'étais assez fort à ce jeu-là, j'aurais pu, sans me vanter, casser la coquille d'une noix et, plus facilement encore, mais peut-être plus rarement, la tête d'un rhinocéros.

— Tu ne sens pas une drôle d'odeur ? l'interrompit Alexandre.

— En fait d'odeur, ça pue la merde ! Ne me dis pas que vous avez monté ici, dans le grenier, des cochons pour les saigner et les étriper ?

— Ça vient de par là, affirma Arnaud. Allons-y voir.

Ils trouvèrent la source de ces effluves insolites tout au bout du grenier, côté « A vendre ».

— Il y a eu bagarre, énonça sentencieusement Arnaud, en désignant des meubles renversés et brisés.

— Tu peux même ajouter mort d'homme par éventration, décréta Alexandre.

Il y avait, en effet, sur le plancher une énorme mare de sang mélangé à des matières fécales.

— Qu'est-ce qui a bien pu se passer ici ? interrogea Arnaud.

— Deux hommes se sont affrontés. L'un a tué l'autre, déclara Alexandre.

— A quoi vois-tu ça ?

— Pure logique. Pour se battre il faut être au moins deux. Ce qui est moins évident c'est pourquoi le plus fort a éventré le plus faible.

— Excuse-moi, j'oubliais que tu avais le “ don ” et que pour toi, il n'y a pas de problème insoluble.

— C'est pas la peine de te foutre de moi et, au lieu de faire de l'humour, il vaudrait mieux essayer de comprendre et d'agir. Je te propose une première explication : j'ai souvent entendu parler de pierres précieuses rapportées par différents ancêtres et cachées dans cette maison.

— Je conteste, Votre Honneur. Si depuis quatre ou cinq générations toute la gent féminine de ta famille a fouillé sans résultat, jusque dans chaque interstice du parquet, sans succès, c'est que, de toute évidence, il n'y avait rien à trouver. La chasse au trésor leur fournissait simplement un passe-temps excitant. En revanche, voici un indice sur la sorte de bistouri qui a servi au chirurgien pour opérer. Regarde. Tu ne remarques rien ?

— C'est la panoplie de mon oncle-Tonkin et je constate qu'il y manque le “ wakizachi ”, le plus court des deux sabres d'un samouraï. Malheureusement, personne ne sait quand et où il a été volé.

— Moi je peux le dire, affirma Arnaud. J'ai vu la panoplie complète avec les deux sabres, il y a quelques heures à peine. Je peux même te préciser qu'une personne de mes relations était très intéressée par elle. Conclusion : il a envoyé quelqu'un pour s'en emparer et quelqu'un d'autre a tenté de l'en empêcher. Donc, tout est clair. Nous avons le motif. Ce qu'il nous faudrait maintenant découvrir c'est qui est le méchant et où il se cache. Qui est la victime et où il l'a enfouie.

— Pas d'accord, dit Alexandre. On sait que l'assassin, qui est aussi, selon toute probabilité, l'agresseur de Becky, n'est aucun des garçons de chez nous. C'est une brute sans morale, un instable qui a peut-être agi sous l'effet de la drogue. On sait aussi qu'il était ce soir parmi nous, qu'il avait à peu près mon âge et ma taille, mais heureusement une odeur sui generis. Vois-tu quelqu'un correspondant à cette description ? Quelqu'un qui se serait éloigné sous un prétexte quelconque après minuit, qui a déclaré à ceux qui l'accompagnaient — car il était forcément avec une ou deux personnes de passage à Nautailles — qu'il s'absentait pour quelques minutes et que tu n'as pas vu revenir ? Réfléchis. Tu te souviens sûrement de celui ou de ceux qui l'attendaient.

— Tu viens de décrire très exactement Django qui était accompagné de Sophira et de Milanos, dit Arnaud.

— Nous savons donc maintenant que Django a violé Becky, qu'il est revenu sans que personne ne l'ait vu, sauf Milanos. Je suppose que les deux frères s'étaient donné rendez-vous ici pour se munir, avant de reprendre la route, de quelques menues bricoles mises au rebut par une quelconque de mes aïeules, mais fort prisées par la brocante d'aujourd'hui. Le risque d'être vus était pratiquement nul avec la foule qu'il y avait hier au soir.

— Les seules personnes qui auraient pu les surprendre, c'est ton père, toi ou moi... qui étions occupés par ailleurs. Ce serait donc les deux frères qui se seraient disputés entre eux. L'un avait quelque chose qu'il voulait garder pour lui tout seul. Il l'a avalé. L'autre, pour s'en emparer, n'a pas hésité à le tuer et à l'éventrer.

— Tuer son propre frère ! s'exclama Alexandre.

— Abel et Caïn, tu connais ? Mais aujourd'hui, en plus, il aurait eu un motif important : logiquement, quelque chose de très précieux sous un très petit volume. Ta légende du trésor de famille serait ainsi confirmée, décida Arnaud.

— Admettons. Pour le moment le problème est de savoir si le frère assassin est toujours dans le pays.

— J'ai un autre élément pour ton puzzle : Milanos et Sophira étaient encore au club à quatre heures du matin à attendre leur Django. A ce moment-là j'ai fermé la boîte et je leur ai demandé poliment d'aller compter leurs pourboires ailleurs. J'ai entendu alors Milanos déclarer qu'il partait à la recherche de son frère. Sophira n'avait qu'à aller dormir dans la voiture en les attendant. Elle lui fit observer qu'ils avaient rendez-vous à la ville avec Monsieur Félix à onze heures, que ce n'était pas la première fois que Django disparaissait pour aller sauter une nénette quelconque ou se faire sauter par une noble pédale. S'ils n'étaient pas de retour, l'un et l'autre, ou l'un sans l'autre à neuf heures, elle menaçait d'aller toute seule au rendez-vous.

— Quelle heure est-il ? demanda Alexandre.

— Neuf heures cinq, constata Arnaud. On a peut-être une petite chance de la récupérer si on y va tout de suite. Mais on ne peut pas laisser le grenier dans cet état... si ton père montait.

— Mon père ne revient que ce soir. Je m'occuperai du ménage après. Nous tuons le cochon tous les ans et nous avons ce qu'il faut pour éponger sang et tripes.

— Chez nous aussi on tuait le cochon tous les ans, s'émut nostalgiquement Arnaud. Et je dois te confesser qu'après la mort de mon père, c'est moi qui en étais chargé. Besogne répugnante entre toutes, mais je m'y suis fait. Pour être tout à fait franc, je dois admettre que j'avais un certain plaisir à constater que j'étais capable de débiter les carcasses aussi habilement que le meilleur des professionnels.

— Tu m'expliqueras ça plus tard. Ne perdons pas un instant, le pressa Alexandre.

Il était neuf heures dix quand les deux garçons débouchèrent place de l'Eglise, juste à temps pour voir l'antique 2 Cv du clan Dragovitch démarrer en direction de la ville.

Sophira était seule au volant.

— Notre charcutier est toujours dans les parages, décida Alexandre.

— Qu'appelles-tu “ dans les parages ” ?

— Il ne peut être qu'au caravaning ou dans les environs immédiats, assura Alexandre.

Les deux garçons reprirent le raccourci. Quand ils arrivèrent à la base sports-loisirs, ils contournèrent la clôture en suivant la berge du fleuve envahie par des bouquets de roseaux pour aboutir sur la « plage privée » aménagée pour les clients-vacanciers.

Personne en vue. Pas beaucoup d'amateurs de bains froids, même chez les Nordiques, à cette heure matinale.

— On se retrouve ici dans une demi-heure, décréta Arnaud en se dirigeant vers la rivière. Tu te portes en aval côté plage, et moi je retourne en amont.

Alexandre fouilla en vain le camp en pleine ébullition. Les gendarmes y avaient fait irruption aux premières heures du matin, interrogé tout le monde et passé toutes les caravanes au crible. « Un massacre effrayant aurait été commis sur la route à hauteur du chantier du tout-à-l'égout », chuchotait-on... Qui était la victime ? Qui le meurtrier ? Les représentants de l'ordre, encore plus discrets que d'habitude, refusaient de répondre aux questions... D'après le téléphone arabe cela ne pouvait être qu'un règlement de comptes entre deux gangs ennemis. Les cadavres relevés seraient ceux d'un certain Bouvet, Philippe, dit Monsieur Félix, et de son chauffeur — garde du corps — Chevrier, Louis, plus connu sous le sobriquet de P'tit Louis. Le troisième celui d'un brasseur luxembourgeois, Monsicur Grumbach, propriétaire d'une des plus belles caravanes du camping. Il était allé faire la noce à la ville. Il avait dû transporter le tueur, probablement sous la menace, jusqu'au lieu du crime et être exécuté.

L'assassin, rechignant à faire trente kilomètres à pied, devait se cacher au caravaning.

Autre hypothèse : un camionneur avait déclaré avoir pris un auto-stoppeur à son bord et l'avoir déposé à la ville... Ça pouvait être l'assassin, mais ça pouvait aussi être quelqu'un d'autre, car si, pour le moment, aucun auto-stoppeur n'avait répondu à l'invitation de la police de se faire connaître, il n'était pas impossible qu'il n'ait pas été touché par cette invitation.

Informé de la sorte, mais bredouille, Alexandre était arrivé à son rendez-vous avec un bon quart d'heure de retard.

D'Arnaud, point à l'horizon.

Alexandre l'attendait patiemment. Ce n'est qu'une heure plus tard que celui-ci arriva en slip, avec ses vêtements tout trempés sur les bras.

— Justice est faite, déclara-t-il tout de go. J'ai marché le long de la rive jusqu'à l'ancien cabanon des pêcheurs. Il m'avait bien semblé que les herbes y menant étaient foulées par endroits. Aussi étais-je sur mes gardes et n'ai-je pas été surpris quand le fauve a bondi sur moi avec... Devine quoi ? Le wakizachi qui manquait à ta panoplie de samouraï. Inutile de te dire que je l'ai récupéré. Il est là, enroulé dans mon froc. Maintenant, taillons-nous, et vite, car je me les gèle.

De retour à la Maison Trambolin, séché, rhabillé et désaltéré, Arnaud raconta avec force détails comment Milanos avait tenté de le découper en rondelles. Heureusement, il esquiva son attaque. D'un coup du pommeau de la canne de l'oncle-Tonkin il fit voler en éclats le crâne de la bête. Ensuite, caché dans les joncs à l'abri de tout regard, il fouilla le cadavre, sans oublier de l'éventrer mais ne trouva aucune pierre précieuse dans le système digestif du monstre, ni ailleurs. Tant qu'à jouer au charcutier, il dépeça la carcasse, trancha les membres, et ce qui restait de la tête, les découpa et jeta les morceaux dans le fleuve. Et comment, enfin, il avait entouré le tronc d'une grosse chaîne, destinée jadis à amarrer les bateaux, qui lui avait servi de lest.

— J'ai même eu une idée de génie, je crois. J'ai fixé sur le tronc une bouée de sauvetage réformée que j'ai trouvée près d'une barque pourrie. L'objet est parti, flottant entre deux eaux et j'ai bon espoir qu'il voguera ainsi jusqu'à la mer où il sera bouffé et digéré par les petits poissons. J'ai pris mon temps pour tout réduire en charpie, y compris les frusques de ce chacal enragé. Ton wakizachi est un véritable rasoir. A l'abri des roseaux, j'étais bien tranquille. Conclusion : le trésor, si trésor il y a, doit avoir retrouvé sa cachette dans ton grenier. Mais ce n'est pas fini. Si je n'ai pas les diamants, j'ai tout de même une petite surprise pour toi. Regarde ce que j'ai découvert en découpant ses fringues : cet assassin, ce violeur, était un pickpocket par-dessus le marché. Et tu sais qui il avait soulagé de son fric ? Monsieur Félix soi-même ! Tu te rends compte !... Rien que pour ça, en mettant fin à ses méfaits, j'ai bien mérité de la patrie.

Je vois d'ici la tête que va faire le patron, lui, qui se croit si malin, quand je poserai la liasse sur son bureau et que je lui dirai : “ Vous m'avez refusé quelques misérables billets et je vous rapporte tout le matelas. Vous me preniez pour un minus quand j'ai tenté de vous mettre en garde, eh bien ! admettez maintenant que le plus minus des deux n'est pas celui qu'on pense. " Evidemment, j'envelopperai ça dans du papier de soie, car Monsieur Félix, encore que n'étant pas du tout poète, est du genre irrascible.

— Arnaud, mon vieux, tu ne pourras pas faire ça. Ton Monsieur Félix a été assassiné ainsi que son garde du corps en sortant de chez nous. Sa bande sera, est, sans doute, déjà convaincue que c'est toi qui as monté le guet-apens où il a trouvé la mort. Si je peux me permettre un conseil, mets ce fric quelque part en sûreté. Tu ne le rendras à ses héritiers que lorsque tu seras certain de leurs bonnes intentions à ton égard. Tu as bien voulu me reconnaître certains dons, il serait donc logique que tu mc fasses confiance. Fais gaffe. Je sens comme une odeur de mort sur toi. Tu as eu tort de te débarrasser du corps de Milanos. Comment leur démontrer maintenant que tu as tué en état de légitime défense ?

— Je te remercie de l'intérêt que tu me portes, mais ne t'inquiète surtout pas pour moi. Mes relations avec Monsieur Félix et ses principaux acolytes n'ont évidemment rien de commun avec les nôtres. Je n'aimais pas Monsieur Félix. Je n'aime pas ses associés, mais ses associés me respectent. Sa mort ne me profite pas, bien au contraire. Chacun sait que je perds en lui plus qu'un protecteur et un ami — une sorte de mécène. En le perdant, j'ai tout perdu. Oh ! et puis zut, c'est trop compliqué à t'expliquer. Permets-moi de te rappeler qu'en plus des peaux d'âne que m'ont values mes connaissances théoriques et entre autres, mon doctorat de psycho, j'ai acquis, à la dure, une expérience pratique qui, en bien des circonstances, a fait ses preuves. Je peux déjà te faire le topo de ce qui se passera. Pour m'engueuler, ils m'engueuleront, car c'est vrai que c'est moi qui l'ai convaincu de venir ici. Mais quand je leur aurai raconté en détail comment la petite frappe qui a osé lui manquer de respect a été punie et châtiée, ils n'en n'auront que plus de considération pour moi. Ils comprendront très vite que je leur suis indispensable. Je suis le seul à être au courant de toutes les affaires du patron, grandes et petites : le seul surtout à pouvoir négocier avec les bandes rivales. Et puis, si c'était moi le coupable, est-ce que je leur rapporterais ce fric qui d'ailleurs, m'appartient pour une bonne part ?

Sur ce, je te prie de m'excuser. J'ai fait tout ce que j'ai pu pour toi et il n'y a plus personne pour ébruiter les malheurs de ta Rebecca... Son honneur et le tien ont été lavés dans le sang. Rappelle-toi que tu n'étais pas là, que tu n'as rien vu — ce qui est la stricte vérité — et que tu n'es au courant de rien. Je le jurerai à qui de droit. Grâce au ciel, dans ce pays, les ouï-dire n'ont pas valeur de témoignage. Tu restes donc tranquillement chez toi et tu me prépares pour demain les deux explications de textes que je t'ai donné à faire. Tu as intérêt à ne pas perdre de temps et à en mettre un vieux coup, parce que le bac c'est dans moins de trois mois et trois mois, ça passe vite. Très vite.

Tiens, voilà ton wakizachi, prends-le, mais je te demande de veiller, avec toute l'attention dont tu es capable, à ce qu'il ne tombe dans les pattes de personne. Je ne tiens pas outre mesure à ce qu'on y découvre mes empreintes et les traces de sang de Django et de Milanos.

Chapitre 3

Quand la 2 Cv de Sophira s'arrêta en ville devant le 45 du boulevard de la République,il était onze heures et trois minutes. Deux gardiens de la paix rêvassaient là, l'œil vague, le nez en l'air, mais la main sur l'étui de leur pistolet.

— Circulez ! ordonna le plus jeune. Vous ne voyez pas que le stationnement est interdit ici ?

Et il désignait les bandes jaunes peintes sur le trottoir.

Sophira entrouvrit la portière de sa voiture et passa la jambe par la fente. « Je suis égarée » déclara-t-elle au policier qui avait le regard collé sur le tableau parfait qui s'offrait à ses yeux de la cheville à l'entrecuisse. « Voilà un bon moment que je tourne à la recherche d'une certaine impasse de la Marmite-Fêlée, Monsieur l'officier. Je suis désespérée ! » renifla-t-elle avec un pauvre sourire et des larmes pleins les yeux.

Profitant du silence de « Monsieur l'officier », elle élargit l'ouverture de la portière pour y avancer son buste et sa tête.

La nuit blanche qu'elle venait de passer n'avait laissé aucune trace sur son merveilleux visage. Elle avait gardé sa tenue de scène et son décolleté découvrait les plus féminins des trésors.

Du coup, « Monsieur l'officier » faillit en tomber sur les genoux.

— Mais vous y êtes, mademoiselle, balbutia-t-il, transporté d'admiration. Malheureusement, il vous est impossible d'y pénétrer en voiture : c'est une voie privée réservée aux seuls riverains. Essayez de vous garer devant ce bateau, personne ne sort de là avant dix-huit heures. Mon collègue et moi, sommes de garde pour deux heures encore. Tâchez de revenir avant si vous ne voulez pas avoir droit à un joli petit papillon sur votre pare-brise. Jusque-là, je vous accorde l'impunité. Après, je ne réponds plus de rien. Et sans indiscrétion, qu'est-ce que vous allez faire impasse de la Marmite ?

— Je vais au “ Bégonia ”.

— Je parie que vous êtes la vedette de la prochaine revue !

— Vous avez gagné, Monsieur l'officier. J'ai été engagée hier soir et je devais signer mon contrat à onze heures, et il est déjà onze heures cinq, alors pardonnez-moi de vous quitter si vite, mais l'heure c'est l'heure. Et merci de ne pas me faire des misères. Je vous enverrai des invitations.

Elle gara n'importe comment la 2 Cv sous l'œil attendri de la sentinelle et s'engouffra dans l'impasse.

Elle n'avait pas fait cinq pas dans le hall qu'elle perdit le souffle sous l'étreinte d'une poigne suffisamment musclée pour faire partie de Monsieur Muscle soi-même. On devinait qu'elle appartenait à quelqu'un plus apte à donner et à recevoir des coups qu'à philosopher. On devinait qu'adepte convaincu de la gonflette, il était particulièrement fier de sa complexion hypertrophiée. Sa cervelle d'oiseau mouche lui faisait croire qu'il était un homme fort, alors que Sophira ne voyait devant elle que le triste spectacle d'un amas de lard polué.

— Demi-tour ! beugla-t-il. Et d'abord, où que vous courez comme ça ? On n'entre pas ici comme dans un moulin. C'est privé. Et j'ai ordre de ne laisser passer personne.

— Et moi, mon gros, j'ai ordre de Monsieur Félix en personne d'être dans son bureau à onze heures précises. Et il est onze heures douze. Alors, ce que tu as de mieux à faire c'est de retirer tes sales paluches, si tu ne veux pas que Monsieur Félix te fasse chanter Ramona pour m'avoir mise en retard…

L'individu hésita puis, impressionné par l'assurance de cette beauté furieuse, se souvint que dans le doute il fallait faire ce qu'on avait envie de faire plutôt qu'obéir bêtement aux ordres des super-patrons. Or, ce qu' « on » avait envie de faire c'était de continuer à explorer des agréments si voluptueusement palpables qu'il sentait des flots d'hormones envahir son sang.

Le fait qu'elle ignorait le décès imprévu du Patron lui paraissait une excuse suffisante pour manger la consigne et l'amener devant le pâle suppléant de Monsieur le président de la pègre, l'obscur Monsieur Beaudoin, un ancien clerc de notaire, désigné par le regretté pour traiter les affaires courantes en son absence.

— Madame a rendez-vous avec Monsieur Félix à onze heures, dit-il en clignant de l'œil à l'intention de deux nervis de son genre occupés à ne rien faire. Si quelqu'un de la bande à René-les-Belles-Dents vient rôder par ici, tout ce que vous avez à faire, c'est empêcher la pagaye. Alors soyez prudents. Et surtout, oubliez vos feux sauf en cas de légitime défense. Ça va de soi ! Compris ? Merci !

Monsieur Beaudoin avec quatre ou cinq de ses « sous-ministres » établissait le programme des mesures d'urgence : « La sécurité avant tout, expliquait-il ; fermeture des trois boîtes pour cause de deuil et surveillance renforcée ; aucune voiture, piégée ou pas, n'est autorisée à approcher du " Bégonia ". Monsieur le Préfet a déjà donné son accord pour que la police fasse respecter, comme jamais, l'interdiction de pénétrer dans notre rue, sous quelque prétexte que ce soit et même de stationner aux abords immédiats.

On va envoyer un plénipotentiaire pour demander des explications à René-les-Belles-Dents et, au cas où il refuserait d'en donner, pour le liquider. Il nous faut, bien sûr, quelqu'un de confiance, capable de lui inspirer confiance, tout en n'ignorant pas les bons usages des armes blanches, à feu et à poudre.

Un quidam lança le nom d'Arnaud de Marchefeuil, « fils

de diplomate, chien favori de Monsieur Félix et ami de tout le monde que, de plus, René avait à la bonne. »

— Je le cherche précisément, grommela Monsieur Beaudoin dans sa moustache. Il est parti hier soir pour une mission mystérieuse. Il avait rendez-vous à neuf heures ce matin avec le patron pour lui en rendre compte et, non seulement il ne s'est pas pointé, mais n'a été signalé à aucune de ses haltes habituelles. C'est anormal. C'est bien la première fois qu'il n'est nulle part...

— Il n'y a pas à s'inquiéter, assura un des cinq associés. Je le connais comme ma poche et je peux vous affirmer que dès qu'il sera en manque, il rappliquera et en vitesse. Sans came ni capital, il ne peut aller bien loin !

On passa à autre chose. On discutait des obsèques quand Monsieur Muscle gratta à la porte. Sophira en profita pour glisser entre ses pattes et bondir dans la salle de conférence.

— J'ai donné ordre de ne nous déranger sous aucun prétexte, fit observer d'une voix plaintive, Monsieur Beaudoin, en se levant.

— Et moi, Monsieur Félix m'attend depuis déjà un quart d'heure et il m'a prévenue qu'il n'aimait pas attendre, annonça glorieusement Sophira en lui faisant face.

En entendant cette déclaration surprenante, tout le monde se dressa bruyamment.

— Expliquez-vous, Mademoiselle, dit Monsieur Beaudoin, en allumant une cigarette d'une main tremblante : quand et où avez-vous obtenu ce rendez-vous de Monsieur le président ?

— Hier soir. Il m'avait fait le plaisir de venir m'applaudir dans le club privé où nous nous produisions mes frères et moi. Je dois dire, en toute modestie, qu'il a été emballé par ma prestation. C'est pour ça qu'il m'a convoquée ce matin à onze heures pour la signature de mon contrat. Et à cause de votre gugusse peloteur et fouineur qui voulait s'assurer à sa manière de primate que je n'avais pas de feu pour allumer son cigare, je suis pour la première fois de ma vie en retard à un rendez-vous d'affaires.

— Asseyez-vous là, lui proposa courtoisement, Monsieur Beaudoin, en lui désignant un des sièges alignés le long du mur. Aujourd'hui le Président n'en est plus à quelques minutes près.

Surprise et inquiète, Sophira s'installa confortablement en n'oubliant pas toutefois de découvrir largement ses jambes, de secouer sa tête pour ébouriffer ses cheveux, de tirer sur son châle pour l'échancrer davantage et de tendre un peu plus son boléro sous prétexte de réparer les désordres commis par les mains indiscrètes de son ange gardien.

— Vous prétendez avoir rencontré le Président hier soir, s'enquit d'une voix mielleuse Monsieur Beaudoin.

— Je ne prétends rien. Je l'affirme, lui répliqua Sophira.

— De quelle heure à quelle heure ?

— De onze heures et demie à un petit peu plus de deux heures. Il a insisté pour que je lui chante tout mon répertoire.

— En un lieu public ?

— Dans un club très fermé !

— Et il s'appelle comment votre club ?

— L' “ Alexander's Ragtime Club ”.

— Quelqu'un d'entre vous a-t-il entendu parler de ce lieu si aristocratique ? demanda-t-il en s'adressant à ses associés.

Tout le monde hocha négativement la tête.

— Vous ne fabulez pas un tout petit peu, mademoiselle ?

— J'ai des témoins.

— Citez-moi un nom.

— Monsieur le comte Arnaud de Marchefeuil. C'est lui qui avait arrangé cette rencontre.

— Ça tombe mal. Il a justement disparu de la circulation.

— J'en ai quarante ou cinquante autres à votre disposition. On était complet ! Full up ! Si vous aviez entendu l'ovation que j'ai reçue, vous ne me parleriez pas sur ce ton-là. De toute façon, je n'admets pas que l'on mette ma parole en doute.

— Vous entendez, messieurs, madame n'admet pas que l'on mette sa parole en doute, ironisa-t-il, en se tournant vers ses associés. Puis s'adressant directement à Sophira : " Est-ce que vous me prendriez pour un jobard, par hasard ? "

— Je vous prends pour un pauvre métèque.

— Moi, un Auvergnat pure souche ! Comment osez-vous ?

— J'ose, parce que les Français et tout particulièrement les Auvergnats sont délicats, galants avec les dames et sensibles aux arts, ce qui, de toute évidence, n'est pas votre cas.

— Je suis désolé de vous donner une si mauvaise opinion de l'Auvergne d'autant plus, et mes amis ici présents vous le confirmeront, que je suis connu pour mon amour des artistes en général et des chanteuses en particulier. Mais ne nous égarons pas : donc vous auriez rencontré Monsieur le Président dans un certain " Alexander's Ragtime Club " d'ailleurs inconnu au bataillon, où vous auriez été amenée par Arnaud, qu'en revanche nous connaissons très bien, mais qui n'est malheureusement pas venu à son travail ce matin. Et peut-on savoir, sans vous manquer de galanterie, où se trouve ce club si couru ? Réfléchissez bien avant de répondre, car je ne vous cacherai pas que notre président ne s'absente jamais sans nous indiquer minute par minute l'endroit où on peut le joindre.

— Alors vous devriez savoir qu'il était hier soir...

— Où ça ?

— A Nautailles. A trente kilomètres d'ici, à vingt-trois heures et qu'il en est reparti autour de deux heures du matin, comme je vous l'ai déjà dit.

— Vous mentez. Il a été établi par des témoins dignes de foi et présents qu'il a joué au poker avec eux de dix heures du soir à cinq heures du matin.

— Vous n'avez pas honte de dire des bêtises comme ça à votre âge ?

— Passons. Parlez-moi d'Arnaud. Que faisait-il dans votre club ?

— Il attendait votre président. Quand celui-ci est arrivé,

c'était plein. Il y avait des gens partout, jusque sur les marches de l'escalier. C'était bourré à craquer. Alors Monsieur Félix et Arnaud sont allés faire un tour et quand ils sont revenus, on a pu les caser en leur donnant la table d'un jeune couple qui partait en promenade de fiançailles.

— Et notre président a trouvé normal qu'il n'y ait même pas un strapontin réservé pour lui ?

— Ah, non, alors ! Il a fait un vrai scandale. Il a traité Arnaud d'incapable, de camé, de pédé et même de petit con.

— Je commence à vous croire. Et quand ils ont réapparu, ils étaient subitement redevenus amis ?

— Pas du tout. Mais j'ai chanté et Monsieur Félix m'a applaudie frénétiquement. Il était tellement ébloui qu'il m'a immédiatement proposé un engagement à mes conditions et à mon tarif au “ Bégonia ”. Et pour bien prouver que ce n'était pas du bla bla bla, il a sorti son portefeuille de sa poche...

— Ah ! il avait un portefeuille ?

— Non, à vrai dire, ce n'était pas vraiment un portefeuille, c'était une grosse liasse dans un clip.

— Et vous vous souvenez de la forme de ce clip ?

— Et comment, ce sont des choses que l'on peut difficilement oublier. C'était épais comme ça. Il y avait peut-être mille billets de cinq cents francs là-dedans. A tel point que quand il en a sorti quatre pour me les donner, ça ne s'est même pas remarqué. La liasse est restée aussi grosse.

— D'accord, mais à quoi ressemblait ce clip ?

— A une sorte de gros trombone en or blanc et rouge avec trois grosses fleurs piquées de rubis : des fleurs de lys comme sur le drapeau de la France. Ça devait dater d'avant la Révolution.

— Je vous crois de plus en plus. Et alors que s'est-il passé ensuite ?

— Une chose incroyable. Je n'avais jamais vu quelqu'un recevoir un tel affront sans le rendre. Arnaud a dit à votre président : “ Pendant que vous y êtes, patron, souvenez-vous que vous m'avez promis cinquante billets il y a trois semaines. Je comptais dessus et j'en ai bien besoin. ”

— Et alors ?

— Alors, Monsieur Félix, tel un seigneur des temps anciens, lui a dit : “ Mets-toi à genoux et baise mes bottes pour te faire pardonner et tu les auras. ” Vous ne me croirez peut-être pas, mais ce minable, devant tout le monde, s'est mis à genoux et a baisé la chaussure... Et le seigneur la lui a envoyée en pleine poire. Et le lâche a vomi son sang... Alors Monsieur Félix a sorti sa liasse et l'a agitée sous le nez de l'ignoble Arnaud en lui disant : “ Regarde bien ces billets. Et écoute. Tu entends leur petite musique ? Eh bien ! c'est tout ce que tu auras de moi... ” Arnaud a encore balbutié : “ Vous m'aviez pourtant promis, patron. ” Alors le président a eu cette réponse extraordinaire : “ Je t'ai promis que tu les aurais. C'est vrai ! Eh bien ! tu les as... dans le cul ! ” Sur ce, il s'est levé et il est parti.

— Et Arnaud ?

— Il a couru derrière lui et je ne l'ai plus revu. Moi je suis restée encore deux bonnes heures à bisser et à trisser mes chansons.

— Qu'est-ce que vous pensez de tout ça ? interrogea Monsieur Beaudoin en s'adressant à l'aréopage.

— Je pense qu'elle dit vrai, s'avança celui qui avait proposé Arnaud comme ambassadeur, oubliant déjà l'éloge qu'il en avait fait. C'est bien dans sa manière de s'écraser et de supporter n'importe quoi quand il est en manque.

— Et toi Jeannot, demanda Monsieur Beaudoin à un autre, un ancien jockey, borgne et au nez écrasé, sais-tu ce qu'on a trouvé sur le corps du patron ?

— Mon correspondant du commissariat a précisé qu'il est écrit dans le rapport que le cadavre n'avait pas un sou sur lui. Montre, bague, tout ce qui avait une valeur quelconque, et jusqu'à sa ceinture en croco, lui avait été enlevés...

— Alors c'est signé, conclut Monsieur Beaudoin. Seuls Arnaud et moi savions que notre trésor de guerre était caché dans la ceinture.

Se tournant vers Sophira, il s'enquit courtoisement :

— Il était de combien votre contrat, Mademoiselle ?

— Je n'ai pas voulu profiter de la situation. J'ai demandé dix billets. Dix billets de cinq cents, par soirée bien sûr.

— Eh bien ! on va signer.

S'adressant au Jeannot, il lui ordonna :

— Va me chercher un contrat type.

— Voilà, patron, dit l'homme, en tirant un papier de son portefeuille. J'en ai toujours un sur moi.

Monsieur Beaudoin le tendit à Sophira.

— Tiens, petite, prends-le... Je vais te prouver que chez nous on tient toujours les promesses, même celles des autres. Tu vas t'asseoir à cette jolie petite table et remplir consciencieusement les blancs : nom, prénom, adresse etc., etc. et la somme bien sûr : cinq mille francs par représentation pour la période d'essai. Et comme tu es une fille bien, je te fais confiance. Je te le signe en blanc. Ça t'en bouche un coin. Non ? Allez, installe-toi et fais vite.

Quand trois minutes plus tard, Sophira lui rendit les papiers dûment paraphés, il lui demanda :

— J'espère que tu as lu toutes les clauses ?

— Oh ! pas dans le détail, Monsieur, lui répondit-elle.

— Eh bien ! tu as eu tort, observa-t-il, en écrasant son mégot dans un petit cendrier en argent. Tu vois, sous l'article 19, il est prévu que si pour un cas de force majeure le contrat ne pouvait être exécuté, il pouvait être résilié par l'une des deux parties, moyennant un dédommagement de vingt pour cent de son montant. Le cas de force majeure, c'est le décès du président. Je suppose que tu as compris qu'il a été assassiné par ton ami Arnaud ?

— C'est pas mon ami, protesta-t-elle.

— Peu importe. Ton contrat est résilié et, suivant la clause précitée, nous te devons mille francs. Comme tu en as touché deux mille, je te prie de nous rembourser les mille autres que tu as perçus indûment.

— Mais c'est une honte ! D'ailleurs, je ne les ai pas sur moi, protesta Sophira

— Elle est d'accord pour les donner, commenta Monsieur Beaudoin, mais elle ne se souvient plus très bien où elle les a planqués. En général, elles les mettent dans le haut de leurs bas. Aide-la un peu, ordonna-t-il au primate musculeux.

— Tout de suite, patron, s'empressa d'acquiescer, avec un large sourire lubrique, l'intellectuel.

— Je ne les ai pas et je ne porte pas de bas, protesta Sophira en se dressant comme un cobra prêt à l'attaque.

— Quand elles ne portent pas de bas, continua Monsieur Beaudoin impassible, c'est leur soutien-gorge qui sert de tirelire aux filles, continua-t-il imperturbable.

Ouvrant grand son boléro, Sophira fit jaillir une superbe paire de seins.

— Les soutiens-gorge, j'ai rien à en foutre, proclama-t-elle. Ça tient tout seul.

— Alors pas besoin de perdre ton temps à chercher, conclut Monsieur Beaudoin, tu les trouveras dans son slip.

Le mâle primate avançait déjà ses mains gourmandes vers Sophira quand celle-ci, convaincue, sortit, comme un prestidigitateur un lapin de son chapeau, les deux billets de cinq cents francs de la même tirelire que celle habituellement utilisée par le personnel de Monsieur Beaudoin.

— Vous êtes des voleurs, hurla-t-elle.

— Ai-je bien entendu ? Une insulte ?

— Non, dit Sophira, dans ma bouche c'est plutôt un compliment.

— Tu as de la chance de nous avoir fait oublier, pendant quelques instants, notre immense tristesse, décida Monsieur Beaudoin. Eu égard à l'admiration que t'a manifestée notre cher disparu et au service que tu nous as rendu en nous donnant le nom de son assassin et aussi de tous ceux que tu nous rendras dans l'avenir, on te laisse partir. Sans amende. Mais ne t'inquiète pas. On se reverra. Si tu chantes aussi bien que tu le prétends, nous aurons peut-être l'occasion, dans l'avenir, de signer d'autres contrats.

S'adressant à l'homme de main déçu, il lui précisa avec une sévérité inattendue :

— Tu la reconduis et attention : pas de familiarités envers Madame. Pense à ce que le patron, dont elle aurait pu être la veuve, si seulement il avait vécu quarante-huit heures de plus, t'aurait fait si tu avais osé porter sur elle un seul regard, même chaste.

Au garde-à-vous au nom de Monsieur Félix, l'anthropopithèque ouvrit respectueusement la porte devant Sophira.

— Voilà ce que je propose, déclara après leur sortie Monsieur Beaudoin. Je téléphone à René-les-Belles-Dents et je lui fais des excuses de l'avoir un instant soupçonné, alors qu'il est clair maintenant que c'est Arnaud le coupable. Je connais René. Il est intelligent. Il s'écrasera. Je lui proposerai de marcher la main dans la main. Ensemble, on se met en chasse. On rattrape Arnaud et on applique la Loi. Toute la Loi. Rien que la Loi. Quant aux objets personnels de notre vénéré ami, si on a la chance de les récupérer, on se les partage. Notre cher disparu n'a pas d'autres héritiers que nous. Plus important encore c'est de récupérer les quatre diamants acquis avec notre pognon et qu'il s'entêtait à garder sur lui malgré tous mes conseils.

René-les-Belles-Dents accepta les excuses et l'idée de former une seule société, avec l'apport d'une augmentation de capital, quand l'assassin de Monsieur Félix aurait été pris et châtié et le trésor récupéré.

Les jours suivants, les aéroports, les gares et les cars furent surveillés avec une minutie d'autant plus grande que la police informée, plus rapidement encore que d'habitude, s'était piquée au jeu.

Cependant, malgré la vigilance des uns et des autres le comte Arnaud de Marchefeuil réussit invraisemblablement à échapper à toutes les recherches et ce fut de nouveau la guerre froide entre le gang ex-Félix et celui de René-les-Belles-Dents, chacun soupçonnant l'autre d'avoir mis la main sur l'infortuné jeune homme, de l'avoir fait disparaître et d'avoir gardé pour lui tout seul l'agrafe aux fleurs de lys et le fabuleux contenu de la ceinture en croco.

Pendant que les voleurs s'agitaient, les gendarmes se reposaient sur leurs positions.

Chapitre 4

— Mon opinion, affirma Emile Ruffier, officier de gendarmerie à Nautailles, au juge d'instruction Pierre Langelet, est qu'il s'agit d'un règlement de comptes entre gens du Milieu.

Trois ans d'affectation à Nautailles, avaient suffi à convertir le Provençal Ruffier en Nautillais cent pour cent.

Le juge Langelet était moitié breton, moitié savoyard. Encore que jeune, il avait l'apparence d'une momie. Il se surveillait autant que les suspects dont il instruisait les dossiers, ne s'accordait aucune incartade et croyait en sainte Diététique autant qu'en Dieu le Père. La pègre locale, et même internationale, avait transformé Langelet en Belzébuth tant il mettait d'acharnement à faire des témoins des suspects, et des suspects, même les moins soupçonnables, des prévenus.

— Entre nous, ça fait longtemps que ça lui pendait au nez à votre Monsieur Félix et, toujours entre nous, je ne suis pas mécontent que ce massacre nous ait débarrassé de cette vaniteuse crapule qui me tenait la dragée haute et que je n'avais jamais réussi à coincer tant il était retors et tant il profitait de protections occultes ! Vous vous rendez compte : arriver à soixante-six ans avec un casier vierge, une vingtaine de non-lieux et autant de millions lourds, déclarés, plus les capitaux dissimulés en Suisse et en Floride ! Admettez que ce n'est pas à la portée de n'importe quelle crapule.

— Je ne suis pas entièrement de votre avis, lui répliqua calmement Ruffier : la police qui dispose de pas mal d'oreilles dévouées dans le Milieu, m'a signalé que c'est toute la racaille de la ville, celle de monsieur Félix, comme toutes les autres, qui est en ébullition. Toutes et tous se sont associés pour promettre d'importantes récompenses à ceux qui nous aideraient à mettre le grappin sur le ou les inconscients qui, en s'attaquant au plus vénérable des caïds, ont violé la loi du Milieu.

Il est beaucoup question d'un certain Arnaud de Marchefeuil, fils de famille dévoyé, universitaire brillant, une sorte de don Quichotte, mais homosexuel, drogué, pourri jusqu'à la moelle. Assez astucieux pour s'être lui aussi acquis, mieux que des protections, beaucoup de sympathies dans une bonne partie de l'intelligentsia locale et pas uniquement gauchiste. De nos jours, les gens les plus respectables acceptent d'avoir des relations avouées, parfois mondaines, avec les individus les plus tarés, dans le seul espoir d'être remarqués par les médias.

— Croyez bien Ruffier que j'ai été le premier informé que c'était Marchefeuil qui avait donné rendez-vous à Nautailles au sieur Bouvet Philippe dit Monsieur Félix. Malheureusement, une bonne dizaine, et même davantage, de témoins honorables sont prêts à jurer que Marchefeuil était avec eux au moment de l'embuscade qui a fait trois victimes. J'avais d'abord supposé que Monsieur Grumbach faisait partie de la bande rivale de celle de Félix et qu'il y avait un quatrième personnage à bord de sa voiture qui aurait abattu Chevrier Louis dit P'tit Louis, en premier, puis Bouvet et Grumbach ensuite. J'étais dans l'erreur. Grumbach, bourgeois vicieux et petit brasseur luxembourgeois, rentrait paisiblement au caravaning de Nautailles après une soirée copieusement arrosée dans une maison particulièrement accueillante.

— Monsieur le Juge, Marchefeuil avait, de toute évidence, un complice. L'attentat, préparé de longue date, a été commis le jour où ont commencé les travaux du tout-à-l'égout, rétrécissant considérablement la route. Ainsi, la voiture blindée du sieur Félix ne pouvait éviter les clous disposés par les criminels...

— Bien pensé, Ruffier, ponctua le juge. Le complice c'est le fils Trambolin avec lequel, d'après certains, Arnaud entretenait les relations les plus tendres. Tous les témoignages concordent : il a quitté le club quelque temps avant Félix.

— Alexandre ! C'est pas sérieux, Monsieur le Juge. C'est une infâme calomnie. Ses relations avec Arnaud n'ont jamais été le moins du monde équivoques. C'est un garçon sérieux. Trop sérieux presque. Respectueux de la vie au point d'éviter de marcher le matin sur une araignée quand il s'en trouve une sur son chemin. Et puis, il a seize ans à peine. L'idée qu'il ait pu participer à une agression quelconque est absurde.

— Et pourtant, il n'y a qu'un gosse, ou un débile mental, pour croire qu'une mise en scène aussi infantile pouvait tromper même un gendarme.

— Pas plus que mes gendarmes, Alexandre n'a l'esprit débile. Cette mise en scène puérile est la preuve de son innocence. Dois-je, de plus, vous rappeler, Monsieur le Juge, que la famille Trambolin est très honorablement connue dans le pays depuis deux siècles et plus ?

— Je sais, et je connais même les légendes suivant lesquelles elle ne serait parvenue à être si honorable qu'au prix de quelques malhonnêtetés et crimes sordides, sans parler de compromissions, arrangements sous menace, escroqueries et autres actes du même acabit...

— Là vous exagérez, Monsieur Langelet. Sans doute existe-t-il des brebis galeuses dans les plus grandes familles... mais de là à généraliser ! En étudiant avec Gilbert Trambolin nos généalogies respectives, nous avons découvert que nous étions cousins. Et j'en suis fier.

— Faut pas vous fâcher, Ruffier. Il est mathématiquement démontré que vous, moi, et tous les autres Français, descendons de l'un des dix ou quinze enfants de Saint Louis, puisque chacun d'entre eux a eu aussi une bonne douzaine de rejetons légitimes et naturels. En vingt générations, le fils de Blanche de Castille a eu au minimum un milliard de descendants, forcément cousins les uns des autres. Or, d'après ce que l'on m'a dit, les Trambolin ont été au moins aussi prolifiques que l'étaient les Capet. Conclusion : nous sommes, vous et moi, parents par les Capet et les Trambolin. Trêve de plaisanterie ! Je termine en vous suggérant, avec insistance, de garder un œil sur le jeune Alexandre et sur son père. Félix avait rendez-vous chez eux. Personne de son entourage direct, ni même, je peux vous l'affirmer, du Milieu n'était au courant de son escapade.

Ce n'est sûrement pas par pure coïncidence que Félix a été assassiné en revenant de cette mystérieuse entrevue. L'instigateur de ce crime, Arnaud de Marchefeuil, selon toute probabilité, et ses complices, ne devaient pas être, ce soir-là, très loin de la Maison Trambolin.

*
**

A peu près au moment même où l'instruction sur le meurtre de Monsieur Félix avançait à pas de tortue, les deux clans rivaux de la pègre tenaient une nouvelle conférence de paix, après plusieurs conclusions et ruptures de l'armistice. Pour chacun d'entre eux c'était l'autre le responsable du plus grave des crimes : le crime de lèse-majesté du Milieu. Finalement, Monsieur Beaudoin et Monsieur René-les-Belles-Dents réussirent, une fois de plus, à se convaincre mutuellement de leur bonne foi : malgré tous les moyens mis en œuvre, aucune trace d'Arnaud de Marchefeuil n'avait été relevée.

— Mon avis, pontifiait Monsieur Beaudoin, c'est que ce scélérat à dû perpétrer son crime pour le compte — et avec l'accord — de la police, car autrement, comment aurait-il pu échapper à toutes nos recherches et où aurait-il pu trouver une planque aussi sûre et surtout, comment pourrait-il se ravitailler en came ? Normalement, au bout de quarante-huit heures il aurait dû se signaler chez un de nos revendeurs. Ce qui n'est pas le cas. Donc quelqu'un d'autre a pourvu à son approvisionnement. Qui? Sinon la maison Poulaga qui dispose d'un stock échappant à notre monopole.

— Moi, j'ai entière confiance en mes hommes. Mais qui pourrait croire que Marchefeuil n'avait pas gardé quelque ascendant sur l'un ou l'autre des vôtres, répliqua René-les-Belles-Dents.

— Aucun des miens ne prendrait ce risque aussi ami qu'il ait été avec Marchefeuil. Tous connaissent la sanction qui frappe les malhonnêtes qui essaient de nous doubler. Je remarque aussi qu'aucun de vos hommes, ni aucun des miens n'a mis en circulation les Pascal dont on a soulagé notre pauvre ami, s'indigna Monsieur Beaudoin.

— Cependant, remarqua René-les-Belles-Dents, je ne vous suis pas quand vous parlez de la maison Poulaga. Il se trouve que j'ai des informateurs au plus haut niveau à qui une indélicatesse comme celle que vous imaginez ne pourrait être dissimulée. Les policiers se faisant complices de trois assassinats et fournissant au coupable du poison — comme ils disent — c'est quand même un peu gros, même à notre époque pourrie.

— J'ajoute à vos pertinentes observations, reprit Monsieur Beaudoin, qu'Arnaud n'est pas un fana du tir au pistolet et encore moins du tir à la fronde. Ah ! si mon pauvre ami avait été trucidé à l'arme blanche, je n'hésiterais pas une seconde. Je dirais que le crime est signé car, faire des boutonnières au ventre ou à la gorge de quelqu'un cela a toujours été du goût de ce détraqué. Dans les conditions actuelles, je peux affirmer qu'il est l'instigateur de cet abominable forfait, et je peux affirmer, avec autant de certitude, qu'il a eu des complices. Nos amis de la police ont contrôlé avec toute la minutie dont ils sont capables son emploi du temps. Pas de problème : une dizaine de témoins et des plus fiables ont affirmé qu'il était avec eux au moment de l'attentat.

— Ça, mon cher, ça n'aurait pas pu échapper au plus borné des gardiens de la circulation. Quant à moi, bien que n'étant pas comme vous diplômé de la faculté de droit et ayant arrêté mes études au primaire, parce que j'avais déjà mieux à faire, j'ai ma petite idée sur ses complices. Le père Salomon, que vous connaissez aussi bien que moi, m'a parlé de deux espèces de clodos dont l'un, nommé Django, est un virtuose de la fronde. Il paraît qu'avec sa bille d'acier il peut tirer un pigeon à cinquante mètres.

— Bravo ! Voilà au moins un renseignement précieux. Si on trouve ce Django ou son frère, on pourra remonter jusqu'à ce taré de Marchefeuil.

— L'ennui c'est qu'il s'est volatilisé dans la nature aussi complètement que Marchefeuil.

— Mais enfin, il a sûrement des copains, une nénette, de la famille ?

— Un frère qu'on a localisé, en dernier lieu, à Nautailles, mais qui, lui aussi, a disparu de la circulation. J'ai aussi entendu parler d'une sœur remarquablement bien de sa personne.

— Connue ! Une assez belle gosse, mais complètement paumée. Imaginez-vous qu'elle a été signalée tapinant sur notre territoire et refusant toute protection. Ça n'a pas traîné. Elle a très vite compris, a fait ses cliques et ses claques... en direction de Toulon, paraît-il.

— Elle ne s'appelait pas Sophira, par hasard ?

— Quelque chose comme ça, répondit René-les-Belles-Dents.

— C'est bien la même. Je pense pouvoir la récupérer.

— Je ne crois pas qu'il y ait grand-chose à en tirer. Elle aussi était à la recherche de ses frères. Et s'ils avaient eu la moindre possibilité de se manifester, ils ne l'auraient pas laissée travailler sur des trottoirs contrôlés par d'autres et se faire frapper par leurs régulières...

Le lendemain, « Le Régional » publiait dans la rubrique « Offres d'emplois » un encadré proposant à une chanteuse-guitariste-animatrice-sexy la vedette de la prochaine revue du « Bégonia ». Elle devait être inconnue dans la ville et se présenter pour passer audition, impasse de la Marmite-Fêlée.

A dix-huit heures cinq, une D.s. visiblement entretenue avec soin depuis une quinzaine d'années, conduite par un imposant quinquagénaire ayant réussi à grands renforts d'interventions des disciples d'Hippocrate — hautement rémunérés — à conserver quelques beaux restes, déposait Sophira à proximité immédiate du « Bégonia » et s'éclipsait prestement : ce séducteur craignait de toute évidence d'être reconnu et dénoncé à une fidèle épouse.

Reçue cette fois avec de grands égards — Monsieur Beaudoin avait visiblement pris ses dispositions pour la mettre en condition — elle était introduite, après plus de trois quarts d'heure d'attente, dans le bureau du nouveau président.

— Chère Mademoiselle, quelle joie de vous recevoir dans des conditions moins pénibles que la dernière fois où nous nous sommes vus. J'espère que vous voudrez bien excuser mon attitude, mais j'étais sous le coup de la disparition du président, mon compagnon des meilleures et des pires heures. Il me souvient de vous avoir un peu taquinée ce jour-là. J'en suis sincèrement navré et je me suis mis à l'amende. Permettez-moi de vous rendre les mille francs que je vous ai si malicieusement gagnés au jeu de : " Sachez lire un contrat ".

Sophira rangea dans sa tirelire les deux billets sans dire merci.

— Où étiez-vous pendant tout ce temps ? continua-t-il Nous vous avons cherchée partout...

— Alors que j'étais, par votre faute, dans la rue pour ne pas dire sur le trottoir, j'ai eu la chance de rencontrer un vieil ami de ma famille. Il s'est fait un devoir de devenir mon chevalier servant, en tout bien tout honneur évidemment. Malheureusement, il est marié avec une sorte de virago qui voit le mal partout.

— Vous êtes donc disponible.

— Entièrement, de corps et d'esprit. Je peux débuter dès ce soir si vous voulez.

— Notre contrat prendra effet dès aujourd'hui, bien sûr, mais les répétitions commenceront un peu plus tard. Je me suis adjoint un co-producteur qui doit arriver d'un instant à l'autre et que je voudrais vous présenter. Il devrait être là depuis une demi-heure, mais nous lui pardonnerons de vous avoir fait attendre, car c'est un homme très occupé.

Emile l'Anguille, recordman des évasions, annonça à ce moment Monsieur René-les-Belles-Dents.

Sophira admira la belle prestance et le visage viril de l'homme ainsi que ses favoris dont le gauche soulignait quelques balafres qui n'avaient rien à voir avec les cicatrices des étudiants de Heidelberg.

— Ce n'est rien, lui assura-t-il, en lui offrant son plus beau profil : souvenirs du bon temps où j'étais à la Légion.

Puis s'immobilisant, la langue comme paralysée, il s'exclama à l'adresse de Monsieur Beaudoin :

— C'est pas vrai, l'ami. Dites-moi que je ne rêve pas. Une beauté comme ça ! Je ne me doutais même pas que ça pouvait exister. Quelles que soient ses conditions, il faut la prendre en exclusivité pour sept ans renouvelables : cinéma, télévision, variétés et les dérivés.

Ainsi mise en confiance, Sophira répondit avec profusion aux questions que lui posaient les deux professionnels ès interrogatoires. Oui, elle souhaitait avoir le droit de choisir seule ses partenaires. Les deux guitaristes qui l'accompagnaient depuis ses débuts n'étaient autres que ses deux frères, Django et Milanos. Malheureusement, ils s'étaient absentés depuis quelques jours et elle ne savait pas quand ils reviendraient. Non, ils n'avaient pas d'impresario. C'était Milanos qui d'une manière générale s'occupait des contrats. Mais comme il était parti pour une durée indéterminée, sans même dire où, elle était parfaitement libre de prendre ses décisions toute seule. Cependant, elle ne signerait rien sans avoir consulté un bon avocat. Merci. Elle était assez grande pour en trouver un toute seule. Oui, Milanos lui avait écrit.

Elle avait trouvé un bout de papier griffonné dans la voiture, non signé, dans lequel son frère lui indiquait qu'il était obligé de s'absenter pour quelque temps et que, quand il reviendrait, ils n'auraient plus aucun problème financier ni les uns ni les autres. Non, c'était normal parce qu'il avait précisé que sa vie était en danger et qu'il lui fallait se mettre au vert pour un certain temps. Il lui ferait signe à la Maison Trambolin. Non, il n'était pas question que le club rouvre ses portes. D'ailleurs, pour rien au monde elle ne recommencerait à travailler avec un minable comme Arnaud. En revanche, malgré tous ses défauts, on pouvait avoir confiance en Alexandre. Jamais il ne se permettrait d'ouvrir une lettre qui ne lui serait pas destinée et de garder pour lui un message adressé à une autre personne. Comment était Alexandre ? Un gamin un peu prétentieux et même un peu anormal « sur les bords ».

— Imaginez-vous qu'une nuit, où j'avais chanté jusqu'à sept heures du matin, j'avais accepté de coucher chez lui. Entendant qu'il était réveillé, j'allai tout naturellement le remercier de son hospitalité. On est artiste, mais on est aussi femme. Eh bien ! imaginez-vous, il m'a regardée avec horreur comme si j'étais Dracula soi-même. Un puceau de cet âge-là, c'est pas tellement courant. J'allais pas me laisser impressionner. Je me glissai donc dans les draps, me collai à lui et commençai à le batifoler gentiment. Il réagissait normalement et, tout à coup, sans aucune raison, il est parti comme un fou. Je suis presque certaine qu'il est allé se finir chez son ami Arnaud.

Milanos ? Un garçon tout à fait normal, n'ayant peur de rien, ni de personne. Quand il se bat, il est terrible.

Django ? C'est le poète de la famille. Quand il tue un oiseau avec sa fronde, il pleure et lui fait de belles obsèques. Il n'a jamais pu apprendre à lire ni à écrire, ça c'est vrai, mais pour jouer de la guitare, il est incomparable. Il leur arrive de se disputer, mais jamais pour de l'argent. Et pourtant, il a un drôle de sens de la propriété mon Django. Je l'ai vu piquer des crises terribles pour un coquelicot qu'il avait cueilli dans un champ.

Les bijoux ? Nous n'en n'avons jamais eu beaucoup. Je peux dire, cependant, que j'ai assisté un jour à une scène tout à fait cocasse. Ma mère avait donné à Django une petite bague sans aucune valeur. Un jour Milanos la lui avait empruntée. Ça a fait une bagarre sanglante. Finalement, j'ai réussi à raisonner Milanos qui a laissé Django reprendre son anneau. Savez-vous ce que l'enfant avait imaginé pour qu'on ne la lui reprenne pas ? Il l'a mise dans la bouche et il l'a avalée ! On ne la jamais récupérée, même pas dans ses cacas ni ailleurs et il n'en est pas mort. Il avait trouvé une cachette inviolable pour son petit trésor. C'est bien une idée de poète, non ?

— C'est très émouvant. Il faudrait que vos frères reviennent vite, vite, pour que nous montions toute la revue sur vous trois.

— C'est que je ne sais pas où les joindre.

— A mon avis, ils vont débarquer un de ces jours à Nautailles. Alors, j'ai une idée. En attendant que nous commencions à répèter, j'ai une proposition à vous faire. Vous vous installez là-bas.

— C'est pas commode. Toute seule, chez la mère Louise avec laquelle, d'ailleurs, j'ai eu des mots, j'aurais l'air de quoi ?

— Ecoutez, Sophira. Maintenant qu'on se connaît, qu'on est amis, je vais vous parler brutalement. Arnaud de Marchefeuil se cache à proximité de Nautailles, peut-être même, dans le patelin. Il surveille sûrement de très près la Maison Trambolin. Tous les moyens seront bons. Je vous fais confiance. Le pharmacien a une solide réputation de queutard. Je veux bien qu'on me les coupe s'il résiste à vos charmes. Vous le connaissez ?

— Je l'ai entrevu… de loin, mais ça pourrait être amusant de l'entreprendre.

— Alors vous êtes d'accord ?

— Pour rien au monde, s'écria-t-elle avec un geste d'horreur.

— Qu'est-ce qui vous prend ?

— J'ai peur d'Arnaud.

— Vous n'avez rien à craindre. A partir d'aujourd'hui vous êtes sous notre protection. Nous avons quelqu'un à Nautailles. Je ne devrais pas vous dire qui, mais je vous fais confiance. C'est Salomon, de la brocante.

— Je le connais. J'ai même fait quelques petites affaires avec lui. Il ne doit pas m'avoir tellement à la bonne. Il réclamait une soulte en nature. Je lui ai filé deux gifles. C'est quand même extraordinaire ces gars-là. Plus ils sont vilains, plus ils sont voleurs, et plus ils sont culottés.

— A l'avenir, il vous respectera. Je vous en donne ma parole. Je lui envoie comme commis un de mes hommes de confiance... Vous connaissez Jeannot ?

— L'ancien jockey ? Il est très bien !

— Bon !... Alors dans quinze jours tu te pointes chez Salomon et tu te conformes strictement à ses instructions. Emile, reconduisez Madame, conclut Monsieur Beaudoin.

— Que pensez-vous de tout cela ? demanda après le départ de Sophira, avec une certaine fierté dans la voix, Monsieur Beaudoin à Monsieur René-les-Belles-Dents.

— Ce que je pense ? Eh bien ! Je pense que les deux frères sont les complices de Marchefeuil. Quant à les retrouver, je n'y compte plus. Si Django et Milanos n'ont pas donné de nouvelles à leur petite sœur, c'est que ces guignols ont bel et bien été liquidés.

— Pas par ce petit foireux de Marchefeuil. Pas non plus par quelqu'un de chez nous. Alors qui ? interrogea Monsieur Beaudoin.

— Tu veux mon opinion ? Pour moi y'a pas de doute. C'est le gamin. Le fils Trambolin.

Chapitre 5

— Notre “ enfant ” innocent et naïf, annonçait peu de temps plus tard le juge Langelet au capitaine Ruffier, n’est pas aussi blanc que vous le supposez. Il est même plutôt noirâtre et fuligineux. Je me suis livré à une petite enquête auprès du collège qu’il a fréquenté pendant quelques mois de l’année dernière et la description que m’en ont faite le directeur et les principaux professeurs est assez édifiante. Le moins qu’on en puisse dire est qu’il est fantasque, indiscipliné, insolent avec ses professeurs jusqu’à critiquer leurs connaissances ou leurs accents, distant et brutal avec ses condisciples qui le méprisent quand ils ne sont pas terrorisés par lui. Il y a même des parents qui ont fait des réclamations en le traitant d’handicapé mental.

— Monsieur le Juge, on pourrait aussi trouver dans sa conduite certaines qualités assez rares pour un adolescent de cet âge : courage, franchise, culture, talents, pour ne pas employer le mot de génie. Rappelez-vous que je vous l’ai présenté comme un caractère hors pair.

— Alors, vous allez aussi pouvoir m’expliquer ce que j’appellerai pour le moment et par euphémisme : vice. Je veux parler de sa passion effrénée pour les jeux de hasard.

— Comment pourrait-il à son âge être admis dans les tripots et même aux guichets des champs de courses ?

— Les tripots c’est pour son copain et, tenez-vous bien, homme de paille, Arnaud de Marchefeuil. Celui-là perdait au chemin de fer et au baccara tous les secours qu'il estorquait à ses relations mondaines. Non, votre Alexandre, lui, c'est l'électronique. D'abord c'étaient les jeux pour les gosses qu'il se procurait en quantité. Très vite cela ne lui a plus suffi et il a commencé d'en construire lui-même des nouveaux.

— J'ai lu dans la presse qu'il y avait des gamins à qui cela avait rapporté des fortunes.

— La question n'est pas là, mais d'où venaient les fonds ? Combien de malfaiteurs se sont fait prendre pour avoir dépensé de l'argent dont ils ne pouvaient justifier l'origine. Eh bien ! votre petit génie, lui, a trouvé une jolie combine. Il a crée une S.a.r.l. d'Etudes de l'électronique avec Marchefeuil pour gérant. Il semble qu'au début ils ont déniché quelques gogos pour la financer. Mais très vite, les apports de ces mécènes sont devenus très inférieurs aux dépenses et aux besoins.

— Il y a toujours des prêteurs qui spéculent sur la candeur des jeunes pour hypothéquer leur héritage. Le père Trambolin qui est le contraire des malfaiteurs dont vous parlez et qui, notoirement, ne dépense qu'une toute petite partie de ce qu'il gagne, laissera, de toute évidence, à son fils unique un assez joli magot pour tenter ces requins.

— Vous n'y êtes pas du tout, mon cher Ruffier. Avez-vous une idée de la somme que la société d'Alexandre a investie dans ces soi-disant recherches ? Vous ne savez pas... Eh bien ! je ne serai pas cruel. Je vais vous le dire. En moins d'un an, elle a acheté, officiellement, pour plus de six millions de matériels divers en Suisse, au Japon, aux Etats-Unis et même en Israël. Alors, je vous le demande, d'où vient l'argent ?

— Je fais confiance à la police financière pour découvrir la vérité. Entre nous, je crois Alexandre tout à fait capable d'avoir trouvé quelque chose susceptible d'intéresser des commanditaires.

— Une banque suisse, la Schweizer Discount Bank de Zurich, finançant un gosse sans répondant, garantie ou caution, vous trouvez ça normal? Non, croyez-moi, mon cher Ruffier, il y a forcément derrière tout cela une énorme combine. Je ne sais pas encore laquelle, mais je la suspecte d'être étroitement liée à la disparition des frères Dragovitch et à l'absence de Marchefeuil, ce qui laisse le jeune Trambolin entièrement maître de la gestion de son affaire, Arnaud lui ayant, dès les débuts, délégué avec l'accord de la Schweizer Discount Bank de Zurich tous ses pouvoirs. Conclusion : les deux Dragovitch ont été liquidés sur l'ordre d'Alexandre. Ils ont probablement été exécutés par Marchefeuil, car je ne crois quand même pas que le gamin, aussi vicieux qu'il soit, ait eu le cran de le faire soi-même. A mon avis, ils sont morts et enterrés aux abords mêmes de Nautailles. Marchefeuil, lui, doit être encore en vie, car Alexandre a certainement besoin de lui, ne serait-ce que pour soutirer de nouveaux fonds à la Schweizer Discount Bank de Zurich. Il doit se cacher ou être caché par Alexandre. Je vous charge donc d'exercer une surveillance étroite sur Alexandre et même, si possible, introduire un de vos hommes, à un titre quelconque, parmi le personnel de la Maison Trambolin.

— C'est déjà fait, Monsieur le Juge. Marcel, le jardinier-homme à tout faire et Germaine la cuisinière-intendante, me sont entièrement acquis. Ce sont des personnes très bien. Evidemment, suivant une coutume séculaire, ils trichent sur leurs comptes et barbotent, de temps en temps, quelques babioles dans le fatras des affaires mises au rebut au grenier chaque fois qu'ils ont besoin d'une petite rallonge, mais il faut le reconnaître, avec une discrétion exemplaire. Et, chose importante, ils sont aux premières loges pour surveiller la Maison Trambolin. Ils sont en relations d'affaires avec notre Salomon à qui ils ne serrent jamais la main car ils le considèrent comme un voleur. De même, il y a des hauts et des bas dans leurs rapports avec le garage Pierrot — que nous avons à l'œil — qui leur aurait refilé un rossignol à prix d'or. Je n'ai pas eu de mal à les convaincre de se remettre au mieux avec ces gens-là et, au cas où une figure nouvelle viendrait tournicoter dans le pays, de l'accueillir à bras ouverts pour mieux la surveiller.

— Vous savez mon opinion sur Monsieur Gilbert Trambolin, confiait par la suite Emile Ruffier au juge Langelet, c'est un des rares hommes honnêtes que je connaisse, magistrats exclus, cela va de soi.

Quant au jeune Alexandre, je suis convaincu, comme beaucoup d'autres, qu'il deviendra avec le temps une des gloires de la France et cependant, si je vous ai demandé de me recevoir, pour un entretien non officiel, c'est qu'actuellement je suis troublé par une information que j'ai reçue de Germaine et Marcel Levieux.

— Je vous écoute, mon cher Ruffier. Parlez librement. Allez-y, j'ai tout mon temps.

— Merci, Monsieur le Juge. Alors voilà : la nuit du 24 mars, celle de l'exécution du sieur Félix, d'autres événements inhabituels se seraient passés à Nautailles. Trois étrangers suspects, de nationalité balkanique, étaient présents à la dernière sauterie organisée par Alexandre dans la maison de son père. Ils étaient arrivés dans une 2 Cv complètement déglinguée qui aurait dû être réformée et envoyée à la casse : pneus lisses, pare-brise étoilé, ailes branlantes, elle n'avait plus de voiture que le nom. Mes hommes leur ont enjoint de faire subir au véhicule les contrôles réglementaires et de le faire réparer avant de l'utiliser à nouveau. Ils leur ont bien évidemment confisqué la carte grise jusqu'à sa remise en état.

D'après les papiers présentés par le trio, il s'agirait de deux frères : Django et Milanos Dragovitch et de leur sœur Sophira. Les garçons sont âgés de vingt et vingt et un ans et la fille de dix-neuf ans tout juste. Des naissances aussi rapprochées n'existent plus chez nous, mais dans leur pays, quand on a les moyens, on est polygame. Il est donc possible qu'ils soient nés de mères différentes. Leurs explications à ce sujet ont été des plus vagues. Ils sont soi-disant artistes. Ils auraient participé, en toute innocence à une manifestation. Dans leur pays, d'après eux, c'est interdit comme tout ce qui n'est pas permis. Ils encourraient la peine capitale. Mais ils ont réussi à s'échapper du camp où ils avaient été enfermés et ont débarqué chez nous. Leurs titres de séjour sont parfaitement en règle et ils ne sont pas assignés à résidence.

En attendant que leur voiture soit réparée, ils avaient décidé de camper aux abords immédiats du caravaning, croyant que c'était autorisé. Quand mes hommes les ont menacés d'une contravention s'ils ne décampaient pas, ils ont demandé asile au directeur du terrain. Celui-ci les a laissés s'installer pour quelques jours dans son enceinte. Ils attendaient soi-disant un mandat qui leur permettrait de régler la facture du garage et de poursuivre leur voyage vers la Côte où ils espéraient trouver un engagement. Il faut dire que la fille, Sophira, est assez persuasive, à tel point que Le Goff, le garagiste, qui n'a pourtant pas la réputation d'être particulièrement sensible, lui prêtait sa voiture de temps en temps.

— Et comment vivaient-ils ?

— Ils faisaient la manche avec un réel succès... d'estime. Mais l'estime seule n'a jamais suffi à faire bouillir la marmite. Le public du camping, en grande majorité des Hollandais, des Scandinaves et des Germains, est plutôt dur à la détente. Arnaud les a entendus et a été immédiatement séduit. Je doute qu'il ait succombé au charme de la belle, mais le fait est qu'il les a engagés chez Alexandre. Il les a d'ailleurs grassement rétribués. On m'a parlé de trois mille francs rien que pour l'ultime soirée.

— Très bien, ça prouve qu'ils ont du talent. Et puis, ce sont des jeunes fraîchement débarqués chez nous. C'est bien de les aider. S'ils sont travailleurs et honnêtes, ils arriveront. Ils n'ont menacé personne, n'ont pas troublé l'ordre public ?

— Non, mais pendant leur séjour, le nombre des larcins a augmenté au camping. Peu de chose en vérité : des portefeuilles soulagés des trois ou quatre billets de cent francs qu'ils contenaient dans les vestiaires des douches, sans que leurs propriétaires puissent préciser les sommes exactes qui leur auraient été dérobées. Et pourtant, je dois souligner que nos touristes sont généralement très vigilants. J'ai aussi appris que la belle Sophira acceptait de se faire inviter chez la Louise et qu'elle exigeait même d'avoir un pourcentage sur les additions pour pousser ses admirateurs à la consommation.

— C'est affaire courante. Je ne mets pas les gens en prison pour ça.

— Votre indulgence est bien connue, Monsieur le Juge et si je me suis permis de vous déranger c'est que le lendemain du massacre, mes deux gaillards ont disparu. Sophira s'est donc retrouvée seule et du coup s'est installée chez la Louise. Celle-ci m'a averti qu'elle faisait la retape auprès de ses clients. Pas besoin de dire qu'elle n'est pas contente : ça nuit, paraît-il, à la réputation de sa maison.

— Je comprends que les belles Nautailloises n'apprécient pas ce genre de concurrence, mais il n'y a pas là de quoi fouetter un chat. Ses frères reviendront bien la chercher un de ces jours et il y a de fortes chances pour que ce joli petit monde finisse au commissariat de Saint-Tropez.

— Mais c'est que, justement, je le tiens toujours de la même source sûre, la petite commence à désespérer de revoir ses frères. Ils ne se seraient, paraît-il, jamais quittés depuis leur plus tendre enfance. Or, ce jour-là, le 24 mars, le plus jeune, Django, était sorti juste pour aller respirer un peu d'air frais, lui avait-il assuré. Son aîné, Milanos, ne le voyant pas revenir, est parti à sa recherche en ordonnant à Sophira de les attendre sur place...

— Cela fait maintenant plusieurs semaines qu'ils ont disparu. Chose plus grave, à proximité de l'ancien cabanon des pêcheurs, près du camping, il y a certainement eu une sérieuse bagarre, car mes hommes ont relevé d'importantes traces de sang.

— Un cadavre ?

— Non, pas de cadavre, mais le fleuve est tout proche. A moins de trente mètres...

— Si vous avez le moindre doute, il faut alerter la brigade fluviale.

— C'est déjà fait, Monsieur le Juge, mais pour le moment

on n'a rien repêché et, avec les crues actuelles, il faudra du temps pour trouver quelque chose.

— Vous avez raison, Ruffier, ceci est très troublant. Trois hommes tués d'un côté, trois disparus en comptant Arnaud de Marchefeuil de l'autre, le même soir... C'était vraiment une nuit pas comme les autres. Et dans un pays si calme où il n'y a pratiquement jamais de crime, c'est difficilement explicable.

— Et ce n'est pas tout, Monsieur le Juge. Toujours, d'après ce que l'on raconte, il y aurait aussi eu un viol.

— Une fille violée à Nautailles ! Là, permettez-moi de vous dire Ruffier que vous y allez un peu fort. Si ma mémoire ne me trompe pas, il existe un dicton suivant lequel à Nautailles ce sont les poules qui côchent les coqs.

— Il n'y a pas eu de plainte, mais j'ai entendu des ragots assez concordants. En l'occurrence, on dit que Monsieur Reinbach, le nouveau vétérinaire, est parti avec sa fille vers quatre ou cinq heures du matin et que sa voiture a été verbalisée pour stationnement illicite en ville, devant la clinique du fameux gynécologue Dugué. Depuis, on n'a plus revu la petite Rebecca à Nautailles.

— Quoi, encore une disparition ? s'exclama le juge.

— Non, non, pas du tout. Rebecca Reinbach, je sais où elle est : en convalescence dans les Cévennes chez sa tante. C'est un de mes ex-gendarmes, affecté dans l'Aude, qui l'a reconnue et m'a signalé que la famille cherchait à dissimuler que la petite avait subi des violences sexuelles causées par un individu de type méditerranéen.

— Vous constaterez avec moi, mon cher Ruffier, que la demeure de votre bon cousin Trambolin est au centre de tous ces événements étonnants. Car, c'est bien en sortant de sa maison que le gangster Bouvet et son garde du corps-chauffeur ont été assassinés en même temps que le malchanceux Grumbach. C'est également en sortant de la Maison Trambolin que vos deux soi-disant violonistes...

— Pardon, Monsieur le Juge : violeurs, mais pas violonistes ! Guitaristes. Car s'il était vrai qu'il y a eu viol, c'est de toute évidence eux les coupables.

— Violeurs, violonistes, guitaristes, tout le monde s'en fout Ruffier. Tout ça c'est du pareil au même. L'important est que c'est chez votre supposé cousin qu'ils ont été vus pour la dernière fois. Et, comme par hasard, la cabane ensanglantée est également à proximité de sa maison. Alors, malgré votre respect pour votre parent, et votre sympathie pour son fils, vous savez, je n'en doute pas, ce qu'il vous reste à faire. Voulez-vous que je vous signe un mandat de perquisition ?

— Vous n'y pensez pas, Monsieur le Juge, même si j'y mettais tous les gars de ma brigade, il me faudrait un an et plus pour mener à bien cette perquisition. Savez-vous qu'il y a quelques années, le grand-père Trambolin avait engagé tour à tour trois géomètres pour dresser un plan de sa maison, de ses combles et de ses caves et qu'aucun n'a réussi à terminer ce travail ? Je voudrais ajouter, mais à titre purement privé, que deux de mes hommes aident Germaine à nettoyer et à ranger le grenier. La perquisition est en fait en cours et on la poursuit mètre par mètre.

— Vous ne manquez pas de souffle Ruffier ! En tant que magistrat je désapprouve les initiatives de ce genre, mais en tant que citoyen, je vous félicite.

— Mon seul problème est que quand mes hommes me demandent ce qu'ils doivent rechercher, je ne sais quoi leur répondre. Alors, je prends un air finaud et je leur dis de ne pas jouer les innocents. Ça leur donne de l'importance et ça leur fait plaisir. Il n'empêche que je voudrais bien savoir ce que je dois chercher.

— Pour commencer l'arme du crime.

— Dans le grenier ?

— Et pourquoi pas ?

— Mais tout de même Monsieur le Juge, vous ne soupçonnez pas Alexandre ?

— Et pourquoi pas ?

***

L'après-midi d'Alexandre aurait été épuisant pour tout autre que lui : conversations avec les banquiers, téléphones avec Silicon Valley et la Suisse, tous les petits ennuis à arranger et de nouveaux crédits et délais de paiement à obtenir… Courses chez les fournisseurs pour commander des éléments destinés à remplacer ceux qui, à l'expérience, étaient apparus insuffisants, entretiens à l'atelier avec ses « complices » — deux ingénieurs qui travaillaient au C.e.r.n. et qu'il avait réussi à débaucher. C'est en partie grâce à leur collaboration qu'il avait eu la possibilité de monter les prototypes 0001, 0002, 0003 qui, comme il aurait fallu s'y attendre, n'avaient pas répondu à leurs prévisions.

Maintenant, ils allaient pouvoir s'attaquer au 001. Ce serait contraire aux formules mathématiques de Einstein — et à celles qu'il avait réussi à en extrapoler — si ces nouveaux schémas n'apportaient pas des solutions aux problèmes qu'Alexandre avait encore à résoudre.

La chose importante pour un chercheur n'étant pas, en fin de compte, de trouver la solution d'un problème, mais de découvrir de nouveaux problèmes.

Tout allait donc repartir. Quelques semaines encore et il pourrait enfin retourner à ses chères études de biologie. L'électronique c'est intéressant, d'accord, mais il n'y a pas que ça.

Il descendait du car après s'être, comme à l'habitude, trompé deux fois dans les correspondances, perdu qu'il était dans ses calculs mentaux, quand il eut tout à coup un éblouissement.

Il rêvait. Ce n'était pas possible. Et pourtant si, c'était bien Elle, la Seule, l'Unique, l'Incomparable qui avait voyagé dans le même car que lui et qui surgissait du néant et prenait corps et âme. Elle portait le même imperméable. Le même béret bleu marine retenait ses longs cheveux blonds et le même plaid écossais du clan des Mac Douglas avait le bonheur d'enlacer son cou délicat et de caresser ses seins.

Les bras d'Alexandre se tendirent d'eux-mêmes pour l'étreindre, l'attirer vers lui.

Elle le repoussa.

— Ne me touche pas !

— Tu ne me reconnais pas ? C'est moi, Alexandre.

— Je t'ai observé pendant tout le voyage. Tu étais assis deux rangées devant moi.

— Et tu n'as pas eu l'idée de venir près de moi ?

— Si je m'étais écoutée, je me serais jetée à ton cou. Mais je te raconterai... Et puis, tu étais si mignon, perdu dans tes nuages bleus et roses, que je n'ai pas voulu te réveiller. Il me suffisait de te regarder avec l'envie de rire et de pleurer à la fois.

— Puis-je te poser une question ?

— Laquelle ?

— Que faisais-tu dans ce car avec cette grosse valise et ces yeux remplis de larmes ?

— C'est difficile à expliquer. Disons qu'après ce qui m'est arrivé, on m'a traînée d'hôpital en hôpital et finalement on m'a renvoyée chez ma mère. Mais tu sais comment sont les mères. Oh ! pardon, je suis idiote, tu n'as jamais connu la tienne... Enfin, lorsque deux jours après mon arrivée chez la mienne, elle a appris par l'hôpital, je suppose, ce qui m'était arrivé, elle m'a fichue à la porte. Je n'avais pas encore franchi le seuil qu'elle était déjà en train de téléphoner à une entreprise de désinfection. On voulait que je retourne à l'hôpital. Mais j'en avais assez de ces analyses, de ces piqûres, de ces examens et de tous les prêchi-prêcha que je devais endurer. A vrai dire, si je me suis échappée pour venir ici, ce n'est pas seulement parce que je sais que mon père, avec sa notion du devoir, n'osera pas refuser de me recevoir, mais surtout parce que je sais que même si je devais te garder loin de moi, tu seras tout de même tout près et ça c'est le plus important.

— Mais de quoi tu parles ? C'est ridicule ! Je ne connais pas ta mère, mais j'admets que le comportement des parents échappe parfois à toute explication scientifique. Quant à ton père, s'il a été choqué par ce qui t'est arrivé, c'est un peu normal pour une personne victime d'un conditionnement comme celui qu'il a subi. Mais il est certain, compte tenu de l'attitude de son épouse abhorrée, qu'il reviendra sur ses préjugés. Dans quelques mois, quelques semaines, peut-être, nous serons mariés car, je peux te le confier maintenant, il n'est pas impossible que je remplisse toutes les exigences de tes parents : richesse, célébrité... Tiens, si cela pouvait leur faire plaisir, je serais même d'accord pour adopter leur religion.

— Mon père croit à la justice divine... Il voit dans ce qui m'arrive le juste châtiment de ma faute. Je ne serai jamais ta femme. Jéhovah ne le veut pas.

— Sornettes ! s'exclama Alexandre en étreignant Rebecca plus fort encore.

Mais quand il voulut poser sa bouche sur ses lèvres, elle le repoussa avec une violence héroïque.

— Ne me touche pas, je t'en supplie.

— Pourquoi ? Même si tu avais la lèpre, cela ne me dégoûterait pas de t'aimer.

— Je suis séropositive.

Alexandre ne céda pas. Plus elle le repoussait et plus fort il l'étreignait contre lui. Quand enfin il aspira son haleine et capta son souffle de vie, elle s'amollit en pleurs entre ses bras.

Ils restèrent ainsi enlacés jusqu'à ce que le chauffeur du car, se détachant du cercle des passagers qui les regardaient avec des sourires amusés ou des rictus choqués, pose gentiment sa main sur l'épaule d'Alexandre.

— Vous êtes bien mignons, mes enfants, mais vous pourriez peut-être aller faire ça ailleurs. Personnellement, ça ne me gêne pas. Au contraire — mais l'heure c'est l'heure et il faut que je me débine. Je suis déjà à la bourre. Je me permets de vous faire remarquer que vous êtes devant mon carrosse et je voudrais pas qu'il vous bouscule.

⁂

— Non, Monsieur le Juge, rendait compte quelques jours plus tard le capitaine Ruffier à Langelet, je vous assure qu'il n'y a rien dans la vie d'Alexandre qui puisse justifier nos soupçons : le loyer qu'il paie pour le local où il s'amuse à jouer à l'électronicien avec les ingénieurs qui travaillent avec lui, ainsi que les dernières dépenses qu'il a faites pour l'équiper proviennent de la vente d'une ferme dont son père lui a fait don. De plus, il a aussi obtenu un crédit d'une banque helvétique qui a refusé d'en révéler le montant. Tout le monde sait dans le pays que, depuis des générations, les Trambolin ont dissimulé des fonds en Suisse. Mais, d'après mes collègues douaniers, les virements faits au compte du jeune Trambolin, en France, sont parfaitement licites. Le môme est malin. Il a un registre du commerce et il est supposé être commandité, en partie, par la Schweitzer Discount Bank de Zurich. A seize ans, c'est pas courant dans l'industrie.

— Il a seize ans ?... Je le croyais plus jeune.

— Seize ans passés et il s'est fait émanciper tout récemment.

— Je ne vous félicite pas Ruffier ! Il vous appartenait de m'en rendre compte immédiatement. Il fallait l'interpeller.

— D'après ce qu'on dit dans le pays il n'aurait demandé cette émancipation que dans le but d'épouser Mademoiselle Reinbach, Rebecca.

— A seize ans ? Il n'est pas en retard, votre Roméo. Et elle ?... Elle a quel âge ? Trente ans ou douze ans ?

— Quinze tout juste, Monsieur le Juge. L'âge de Juliette. Ils forment un couple parfait. Malheureusement, le mariage ne se fera pas tout de suite. Monsieur Trambolin père, n'est pas très chaud. Quant à Monsieur Reinbach, il serait tellement opposé à cette union qu'il ferait une grave dépression nerveuse. Si grave, qu'il est même question de l'interner.

— Si je comprends bien, encore une union libre. Pauvre France !

— Ce n'est que partie remise. Nous en avons parlé avec Alexandre. Il m'a assuré que, de toute façon, tout serait en ordre dans très peu de temps.

— Acceptons-en l'augure. Vous y croyez vous, capitaine ?

— Oui et non. Pour se faire, ça se fera, mais plutôt après-demain que demain. Pour le moment Alexandre a beaucoup de dettes.

— Oui, je vois. Et qu'avez-vous omis de me signaler en ce qui concerne la disparition du sieur de Marchefeuil ?

— Rien, Monsieur le Juge. Il n'est sûrement pas revenu à Nautailles. Je peux vous assurer que nous sommes très vigilants. En revanche, nous avons repéré un des membres de la bande à Félix.

— Vous voulez dire de la bande à René-les-Belles-Dents ? Vous ignorez peut-être que celui-ci règne maintenant sur le Milieu de la ville après avoir démissionné Monsieur Beaudoin qui avait succédé à son patron, Monsieur Félix ?

— De la bande à René-les-Belles-Dents, comme vous dites, Monsieur le Juge. Il s'agit de Jeannot-la-Cravache, ex-jockey, ex-bookmaker, actuellement soupçonné de trafic de voitures volées, de mèche avec Le Goff, Pierrot, garagiste à Nautailles.

— Et qu'est-ce qu'il a à faire avec Trambolin ?

— Apparemment rien de répréhensible. A mon avis, il est à la chasse de Marchefeuil. La Louise, chez qui il prend ses repas et qui a les meilleures raisons du monde de ne rien me cacher, a bavardé avec lui. D'après elle, il est convaincu que Marchefeuil se cache à Nautailles.

— Dans la Maison Trambolin, peut-être ?

— Tout ce que je peux vous dire c'est que Jeannot et Pierrot s'y sont introduits à plusieurs reprises, en l'absence de Gilbert et de son fils.

— Si je vous comprends bien, dans votre circonscription n'importe qui peut s'introduire chez n'importe qui à l'insu de tout le monde !

— Ce n'est pas tout à fait exact, Monsieur le Juge. En cette circonstance ils ont bénéficié du concours de Germaine et de Marcel Levieux qui recourent souvent à mes conseils et parfois se placent sous ma protection.

— Si l'équipe Félix, je veux dire de René-les-Belles-Dents, fait notre boulot, je ne peux qu'applaudir.

— Et que cherchent-ils ?

— La même chose que nous, mais eux, ils savent qu'il s'agit de quatre gros diamants volés à Monsieur Félix.

— Voilà enfin une information intéressante. Vous ne pourriez pas obtenir quelques précisions ? Taille, poids, couleur ?

— Pas encore. Il ne faudrait pas éveiller leurs soupçons. Pour le moment ils n'ont trouvé aucune trace ni des diamants ni de l'assassin présumé de Félix. Une chose est certaine, ce Jeannot est un gars sérieux. Mes hommes n'auraient pas pu faire mieux.

— Et pendant qu'il y est, il n'en a pas profité pour emporter quelques petits souvenirs ?

— En tout cas, Gilbert n'a pas porté plainte.

— Eh bien ! mon cher ami, dans ces conditions, il ne vous reste plus qu'à continuer à surveiller les malfrats qui surveillent les Trambolin.

— Je fais de mon mieux, Monsieur le Juge.

— Merci, capitaine. Et mettez-moi immédiatement au courant s'il y a quoi que ce soit de nouveau pour les diamants.

— Je n'y manquerai pas. A la réflexion, je vais quand même me permettre de vous signaler en plus une histoire de fantômes.

— Oui, je suis au courant. Vous m'avez déjà raconté l'histoire de la tante Valentine qui serait revenue dans la maison la veille d'un malheur et qu'on aurait aperçue à plusieurs reprises dans le grenier.

— Elle est encore revenue. Mais le vigile du caravaning m'a parlé d'un autre fantôme : celui d'Arnaud de Marchefeuil. Il l'aurait vu sur la plage, blême, squelettique, l'air d'un déterré...

— Ça c'est intéressant. Est-ce qu'il a trouvé des empreintes ?

— Rien, Monsieur le Juge. Il faut vous dire que ce vigile, chargé de surveiller la base sports-loisirs a une fâcheuse tendance à biberonner. Alors il voit double ou il ne voit rien. Quoi qu'il en soit, j'ai déguisé un de mes gars en campeur. Il ne quitte pas la plage et se tient en liaison avec la police fluviale.

Deuxième partie

... avec parfois un honnête homme

Chapitre 6

Les clients de passage sont presque tous partis et le personnel se hâte de desservir et de nettoyer les tables.

Installés à la meilleure table, à l'autre bout de la salle, Croucel et les autres notables, mes amis de toujours et d'autrefois, n'ont pas encore fini leur déjeuner du premier dimanche du mois. Il est vrai qu'ils n'ont commencé qu'à trois heures de l'après-midi. Après tout, il n'est que neuf heures et il ne leur reste plus à ingurgiter que le fameux vacherin au cassis qui avait déjà fait la célébrité de la grand-mère de la Louise.

Ils ne se sont pas privés d'arroser les quatorze services du menu des meilleurs crus de la cave renommée de l'auberge.

Moi, je n'ai droit qu'à l'innommable piquette intitulée « Réserve de la patronne » composée avec des fonds de tonneaux, d'origines variables, achetés au plus bas prix.

Pour faire honte à l'empoisonneuse qui m'en a fait servir un pichet soi-disant pour me faire patienter, mais en réalité, je le devine, pour me faire crever, je l'ai vidé coup sur coup.

Bizarrement, au lieu de me provoquer des aigreurs d'estomac, les alcools artificiels, supposés enrichir ce bouillon de sorcière, me sont montés à la tête et m'ont transporté à des distances sidérales.

Loin de la salle empuantie par les rots et les mauvaises odeurs de toutes sortes des bafreurs au nez rouge, à la figure congestionnée, je me retrouvai dans une solitude intemporelle où, pour la première fois, j'avais à répondre à des questions fondamentales : pourquoi est-on un jour un homme comblé et se retrouve-t-on, sans avoir démérité, clochard sans feu ni lieu ? Comment, mon inébranlable refuge, la Maison Trambolin a-t-elle pu s'envoler en fumée ? Par quel maléfice, moi qui ai toujours cherché à rendre heureux amis indifférents et même ennemis, en suis-je réduit à mendier le gîte à ce misérable rebut de la société qu'est devenue la Louise ?

Est-ce cela la justice divine ?

Ecœuré, l'estomac vide, je me retirai sans attendre davantage dans la soupente sordide où la Louise m'avait installé avec sa grandeur d'âme habituelle parce qu'elle ne pouvait la louer même aux jeunes appelés du contingent en bonne fortune, mais sans fortune.

Toute la nuit, je me tournai et me retournai sur ma couche : aurais-je mieux agi en tentant de trouver des réponses à des questions sans réponse ? Aurais-je mieux agi en ne réchauffant pas dans mon sein cet imposteur qui se faisait passer pour mon fils, ce serpent dont l'installation chez moi fut à l'origine de tous les malheurs, ce monstre condamné à mort par ma justice.

Qui suis-je, moi qui l'ai aimé, moi qu'il a ruiné, moi qu'il a haï ? Comment ai-je pu me laisser abuser par ce perfide ? Et qui était-il ce dévoyé, ce malade, cet assassin qui a jeté l'opprobre sur mon nom, un nom honorable depuis des générations ?

Et si pourtant ce n'était pas lui le coupable ? Serait-ce elle, Sophira, qui aurait mis en scène un scénario démoniaque dans lequel elle m'aurait distribué le rôle du bourreau et à lui celui de la victime ?

Et qui sont-ils ceux-là qui s'empiffrent scandaleusement en se réjouissant de ma misère ?

Qui sont-ils tous ceux dont les visages troubles dansent dans ma pauvre tête, eux qui m'encerclent, qui m'emprisonnent, eux qui sont et qui ne sont plus, eux qui étaient ou qui n'ont jamais été sauf pour me persécuter ?

Peut-être m'ont-ils torturé simplement à titre de bien-pensant-excommunié et relaps ? Ou, au contraire, sont-ce les médiocres et les ratés qui se sont ligués pour prendre leur revanche sur nous, les Trambolin, qui avons affirmé notre supériorité sur tous les autres depuis sept générations ?

Et toi ?... Toi... Qui vois Tout, qui sais Tout, qui peux Tout et qui laisses Tout faire, pourquoi cette fois encore n'es-Tu pas intervenu, si Tu existes, pour protéger les meilleurs et châtier les pires ?

Pourquoi ?... Pourquoi ?... Autant de « pourquoi » dont chacun résonne dans le vide de mon âme.

Peut-être si, au lieu de me brûler le cerveau avec ces pourquoi, je tentais de chercher calmement, raisonnablement des réponses concrètes à des questions simples, souffrirais-je moins de la chute de notre demeure ancestrale ? Et peut-être discernerais-je à travers le brouillard qui m'étouffe si j'étais libre d'agir autrement que j'ai agi, si oui ou non, devenu la proie de tous les démons de Nautailles, j'ai mérité l'enfer que je subis inconcevablement ?

On dit qu'à l'instant de mourir les agonisants revoient en un éclair tout le déroulement des jours qu'ils ont vécus. Peut-être étais-je à l'agonie quand je tentai de trouver une explication à mon angoissante et incompréhensible solitude ?

Pour avoir des réponses simples, il faut poser des questions simples :

Nom et prénoms ? Trambolin, Gilbert, Pierre, Paul.

Date et lieu de naissance ? 13 janvier 1945 à Nautailles.

Profession ? Pharmacien.

Domicile ? Maison Trambolin, Grande-Rue, Nautailles.

J'ajoute — mais tout le monde connaît notre famille — que je peux me considérer comme l'un des notables indiscutable de la cité, au même titre que mon père, mon grand-père, et tous les autres, omission faite des squelettes enfouis dans nos placards.

Sans retracer une généalogie fastidieuse, je dirai simplement que le premier nom gravé sur le fronton de l'imposante sépulture Trambolin du vieux cimetière de Nautailles est celui de Trambolin Pierre, né en 1760, à quelques années près, mort en 1821. Son père, oublié sur ce fronton, s'appelait Paulo Trambolini. Arrivé de son Piémont natal sans un liard en poche, il était parvenu par des moyens qu'il est préférable d'oublier, à devenir Trambolin Paul, à ramasser assez d'écus pour se bâtir la partie la plus ancienne de notre demeure et avoir pris épouse dans la plus opulente famille du pays.

Pierre Trambolin, (plus personne n'osait évoquer l'ombre des Trambolini), fit la Révolution, exécuta de ses propres mains le marquis de Nautailles, comte de la Marche, ses enfants, ses petits-enfants et tous les membres de ce clan de prédateurs. Il fut le seul à oser se porter acquéreur de leurs domaines baptisés « biens nationaux » et ce, le plus légalement du monde.

Son fils aîné Jean, 1788-1869, tout en reconnaissant la valeur morale des opinions de son père, et en leur restant fidèle dans sa conscience, servit tour à tour Bonaparte, Napoléon — qui lui décerna le titre de baron —, Louis XVIII, Napoléon encore, Louis XVIII à nouveau, puis toute la suite de Charles X à Napoléon III. Indifférent aux régimes politiques, il était seulement soucieux des intérêts de la France, sa patrie, qui, par chance, se confondaient toujours avec les siens.

On conserve dans une vieille malle, religieusement rangée dans notre grenier, son tablier brodé et ses gants de compagnon de la Grande Loge de France, ainsi que d'autres accessoires et emblèmes marquant sa progression dans la hiérarchie de l'association.

Tandis que ses frères et sœurs puînés vivaient mille aventures aux Amériques, en Afrique et en Asie — on voyageait beaucoup en ce temps-là, surtout quand il était vital d'échapper à la vengeance des uns ou à la justice des autres — lui, s'honorait d'être avant tout un gentleman-farmer, le plus riche et le plus influent à cinquante lieues à la ronde.

Pour compenser sans doute l'éthique de certains membres

de ma famille, l'un de ses frères, Joseph, témoignait d'une même ferveur pour les dix commandements et les Droits de l'homme. Petit curé de campagne, il fut vénéré comme un saint. Et devint même évêque à la fin de sa vie. Sa robe violette repose dans la même malle que les reliques maçonniques de son aîné.

Jean eut, comme la plupart de ses ancêtres, dix ou douze enfants, filles et garçons — en ce temps-là, on ne faisait état, chez nous, que de la progéniture légitime.

Il était aussi de règle que l'aîné gardât pour lui seul la totalité du patrimoine ancestral, faisant largement confiance à ses cadets pour se procurer, grâce à l'esprit d'aventure hérité du grand ancêtre, les moyens de survivre.

Les filles étaient mariées par le chef de famille à des propriétaires terriens ou aux commerçants les mieux pourvus dans le pays, sans tenir compte de leurs aspirations personnelles.

Les demoiselles Trambolin, réputées pour leur beauté, et très en avance sur leur temps, choisissaient ensuite, toutes seules, les pères de leurs enfants.

C'est ainsi que le deuxième Pierre, 1850-1902, était né un peu trop bronzé pour se réclamer d'une origine 100 % paysanne. On expédia le « basané », quand il eut quinze ans, se faire oublier et pâlir au Venezuela, où l'on avait des relations d'affaires. Il y fit fortune sans que personne n'ait réussi à préciser si c'était dans l'exportation de parfums parisiens ou dans celle de Parisiennes parfumées.

Il revint au pays cousu d'or à la fin du XIXe siècle. Son père lui imposa pour épouse l'une de ses cousines, Cécile, une fille de tête, bien digne de l'illustre Paulo. Elle n'eut aucun problème à lui donner des enfants roses aux yeux bleus, 100 % Trambolin. Elle s'arrangea aussi pour qu'il devienne seul héritier du domaine, après quoi, elle le renvoya à Caracas où il n'arriva jamais. Il s'évapora, en effet, dans la nature avant même d'atteindre la ville la plus proche.

De cette union exemplaire naquirent quatre garçons et une fille.

Ai-je besoin de préciser qu'entre l'héritage ancestral et les magots importés du Venezuela et d'autres pays sud-américains, mes arrière-grands-oncles et grand-tantes auraient pu hériter, chacun, et chacune d'un joli capital sans que l'aîné, Antoine, n'ait eu à partager avec eux le domaine ? De toute manière, il n'avait pas à s'inquiéter de son avenir. Sujet brillant, reçu simultanément à Polytechnique, Centrale et l'Agro, il choisit en toute modestie l'Agro rien que pour prouver à sa famille que les méthodes d'exploitation qui avaient fait la fortune des générations précédentes n'étaient pas indispensables pour assurer la sauvegarde du patrimoine familial.

André, mon second grand-oncle, super-crack, lui aussi, entreprit des études de droit et de lettres. En fait, il se destinait à la politique. Orateur né, il lui suffisait d'ouvrir la bouche pour convaincre. L'on peut dire qu'il avait toutes les vertus requises, y compris la moralité et l'honnêteté, pour devenir député, ministre et — pourquoi pas ? — président de la République.

Le troisième, Jacques, toujours pour faire plaisir à sa mère, s'orienta vers la médecine — carrière particulièrement prisée à l'époque. Travailleur obstiné, infatigable, il n'avait eu aucune peine à triompher dans tous les concours. De plus, ses patrons lui avaient découvert un talent exceptionnel pour la chirurgie. Ses concurrents les plus acharnés étaient obligés de reconnaître qu'il avait des mains magiques et un diagnostic infaillible.

Alors que beaucoup d'internes de dernière année étaient prêts à toutes les bassesses — jusqu'à celle d'épouser « nollens volens » les plus disgraciées des filles du premier mandarin venu pour faire carrière —, Jacques, jeune étudiant en quatrième année, avait déjà reçu les propositions les plus alléchantes des plus célèbres patrons de l'époque qui se disputaient le privilège de l'engager dans leurs équipes pour introduire leur fille dans son lit.

Mais l'avenir n'est à personne.

Les noms d'Antoine, André et Jacques Trambolin sont

gravés en lettres d'or sur le monument aux morts de la guerre 14-18 de notre commune, mêlés à ceux de dizaines d'enfants d'ouvriers, de paysans et de commerçants de chez nous qui avaient subi le même sort tragique.

Mon arrière-grand-tante, Anne, était entrée dans un couvent de clarisses, mon grand-père, troisième Pierre, le cadet, seul rescapé de cette couvée miraculeuse devint le chef de famille et unique héritier des énormes biens acquis par tous les Trambolin qui l'avaient précédé. Rempli d'une égale admiration pour ses frères aînés et sa sainte sœur, il était de nature indolente. Il hésita pendant une dizaine d'années entre les carrières scientifique, politique, médicale et la Grande Chartreuse. Finalement, à plus de trente ans, il opta pour l'étude de la botanique. Très en avance sur son temps, lui aussi, il ne croyait qu'en la santé par les plantes. Il avait confié la gestion de sa fortune au notaire du pays. Maître Raimbaud, un cousin, évidemment, qui le maria avec sa fille aînée, ma grand-mère Adèle.

Chacun se souvient encore dans le pays des spéculations hardies de l'étude Raimbaud qui entamèrent et parfois anéantirent les plus grandes fortunes de notre région à commencer par la nôtre. Personne, pourtant, n'accusa mon aïeul maternel de malhonnêteté. Les mots le plus souvent prononcés furent : naïveté, incompétence, sénilité. Il mourut d'ailleurs respecté et l'âme en paix.

Totalement ruiné, mon grand-père ouvrit une herboristerie. Mais, comme il distribuait gratis les produits de sa science et de son génie, les bourgeois, méfiants de nature et peu convaincus, n'étaient guère séduits par ses tisanes, onguents et autres remèdes pourtant miraculeux.

Il eut un seul enfant, mon père, quatrième Pierre, qui aurait voulu être physicien et chimiste mais qui dut se résigner à être apothicaire, état peu considéré à l'époque. On lui doit pourtant l'invention d'une pommade contre les poux qui lui apporta une certaine notoriété locale et même une médiocre aisance. Il eut ainsi les moyens d'ouvrir une pharmacie à Nautailles, sans concurrence à cette époque.

Mais les ressources que lui procurait cette officine, lui permettaient tout juste d'entretenir la maison de famille et les quelques hectares boisés qui l'entouraient, appelés par tous « le parc Trambolin ».

Je n'eus donc plus d'autre choix que de devenir moi-même pharmacien pour seconder papa.

A sa mort, je pris tout naturellement sa suite et, avec peut-être de la chance, je réussis à faire de cette petite entreprise familiale et locale la plus importante pharmacie-laboratoire du département. Elle me rapportait hier des bénéfices confortables bien que deux concurrents plus ou moins loyaux aient été autorisés à s'implanter dans notre voisinage.

Ma situation financière était inférieure à celles de mon ami Brunier, le dentiste, et de maître Ricoud, qui avait racheté l'étude de l'infortuné Raimbaud. Elle était nettemment supérieure à celles de Maurice Croucel, le médecin-maire et de ses associés — quatre jeunes docteurs, anciens internes des hôpitaux de Paris — sans même parler des autres notables : l'architecte, le géomètre et le vétérinaire David Reinbach, récemment installé chez nous et père d'une adorable gamine Rebecca, dite Becky, qui eux arrivaient tout juste à joindre les deux bouts.

Nous formions un petit cercle très fermé. Nous nous réunissions à toutes les bonnes occasions : ouvertures de la chasse et de la pêche, fêtes locales et également lors de certains événements familiaux tels mariages, communions, naissances ou deuils pour faire ripaille pendant des journées entières. Notre lieu de rencontre était l'auberge de la mère Louise, renommée pour ses cuisses de grenouilles à la provençale, ses escargots de Bourgogne, ses poulets à la bressane et ses entrecôtes bordelaises.

Certains fonctionnaires, comme le percepteur et l'officier de gendarmerie, étaient parfois admis à nos agapes sans pourtant être considérés comme membres à part entière, sous prétexte de la durée incertaine de leurs affectations dans notre région.

Ainsi, pour terminer le questionnaire me concernant, je ne

puis me réclamer que des titres de baron d'Empire, de pharmacien de première classe et de célébrité départementale, alors que j'avais rêvé de réaliser à moi seul les espérances de mes grands-oncles Antoine, André et Jacques.

Ces grandes espérances je les avais reportées sur la tête d'Alexandre que je voudrais maintenant évoquer en répondant encore à une question quotidienne et banale me concernant : situation ?

Dans les années 1940, Nautailles avait été soudainement envahie par quelques dizaines de réfugiés des provinces du Nord et de l'Est — des Français, sans doute, mais catalogués « étrangers » chez nous, comme tout un chacun qui n'était pas natif de Nautailles.

L'un d'entre eux, Monsieur Bauer, prénommé Max, avait acquis une certaine popularité, et avait même été admis dans notre cénacle pourtant très fermé. Son bagout, ses excentricités, son mépris total des règles de notre communauté et son savoir-faire commercial avaient triomphé de toutes les préventions.

A une époque où personne n'achetait ni ne vendait aucun bien immobilier, il avait trouvé le moyen d'ouvrir une agence détectant maisons et logements à vendre ou à louer au profit — ou plutôt au détriment — d'autres réfugiés. S'étant procuré ainsi quelques disponibilités et quelque crédit, il réussit à acquérir des ruines de fermes abandonnées et se débrouilla, on ne sait comment, pour les retaper. Il n'eut aucune peine à les revendre au prix les plus forts — comme on l'apprit par la suite — à des citadins gourmands, cherchant à suppléer à l'insuffisance de leurs cartes d'alimentation par l'achat massif de gigots, volailles, lapins, beurre, œufs et autres fromages, et qualifiés, en cette occurrence de « produits de la propriété ».

Sa popularité devint si grande qu'il obtint de maître Raimbaud, enchanté d'avoir trouvé un client aussi actif, la main de Clotilde, sa cadette. L'ardeur de la passion mutuelle de Max et de Clotilde se manifesta aux yeux de tous par les naissances de cinq filles, cinq sirènes rousses aux yeux verts dont la beauté éclipsait nos brunes aux yeux bleus et nos blondes aux yeux noirs qui avaient pourtant la réputation séculaire d'être sans rivales.

Selon une ancienne coutume de Nautailles, il fallait pour qu'une fille se marie qu'elle prouve à son futur qu'elle était apte à enfanter en devenant enceinte de ses œuvres.

Je n'ai pu refuser aux cinq sœurs de tester leur aptitude et, respcctueux de la tradition, j'épousai Marguerite, l'aînée, lorsqu'elle m'annonça la prochaine venue au monde d'une petite Alexandra ou d'un petit Alexandre. Je dois préciser que lorsque je fis sa connaissance, elle paraissait toute neuve, c'est pourquoi j'étais persuadé qu'Alexandre ne pouvait être qu'un authentique Trambolin.

Ce fut en ce mois de septembre 1972, que naquit cet enfant, prédestiné à apporter à mes grands-oncles et à moi-même notre revanche sur le destin.

Marguerite ne survécut pas à sa naissance.

J'avais vingt-sept ans et Alexandre trois jours quand nous devînmes moi, veuf, et lui, orphelin.

La question suivante me pose davantage de difficultés. Je sais — ou plutôt je me figure savoir — à peu près qui j'étais, mais il m'est moins facile de répondre à la question : qui est Alexandre ? Je devais constater par la suite qu'il n'avait aucun trait commun avec moi.

Je découvris pourtant dès ses premiers balbutiements qu'il avait toutes les capacités, et au-delà, pour devenir ce que j'avais rêvé d'être : un génie mondialement admiré. En effet, avant même d'avoir appris à parler, Alexandre savait lire, tout au moins les voyelles.

A quatre ou cinq ans, il avait découvert tout seul la lecture rapide : une demi-heure avec Charles Perrault lui suffisait pour pouvoir résumer et même réciter « Le Petit Poucet » ou « La Belle au Bois Dormant ».

Trois ou quatre ans plus tard, il avalait en une journée les œuvres complètes de la comtesse de Ségur, née Rostopchine.

A dix ou douze ans, alors que plus personne ne s'intéressait aux langues anciennes, il lisait Homère et Virgile dans le texte.

Sa mémoire était prodigieuse.

A chacune de nos rencontres, il me faisait découvrir à moi qui, finalement, était nul en lettres, les œuvres de dizaines d'écrivains, de poètes et de philosophes dont les noms ne figurent plus aujourd'hui dans les manuels scolaires français alors qu'ils ont la première place dans ceux des universités des Amériques, d'Afrique et même d'Asie.

Il disséquait savamment les œuvres de Shakespeare, Goethe, Dostoïevski, Dante, Cervantès ou Camoens... et quantité d'autres : anglais, russes, allemands, italiens, espagnols ou portugais. Sa préférence allait toutefois à la nouvelle littérature américaine — pas seulement celle des Etats-Unis, mais aussi celles des pays de l'Amérique latine. D'autres fois il me parlait avec admiration d'un poète irlandais ou me révélait la magie de la poésie japonaise. Il avait un don extraordinaire pour saisir la musique et les accents des langues étrangères. Si je n'étais pas capable, hélas, d'apprécier tous ses dons, je croulais pourtant de rire quand il imitait nos voisins et amis en reconstituant leurs expressions, leurs travers et leurs tics singuliers.

Mais son vrai domaine était les maths. Il l'avait agrandi à ce point qu'il m'était devenu totalement impossible de le suivre dans ses problèmes de trigonométrie ou de calculs de probabilités.

J'étais d'autant plus étonné et émerveillé de ses progrès que je le voyais assez rarement.

Après la mort de sa mère, il avait été pratiquement kidnappé par sa famille maternelle : ses quatre tantes restées célibataires, probablement parce qu'incapables de procréer — encore que, si j'en croyais les meilleures langues, ce n'était pas faute d'avoir essayé après moi, un nombre considérable d'étalons — avaient une adoration pour lui. Il n'avait pas le temps d'émettre un vœu qu'il était déjà exaucé.

Ses grands-parents maternels l'avaient complètement pourri en l'emmenant vagabonder dans toutes les capitales de l'Europe et du Moyen-Orient et en lui payant des croisières ou des séjours aux Etats-Unis, en Australie et même au Japon. Ils avaient ainsi dépensé les derniers sous que Max Bauer avait pu extorquer à titre de commissions aux naïfs qui vendaient ou achetaient encore par son intermédiaire.

Quant à mes belles-sœurs, occupées principalement à satisfaire les vœux de leurs soupirants, elles consacraient les temps morts, de plus en plus nombreux, que leur laissaient ces activités, à s'occuper de leur neveu adoré.

Pour ma part, je l'avoue, je préfère savourer le pittoresque de Rio de Janeiro, de Hong Kong et d'autres perles touristiques du monde avec mes collègues pharmaciens et pharmaciennes, épouses et veuves de pharmaciens qui m'avaient élu président de notre Touring Club. Les relations avec nos membres féminins, qu'elles voyagent accompagnées ou non — mais toutes et toujours avides d'aventures et de sensations — ne manquent pas de charme.

Il m'est arrivé en outre pendant qu'Alexandre visitait Madrid et son Prado, Munich et sa Pinacothèque ou les Offices de Florence, de partir au hasard en compagnie de quelque ravissante pour le Maroc ou l'Egypte ou même plus simplement — bien que je fasse toute réserve — en escapade dans le Gai-Paris dans l'espoir de trouver les jolies demoiselles qui auraient découvert de nouvelles techniques de l'art amoureux avant l'épidémie de Sida, ce fléau qui menace maintenant tous les adorateurs d'Eros.

Chacun de son côté poursuivait ainsi sa recherche de la beauté et de la joie encore que dans des voies, sans doute complémentaires, mais très éloignées les unes des autres.

Je réalisai cependant un jour qu'Alexandre avait quatorze ans, arrivait à l'adolescence, et que, pour moi il était temps de devenir adulte.

Absorbé par ses devoirs à la maison, mon fils n'avait jamais mis les pieds dans un établissement scolaire.

Cela me jeta dans un certain trouble dont je fis part à

Maurice Croucel médecin généraliste, mais très attiré par la psychiatrie, notre maire et mon meilleur ami.

Je ne dirai pas qu'il fut profondément scandalisé. Il fut bouleversé : il s'agissait indéniablement d'un affront impardonnable aux principes élémentaires de l'éducation des enfants, de la psychologie et de la science en général. Pire : à la République, à ses savants, à ses enseignants, à la France !

Il fallait réagir immédiatement, à moins que je ne cherche à faire un monstre du dernier des Trambolin.

Les arguments du bon docteur étaient, de toute évidence, péremptoires et inattaquables. Il ne me restait qu'une chose à faire : récupérer de toute urgence mon rejeton et l'éloigner des influences pernicieuses des Bauer.

C'est ainsi que j'ai décidé de m'occuper personnellement d'Alexandre.

Chapitre 7

Dès l'arrivée sous mon toit du futur chef de la Maison Trambolin, j'essayai, comme me l'avait prescrit le supposé psychiatre du village, de le mettre à son aise. Je priai ainsi Alexandre de ne pas me considérer comme le paterfamilias, mais comme un pote, mieux, un frangin et lui affirmai que cela lui serait d'autant plus facile que de nous deux, c'était lui la grande personne et moi le gamin attardé.

Pour l'apprivoiser, je commençai par lui présenter la bibliothèque réunie par nos ancêtres : trois grandes salles aux murs entièrement recouverts de rayons avec des centaines de livres, (principalement des romans bleus pour jeunes filles — lectures favorites de mes grands-mères, tantes et cousines —) des collections de « L'Illustration », « Assiette au beurre » et autres revues disparues, d'encyclopédies, dictionnaires et cours par correspondance depuis longtemps périmés : « Apprenez à jardiner... à bricoler... à réparer... à soigner les cochons... à élever les lapins... à préparer la charcuterie... tout et n'importe quoi... et autres recettes pour amateurs distingués. » J'allais oublier les catalogues de publicité depuis la « Maison Rouge » — qui vendait de la confection par correspondance dans les années 1770 — jusqu'à ceux de notre « Redoute » ou « Trois Suisses » actuels dont aucun n'avait été ouvert depuis la disparition de ma pauvre Marguerite.

Il y avait aussi dans un coin des caisses et des caisses de

livres rachetés principalement sur le vu de leurs reliures, à des débiteurs en faillite. Un certain nombre d'entre eux avaient été récupérés par mes généreux ancêtres sur les chantiers de démolition de châteaux vendus aux enchères par les créanciers de leurs propriétaires.

Toutes ces caisses auraient dû, depuis longtemps, être montées au grenier sans les événements qui avaient dépeuplé la maison, car les quelques investigations que j'avais faites m'avaient permis d'y pêcher des ouvrages parfaitement illisibles genre Kant, Leibnitz, Schopenhauer, Locke et autres Herbert Spencer.

Nous avons, en effet, le privilège de disposer d'un grenier qui digère tout : meubles, objets, malles pleines ou vides, vaisselles, casseroles en cuivre ou en terre et autres rebuts que, de génération en génération, nous remplaçons par d'autres meubles et autres ustensiles aux modes contemporaines. Nous sommes en effet des gens prévoyants et nous ne rejetons pas d'emblée l'hypothèse où toutes ces richesses périmées redeviendraient au goût du jour. Quant aux lampes à pétrole, aux fourneaux au bois ou au charbon, et autres baignoires en zinc, nous n'excluons pas non plus le cas où, le ciel s'effondrant sur la terre, nous nous retrouverions sans électricité, sans eau courante, sans aucune des commodités modernes. Alors, condamnés à vivre dans les conditions de nos ancêtres les Gaulois, nous serions bien heureux de nous chauffer au charbon, de faire la cuisine au bois, de nous éclairer à la chandelle et, à défaut de télévision et de radio, de remettre en route les vieux pianos mécaniques de nos anciens et de nous distraire avec des images d'Epinal, des gazettes et des romans des siècles passés.

Notre grenier est relativement vaste, plus vaste que la plupart des remises des brocanteurs du pays. De plus, pour lui permettre de digérer sans expurger toutes les conserves, plus ou moins mangées des vers que nous y accumulions, nous avons été amenés à utiliser tous les volumes disponibles, en hauteur comme en surface. Résultat : un enchevêtrement d'échafaudages, plus ou moins branlants, — supportant des planches, plus ou moins vermoulues — reliés entre eux par des échelles fabriquées de bric et de broc. Je n'ai jamais su si mon père et ma mère avaient vraiment réussi à explorer cet Himalaya. En ce qui me concerne, je dois avouer que je n'ai jamais osé entreprendre la traversée de ce puzzle géant à trois dimensions, commencé il y a plus de deux siècles, sans cesse complété, et jamais terminé.

Il arrive que des relations mondaines se proclamant collectionneurs avertis, se pâment devant nos amoncellements de chaises, fauteuils, tables, buffets, bureaux de changeurs, lustres, cuvettes, pots de chambre, poupées en chiffon et en porcelaine, boîtes à musique, acrobates animés, datant de l'époque Louis XV, et autres saloperies du même genre et jusqu'aux tas de vieux papiers imprimés. Il faut alors leur expliquer que ces choses ont été gardées à titre de souvenirs, parce qu'ayant appartenu à quelques tantes ou oncles particulièrement vénérés.

Parmi toutes ces antiquailles on remarquait des objets à l'état de neuf, certains encore dans leurs emballages d'origine. Il arrivait, en effet, qu'un fils Trambolin épouse une demoiselle de notre clan dont les parents croyaient nous éblouir en commandant l'ameublement des appartements réservés au jeune ménage alors que nous avions de notre côté fait, comme il se doit, le nécessaire.

D'autres entassements proviennent d'appartements démeublés à la suite d'un décès pour y installer des parentes, devenues veuves, rentrant au bercail avec leurs petites affaires et souvenirs de leurs demeures conjugales.

Il avait fallu plus d'une fois pour faire place à ces marées de menuiserie, ébénisterie, bronzes, batteries de cuisine en cuivre, sans parler de la verrerie, des porcelaines de Limoges, des Moustiers et autres faïences, agrandir et agrandir encore...

C'est ainsi qu'accrochées, comme des wagons à une locomotive, des constructions en matériaux vulgaires ont été adjointes au bâtiment originel fait de pierres de taille provenant des ruines de la forteresse médiévale et même d'architectures bien plus anciennes sur lesquelles elle avait été édifiée. J'ai bien l'intention d'abattre ces rajouts honteux dès que ce sera légalement possible.

Depuis le décès de mon grand-père et celui, le suivant de quelques semaines, de ma grand-mère, nous n'occupions plus, papa et moi, que la partie noble de la demeure devenue à elle seule déjà beaucoup trop vaste. A la mort de mon père, je me suis résigné à fermer les appartements des arrière-grands-oncles et des arrière-grand-tantes dont les progénitures s'étaient envolées sans esprit de retour vers d'autres contrées. Cependant, il est de notoriété publique que leurs fantômes hantent ces lieux qu'ils avaient imprégnés de leur présence. Je crois bien qu'aucun domestique n'ose y pénétrer.

Curieusement, d'après le notaire, je ne suis pas propriétaire des annexes ajoutées depuis moins d'un siècle au bâtiment principal. En effet, mon grand-père avait accepté de céder ces rajouts dégradants pour une somme symbolique — encore qu'arrivant très à propos après la faillite Raimbaud pour aménager son herboristerie — à une cousine âgée qui s'était formellement engagée à la lui restituer après sa mort. Un testament en règle avait été enregistré chez le notaire. Malheureusement, peu de temps avant de s'éteindre, l'ingrate vieille dame modifia malhonnêtement ses dispositions et fit d'un jeune infirmier qui la baignait, la lavait, la nourrissait et lui prodiguait mille autres soins, peut-être pas tout à fait désintéressés, son légataire universel.

Nous perdîmes le procès et le premier geste du misérable gigolo fut de mettre en vente cette partie honteuse de ma maison ancestrale. Personne dans le pays n'eut l'audace de venir me disputer mon bien.

Il y a peu de temps, cependant, un benêt de la capitale, ignorant, inconscient et mal élevé, l'acheta à un prix fabuleux avec l'intention d'en faire une sorte de claque, persuadé que son emplacement privilégié lui permettrait de faire fortune. Je n'eus même pas besoin d'intervenir auprès de mon bon ami le médecin-maire, ni auprès de divers cousins placés dans les administrations, pour que toutes les autorisations et licences lui fussent refusées. L'imprudent, qui avait commencé les travaux en comptant sur les vagues promesses verbales d'un banquier douteux, ne put jamais les finir faute de capitaux. La partie de la maison qui lui appartenait — théoriquement — est aujourd'hui remise en vente par le syndic des faillites. Mais moi, en attendant d'avoir réuni les fonds pour la racheter, j'appliquais le principe cher à Mac Mahon, ou à un quelconque autre maréchal : « J'y suis, j'y reste ». J'avais évidemment négligé de vider la moitié du grenier, supposée ne pas m'appartenir, malgré exploits et commandements de tout genre.

A la mort de mon père, ce fut mon tour d'aller dormir dans la chambre à coucher des « parents », d'occuper le bureau du « patriarche » et d'inviter mes amis et voisins dans les salons dits de « parade ». J'avoue en toute modestie que ces deux somptueuses pièces de réception n'étaient à l'origine que la salle réservée aux saisonniers, engagés au moment des moissons. Leur mobilier qui faisait l'admiration de tous les antiquaires de France et de Navarre, comme beaucoup d'autres rares pièces d'ébénisterie disséminées partout dans la maison, avait été acheté par mon arrière-grand-père pour rendre service à des amis bourguignons et bordelais, dans les années 1875-1876, quand leurs vignobles avaient subi le choc du phylloxéra. J'ai entendu un jour mon père dire poliment à un hôte de marque qui admirait les fauteuils Louis XIII et Louis XIV de ces salons : « Ils ne sont pas mal, mais nous en avons de bien plus beaux au grenier. Nous les réservons pour recevoir des personnes de qualité. »

Tout cela pour dire que l'installation d'Alexandre ne me posa aucun problème. Je lui laissai le choix entre plusieurs appartements tous mieux disposés les uns que les autres, sans que j'aie à modifier mon désordre personnel et à sacrifier mon indépendance.

C'est ce que je tentai de lui expliquer quand je l'emmenai le lendemain faire le tour de nos labyrinthes — qu'il connaissait d'ailleurs beaucoup mieux que moi pour y avoir joué, tout récemment encore, à la guerre avec les autres gosses du village et repéré, entre les entassements, les défilés les plus propices aux embuscades.

— Il était normal que tu loges dans la chambre voisine de la mienne quand tu étais petit et que tu habitais chez tes grands-parents maternels. Mais maintenant que tu es grand et que tu t'installes définitivement dans ma maison — qui est aussi la tienne — tu auras besoin de plusieurs pièces pour y caser tes affaires et, bien sûr, y inviter tes copains et tes copines. Je ne te cacherai pas qu'il m'arrive, de mon côté, de recevoir des personnes du sexe, parfois même étrangères au pays, dans mon appartement. Je ferai retaper et repeindre à ton goût celui que tu choisiras. Tu pourras y faire aménager une salle de bains moderne et même une cuisinette. Quant à l'ameublement, promène-toi dans la maison et prends ce qui te plaira. Il y a de tout ici. Du Louis XV, Louis XVI, Haute Epoque, Second Empire. Surtout ne te gêne pas et ne t'occupe pas de leur valeur. Je te demande seulement d'en faire une liste pour le notaire. Ce sera mon cadeau de bienvenue.

— Papa, je n'oserai jamais.

— Ose ! Tu es mon fils. A ce titre, tu fais ce que tu veux, exactement comme si la maison t'appartenait. D'ailleurs, tu le sais, tout ce que j'ai est pour toi. A toi.

— Papa, pourquoi ne t'es-tu jamais remarié ? me demanda-t-il quelques jours plus tard.

Je lui répondis que c'était sans doute parce qu'il me paraissait impossible qu'une autre prenne la place de sa mère, mais aussi parce que, finalement, si les femmes ont besoin d'un homme, ceux-ci peuvent très bien vivre heureux avec plusieurs dames, plus ou moins spécialisées.

— Nous avons Germaine qui nous fait la bouffe et avoue qu'elle la fait mieux que n'importe laquelle de tes tantes. De plus, et cela est très important, elle ne fait pas la soupe à la grimace quand nous avons envie, toi et moi, ou chacun de son côté, d'aller casser une croûte chez la Louise, seuls ou en bonne compagnie.

Le ménage est lui aussi fait, et bien fait, par des gamines

du pays qui astiquent, cirent, lavent, repassent et démolissent, avec application et en rigolant, les appareils ménagers les plus sophistiqués et, il faut bien le reconnaître, souvent très compliqués et plus souvent encore tout à fait inutiles. Elles font chez nous l'apprentissage de leur vie. Elles nous aident. Nous leur sommes indispensables. Marcel, pour remercier Germaine de le bien nourrir, lui fait de temps en temps une petite place dans sa couche. C'est honnête et courageux de sa part. C'est d'ailleurs un gars bien et efficace. Il s'occupe, comme tu le sais, du jardin et de la voiture. En revanche, il fait exécuter par des techniciens qualifiés tous les travaux de la maison de la toiture à la cave, en passant par la plomberie, le chauffage et l'électricité. Comme tu as pu le constater, tout est toujours impeccable et baigne dans l'huile. D'après ce que j'ai entendu dire, il n'en va pas de même chez tes tantes Bauer où ces demoiselles passent leur temps à se chamailler.

— Mais papa, tu penses vraiment qu'une femme ne sert qu'à faire la cuisine et le ménage ? J'ai lu sous la plume d'écrivains, à juste titre renommés, que la femme offrait aussi à l'homme des utilisations moins vulgaires…

— … Tu veux parler de l'amour et des enfants ? Des enfants, j'en ai déjà un. Toi. Et tu suffis à mon bonheur. Quant à l'amour, tu découvriras plus tard que c'est un piège de la nature. Dans les romans, ce sont toujours les garçons qui soupirent pour des belles. Tu verras que dans la vie ce sont toujours les belles — même quand elles ne le sont pas — qui se bagarrent entre elles pour mettre le grappin sur le mâle.

Je ne voulais pas choquer Alexandre et entrer dans le détail de ma vie sexuelle. Il s'aperçut d'ailleurs très vite que je n'avais aucun problème, de ce côté-là. En effet, outre les dames, veuves encore jeunes ou célibataires, qui savaient que quand elles souffraient de vague à l'âme ou de solitude, j'étais par définition disponible, sauf évidemment pour les livraisons à domicile, j'avais aussi à ma disposition à la pharmacie la clientèle de quantités de jolies filles qui venaient me confier leurs angoisses, certaines que j'étais compétent pour les décomplexer et que ma discrétion n'était pas seulement professionnelle. Toutes, ou pratiquement toutes, insistaient pour me témoigner leur gratitude. L'offre était nettement supérieure à la demande ; si bien que le veuf que j'étais était amené à éliminer, souvent la mort dans l'âme, certaines de ces candidates-consolatrices. Je donnais la préférence aux brunes aux yeux bleus. Je devais aussi, chacun le comprendra, ménager des moyens qui n'étaient plus hélas ! ce qu'ils avaient été et qui, de toute façon, n'étaient pas inépuisables, encore qu'aux dires mêmes des bénéficiaires, ils aient toujours été nettement supérieurs à la moyenne. Je dois même reconnaître, avec un certain remords, que malgré toutes les restrictions que je m'imposais, les plus sages des épouses de mes amis n'avaient pas eu à patienter trop longtemps dans ma salle d'attente.

Tout le monde dans le pays était, comme toujours, au courant de tout et personne ne m'avait jamais manifesté la moindre mauvaise humeur, car chacun me considérait comme le modèle de l'honnête homme.

Je crois que j'en ai fini avec la question qui je suis et qui je ne suis pas. Encore que j'aurais pu relever le titre de baron que l'Empire avait décerné à mon trisaïeul et que ce farouche républicain avait jeté aux orties à la Restauration, repris sous Napoléon III et définitivement abandonné sous la Commune et la Troisième République.

Je ne suis ni un aristocrate honteux ni un fils d'ouvrier vaniteux.

Je suis un rural évolué à qui le mensonge fait horreur ; à cheval sur la morale, mais fanatiquement tolérant, surtout pour moi-même.

Je ne prétends pas obliger les autres à obéir aux principes fondamentaux de la vertu plus que je ne le fais moi-même.

Je vais tous les dimanches à l'église sans obliger personne à faire comme moi.

J'ai la prétention de ne jamais avoir trompé personne sauf pour éviter des malheurs. Comme l'affirme Gatsby le

Magnifique, héros de Francis Scott Fitzgerald, un de mes auteurs préférés : « Chacun de nous soupçonne qu'il possède pour le moins une des vertus cardinales. Voilà la mienne : je suis un des rares honnêtes hommes que j'aie jamais rencontrés. »

Tout ce que l'on pourrait me reprocher, c'est d'avoir eu trop à cœur l'honneur de la famille.

Etait-ce vraiment un crime ?

Je le répète, je suis quelqu'un dans le genre d'Alceste, mâtiné d'un Philinte : c'est-à-dire un homme ennemi de tous les compromis, mais qui accepte sans rechigner les lois des plus misérables des hommes et, plus encore, celles des femmes les plus vertueuses. En fait, j'ai tous les droits de me considérer comme l'honnête homme complet, intégral, total.

Il faut bien que j'admette, encore que cela me gêne beaucoup, que ce n'est pas le cas d'Alexandre, mon unique enfant légitime.

Il y a un proverbe qui affirme : « Tel père, tel fils », mais il est heureusement corrigé par celui qui constate : « A père avare, fils prodigue ».

Alors est-ce ma faute, si ma confiance, mon amour, mon admiration pour Alexandre se sont émoussés en quelques mois de cohabitation et ont même fait place — il faut bien que je l'avoue — à une sorte de méfiance, d'animosité, de répulsion ?

Je dois dire à ma décharge que n'importe qui, même un saint, n'aurait pu supporter aussi longtemps un comportement comme le sien.

La question simple à laquelle je dois maintenant répondre est : était-il idiot, taré ou simplement vicieux ?

Aucun père n'aurait pu se conduire plus généreusement que moi envers Alexandre à son arrivée chez moi.

Lui, a commencé à révéler son vrai visage la nuit même de son retour au bercail.

Il avait délibérément choisi entre tous, pour y vivre, l'appartement d'un grand-oncle parce qu'il était soi-disant proche de la bibliothèque. Mais je crois plutôt parce que c'était le plus éloigné du mien. Encore qu'un peu froissé de cette froideur à mon égard, j'avais fait rénover cet appartement, entre tous le plus délabré et le moins pourvu de confort moderne, suivant ses goûts et sa fantaisie, sans discuter, ni compter. Cependant, j'avais bien recommandé aux peintres à qui j'avais confié le travail de ne pas toucher à un certain placard.

Personne ne pouvait ignorer, quoi qu'en ait prétendu Alexandre, que dans les années 1770, un cadet, pirate par vocation et probablement par nécessité, oncle, neveu ou cousin de l'Ancien y avait dissimulé vingt-quatre bouteilles de rhum de la Jamaïque. Mon prévoyant collatéral les avait mises de côté en raison de leur arôme exceptionnel. Pour lutter contre toutes tentations, il les avait emmurées dans la partie supérieure de ce placard dont les battants avaient été enlevés et remplacés par une cloison de brique.

Il était tacitement entendu de père en fils que ce divin nectar, de plus en plus précieux à mesure que les années s'écoulaient, ne devait être dégusté qu'à l'occasion d'un événement exceptionnellement exceptionnel.

Ce placard était contigu à la bibliothèque. Est-ce par malchance ou pour d'autres raisons que je soupçonne, toujours est-il qu'Alexandre le choisit pour vestiaire et, en accrochant ses vêtements à la tringle, découvrit que le compartiment supérieur de sa penderie avait été muré. A supposer qu'il eut oublié pourquoi, il aurait pu m'en demander la raison. Non, il décida d'explorer l'inacessible espace qui, de toute évidence, ne pouvait être qu'une cache.

Après différents essais infructueux, il utilisa la violence. Il s'introduisit à l'intérieur du placard sous la planche séparant les deux compartiments de la penderie, s'arc-bouta et poussa de toutes ses forces pour tenter de la soulever. Elle résista. Il revint à la charge comme un enragé. A la troisième tentative, l'un des tasseaux céda, la planche chavira et, dans un fracas sinistre, les bouteilles dévalèrent pour s'écraser en fin de course sur le carrelage.

Une seule échappa au désastre.

Alexandre me présenta triomphalement cette miraculée le lendemain matin à mon petit déjeuner.

« Papa, j'ai découvert un trésor. Permets-moi de te l'offrir », me dit-il ironiquement, au lieu d'implorer mon pardon pour son acte de vandalisme.

J'eus beaucoup de peine à lui expliquer que si les précieux flacons avaient été mis avec tant de soins à l'abri, c'était justement pour que personne n'y attente, même pour en faire cadeau à un père adoré.

Par curiosité, et aussi avec l'espoir qu'après plus de deux siècles ce fameux rhum était devenu imbuvable, je le décachetai précautionneusement et en extirpai le bouchon avec délicatesse. Il s'en dégagea des effluves sublimes.

Hélas ! la liqueur qu'il contenait avait la couleur, la consistance et le moelleux du miel alliés à la puissance de la bombe atomique. Divin !

Les quelques amis que j'invitai le lendemain pour lui faire un sort furent émerveillés.

Chacun pensa que j'avais fait ce sacrifice pour fêter l'arrivée de mon fils auprès de moi.

J'étais le seul à savoir qu'il s'agissait du naufrage définitif de notre glorieux pirate de la mer des Caraïbes.

On aurait pu dire que ce n'était qu'un accident regrettable. Mais cet accident, si accident il y avait eu, avait-il été provoqué uniquement par une curiosité infantile ?

Chapitre 8

Bientôt, un second mystère ébranla ma confiance en la moralité de mon fils : ce fut la disparition d'un bonheur-du-jour, d'une fontaine Louis XV ainsi que celle d'une table rognon Louis XVI, achetés par mon arrière-grand-tante Valentine à une vente publique. Ma grand-mère avait fait soigneusement ranger les souvenirs de cette tante bien-aimée dans un coin inaccessible du grenier.

Un jour que j'étais monté rêver sous les combles et évoquais les âmes de mes chers défunts parmi toutes leurs reliques, je fus frappé par la disparition de ces meubles, si précieux que nous avions décidé de ne jamais les remettre en service dans les salons où ils auraient pu être accidentellement détériorés.

Un vol ! Ça ne pouvait être qu'un vol ! Mais comment les malfaiteurs auraient-ils réussi à s'introduire chez moi sans être vus et à choisir dans tout le bric-à-brac de lits cassés, de tables bancales, de cuvettes, de pots de chambre et de brocs ébréchés, ces trois objets auxquels Maurice Soissons, le célèbre commissaire-priseur de la capitale, avait attribué une valeur phénoménale ?

Je demandai à mon cousin Ruffier de procéder discrètement à une enquête. Les meubles furent retrouvés quelques jours plus tard chez Robin Lustack, un brocanteur de la région. Il protesta de sa bonne foi en exhibant un acte de vente et un certificat d'origine en bonne et due forme : il les avait achetés et payés à domicile, le prix fort, au comte Arnaud de Marchefeuil qui les tenait lui-même de Monsieur Alexandre Trambolin.

Mon pauvre enfant à qui j'avais déclaré un jour, dans un élan du cœur, que ce qui était à moi était à lui, s'était imaginé qu'il pouvait disposer de tout ce qui était chez nous à son gré et, comme son mentor et ami Arnaud s'était mis dans une situation critique vis-à-vis des dirigeants d'un cercle de jeux clandestin, il n'avait trouvé que ce moyen pour lui sauver la mise.

Je n'ai pas besoin de préciser que l'antiquaire-escroc, qui connaissait parfaitement ces pièces uniques, mit mon fils en cause et, excipant de sa bonne foi, refusa de me les restituer. Il eut même la prétention de me les revendre un prix si exorbitant que je refusai évidemment de le payer.

Adieu chers trésors de tante Valentine. Adieu aussi — un adieu qui malheureusement n'était qu'un au revoir — à Arnaud de Marchefeuil dont je découvris à ce moment la mauvaise influence sur Alexandre.

Je dois honnêtement reconnaître que c'est moi qui, entre beaucoup d'autres, l'avais donné comme répétiteur à mon fils. Mais Alexandre ne devait-il pas, même s'il avait les meilleures raisons du monde pour venir en aide à celui qu'il considérait comme son mentor, me consulter sur ces problèmes ?

Comment et pourquoi avais-je introduit ce triste individu dans ma maison ? La réponse toute simple et évidente est que c'était le devoir d'un père soucieux de l'éducation de son enfant.

Le directeur de l'Ecole des Sources — où j'avais fait moi-même toutes mes études — à qui je l'avais présenté avait été, comme tout le monde, ébloui par sa culture générale, sa mémoire et la vivacité de son esprit.

« Malheureusement, l'année scolaire est commencée depuis déjà trois mois. Votre fils va devoir rattraper un retard considérable sur le programme. Je vais donc l'inscrire en classe de seconde. Mais si, comme je le pense, il prouve à ses professeurs ses aptitudes et ses connaissances exceptionnelles, je proposerai après les vacances de Pâques de le faire passer en première.

L'entretien que j'ai eu avec lui, si court qu'il fut, me permet de croire qu'il sera digne de ses grands-oncles qui restent encore, après plus de soixante-dix ans, la gloire de notre établissement. Et je vous avouerai, très franchement, que nous avons bien besoin de sujets aussi doués pour justifier sa réputation. Mieux, à un moment où hélas ! les nouvelles générations apparaissent d'une médiocrité si affligeante, un sujet brillant, pourrait être un phare qui rétablirait la renommée de l'enseignement de la France », m'assura cet hypocrite.

Quelle ne fut pas ma déception, quelques semaines plus tard, quand je reçus le premier bulletin de notes d'Alexandre. Il y avait bien un 20 sur 20 en gymnastique, mais dans toutes les autres matières, quel désastre ! Rien que des zéros, un 1 et deux 2. Et la seule appréciation un peu consolante était celle du professeur de français : « Capable du meilleur, mais aussi hélas ! du pire. Le pire étant la norme et le meilleur l'exception. »

J'ai eu la désagréable surprise d'apprendre à Pâques qu'il avait été rétrogradé en troisième avec des garçonnets de deux ans ses cadets et, à la fin de l'année, qu'il était même condamné à redoubler.

C'était bien la première fois qu'une telle honte était infligée à un Trambolin !

Je retournai voir le directeur qui m'expliqua avec un certain embarras qu'il serait peut-être utile que je consulte un psychiatre.

En effet, pendant les classes de chimie, l'enfant prétendait recevoir de son professeur des explications sur la géologie. Pendant celles de mathématiques, il exigeait des éclaircissements sur la linguistique… et tout à l'avenant.

Il retardait ainsi le déroulement des cours déjà rendus difficiles par la lourdeur des programmes. Il était un boulet pour les professeurs comme pour ses camarades. En outre, à la moindre observation, il faisait preuve d'une arrogance et d'une insolence qui en avaient fait la bête noire de tous ses maîtres sans exception.

Je n'ai pas besoin de dire que je le retirai immédiatement de cet établissement décadent et c'est là que, pour mon malheur, je décidai de lui trouver un répétiteur qui saurait, en maîtrisant ses sautes d'humeur, lui apprendre à se conformer à la discipline scolaire.

Pourquoi, parmi tant de candidats, mon choix se porta-t-il sur Arnaud de Marchefeuil ? Peut-être à cause de sa particule et de son allure décontractée ? Peut-être en raison du charme un peu trouble qui émanait de ses immenses yeux bleus et de sa bouche minuscule dans un étroit visage, illuminé soudainement de sourires irrésistibles, de l'élégance de sa silhouette, de ses longues jambes, de ses gestes gracieux ou de sa distinction naturelle... Mais plus probablement en raison de son âge : vingt-huit ans (qu'il ne paraissait pas), de ses diplômes de docteur de philosophie et de droit, et des références plus qu'élogieuses que lui avaient accordées des familles comptant parmi les plus honorables de la ville. De plus, tout en poursuivant ses recherches dans certains secteurs spécialisés, il acceptait de travailler, à titre temporaire, comme secrétaire et même conseiller d'une certaine personnalité politique que je ne veux pas nommer parce qu'elle se portait garante de sa moralité.

Le comte de Marchefeuil m'avait, de plus, expliqué qu'il condescendait à s'intéresser à un jeune garçon comme Alexandre parce qu'il avait une grande considération pour le nom des Trambolin. Il pensait aussi qu'un été à la campagne lui permettrait de récupérer une forme physique et intellectuelle émoussée par les études forcenées auxquelles il s'était soumis les mois précédents.

Plus que moi encore, mon fils fut fasciné par Arnaud. Pour son plus grand bien, ai-je pensé d'abord quand je me faisais un devoir d'assister à leurs séances de travail.

En fait de leçons, il semblait que c'était Alexandre, le maître, et Arnaud, l'élève. Arnaud, en effet, posait une question et écoutait avec patience les développements que lui apportait Alexandre, car plutôt qu'une réponse, l'élève, emporté par sa mémoire et son imagination n'arrêtait pas de parler pendant des heures.

Quand, épuisé, il avait fini son discours, Arnaud revenait à la charge et donnait une réponse concise qui lui aurait assuré à tout coup, à notre époque standardisée, un 20 sur 20 aux contrôles et aux examens.

A chaque fois qu'il le fallait, une réflexion paradoxale provoquait la curiosité d'Alexandre qui prenait ainsi conscience qu'il ne suffisait pas de savoir, mais qu'il fallait aussi savoir convaincre ses professeurs qu'on avait au moins jeté un coup d'œil au sommaire des livres de classe et entendu une ou deux phrases de leurs cours de l'année.

Après l'affaire des meubles de l'arrière-grand-tante Valentine qu'Arnaud avait arrachés de l'ignorance généreuse d'Alexandre, j'ai dû jeter dehors cet escroc qui nous avait si bien enjôlés tous les deux.

J'ai appris trop tard que ses relations avec Alexandre n'avaient pas été interrompues par ma décision.

Parmi d'autres excentricités de mon fils, je garde encore un souvenir particulièrement pénible des pots de pavot de mon grand-père l'herboriste.

Toujours aussi fouineur et toujours aussi mal inspiré par sa curiosité, Alexandre avait découvert, dans le cabinet que mon grand-père s'était réservé pour y loger ses collections, quelques bocaux qu'il avait remplis avec du latex séché extrait de capsules de pavot de Turquie, autrement dit, de l'opium. J'ignorais jusqu'à leur existence.

Un jour, mon assistant me signala que mon fils et l'un de ses copains s'étaient livrés à d'étranges expériences dans le laboratoire de la pharmacie. « Les petites crapules », c'est ainsi qu'il avait qualifié le copain et Alexandre — à juste titre pour le copain anonyme — s'étaient tout simplement mis en tête de fabriquer de l'héroïne, ce qui aurait pu porter atteinte à ma réputation et nuire grandement à mes affaires.

C'est à cette époque que j'ai dû accepter de prendre mon

employé, Jacques Poussin — grand spécialiste de pharmacovigilance — pour associé. C'était le prix de son silence. Comment aurais-je pu deviner que le copain anonyme était Arnaud ?

Tout cela était certes très ennuyeux, mais je ne pouvais pas dire que c'était franchement catastrophique.

Je m'étais toujours montré très indulgent envers Alexandre, car j'étais persuadé que dans l'affaire des meubles il avait été lui-même escroqué. Un péché de jeunesse dû à l'inexpérience — et il faut bien le dire, à la bêtise — doit être pardonné, me répétais-je.

Quant à l'affaire du laboratoire, il ignorait, sans nul doute, les règles très sévères auxquelles est soumise notre corporation et avait fait preuve d'une curiosité scientifique normale chez un Trambolin. L'hérédité, ça existe ! Nous, scientifiques, en avons la preuve.

Je me disais que tous les génies étaient forcément des êtres à part et que les déceptions que m'avait causées son manque de jugeote seraient largement compensées par les satisfactions qu'allaient m'apporter inéluctablement ses dons exceptionnels.

Le vrai coupable était l'horrible Arnaud.

Je dus exiger d'Alexandre qu'il rompe toutes relations avec cet individu. Je le fis, comme d'habitude, avec tact et diplomatie.

— Il faut bien que tu comprennes, dis-je à Alexandre, qu'à ton âge, rien n'est perdu et ce que l'on prend pour un mal est souvent un bien. Il ne tient qu'à toi que ces erreurs te remettent sur la bonne voie. La seule chose qui doit compter maintenant pour toi, c'est ton bac. Il faut que tu te mettes sérieusement au travail. Au lieu de rêvasser toute la journée et de te lancer dans l'alchimie, l'électronique et les hautes sphères de l'informatique, tu aurais intérêt à faire comme tous les autres imbéciles de ton âge : n'apprendre que pour oublier, et surtout sans chercher à comprendre.

Si tu le veux bien, demain, nous irons ensemble au lycée de la ville. Je suis convaincu qu'ils seront très flattés d'avoir un Trambolin parmi leurs élèves. Il faut absolument que tu te mettes dans la tête, une fois pour toutes, qu'il y a des problèmes élémentaires que même les plus bornés arrivent à résoudre. Je ne vois vraiment pas pourquoi un Trambolin, esprit supérieur de naissance, n'y arriverait pas ?

Une fois que tu auras ce fameux bac, tu pourras choisir entre Normale Sup, l'X, l'Ena ou même, pourquoi pas, médecine ?

— Non, papa, je perds mon temps en classe à écouter des évidences, à répondre à des questions idiotes ou à commenter des lieux communs. Et puis je ne vois pas du tout pourquoi je me condamnerais à être toute ma vie ingénieur, employé de banque ou de commerce, avocat ou médecin. Ou même président de la République ? Je suis bien décidé à suivre mes inspirations. Je ne vois pas qui cela pourrait gêner si un jour j'étais Pasteur, un autre Eiffel, un troisième Joliot-Curie et un quatrième jardinier ou maçon. La société dans laquelle nous vivons manque totalement d'imagination. Je sais que je peux faire bien tout ce qui m'intéresse et justement, il se trouve qu'en ce moment je n'ai rien envie de faire. Tout ce que je veux c'est réfléchir et attendre de pied ferme certains événements inéluctables.

Dès le lendemain, j'emmenai mon fils chez un psychanalyste réputé de la ville. L'éminent praticien accepta de le recevoir deux fois par semaine pendant deux heures.

Après quelques mois, il m'assura que tout allait aussi bien que possible et que nous étions sur la bonne voie pour résoudre son cas. « Un cas superbe » m'assura-t-il, à condition, bien sûr, de continuer le traitement à raison de trois séances de trois heures par semaine.

Quant à Arnaud, il n'avait pas eu l'audace de se remontrer à Nautailles et Alexandre lui-même semblait ignorer son adresse. Néanmoins, il y a quelques jours, je décidai de fermer définitivement le trop fameux club qui, pourtant, d'après le psychiatre, était indispensable à l'équilibre mental de mon fils.

J'ai appris par la suite que c'était ce même mauvais ange

qui avait incité mon garçon à faire de son petit cercle d'amis d'enfance une sorte de club interlope.

Ce Marchefeuil du diable, s'était auparavant arrangé pour obtenir un emploi de pion dans la boîte à bachot où j'en avais été réduit à inscrire mon Alexandre.

J'avais décidé, pour ne pas désavouer publiquement mon fils de lui laisser la maison entièrement à sa disposition pour l'ultime soirée de son club et je m'expatriai volontairement une semaine en Suisse chez Marie-Ange Bouland, une amie très chère et ma maîtresse préférée qui avait de plus pour fille une gamine ravissante nommée Valérie qui se laissait taquiner par moi avec un plaisir évident quand elle ne m'asticotait pas sur mon âge et ma corpulence.

Marie-Ange, veuve d'un de mes meilleurs amis, opulent propriétaire de la région de Beaune, me prodiguait inlassablement ses consolations depuis une dizaine d'années et plus. Elle se considérait malgré toutes mes protestations comme la légitime propriétaire de la partie la plus virile de mon anatomie.

Sur mes conseils lassés, elle avait vendu ses vignobles réputés et s'était refugiée en Suisse avec ses capitaux.

Marie-Ange, Valérie et leur petit capital avaient prospéré, prospéraient et, selon toute vraisemblance, continueraient à prospérer en toute quiétude sans crainte d'une probable banqueroute de la Banque de France.

C'est quelque temps après mon retour que se produisit l'événement qu'il me faut maintenant évoquer.

C'était jour de marché, donc un mardi. J'étais arrivé d'assez bonne heure à la pharmacie. Sans doute ai-je un personnel suffisamment nombreux pour satisfaire la clientèle sans trop la faire patienter, mais j'aime bien être là pour accueillir les premiers arrivants, ne serait-ce que pour être le premier à l'écoute des commérages.

Il n'existe pas de station de radio ou de télé capable de lutter en pittoresque et en richesse d'informations avec notre journal parlé.

Il faut être à pied d'œuvre assez tôt avec de grandes

oreilles pour être ensuite en mesure d'étaler devant les notables ébahis une parfaite connaissance des événements survenus dans les coins les plus reculés de notre fief.

Ce n'est pas sans une certaine surprise que je constatai que quelqu'un était déjà là à m'attendre : Ruffier en personne, képi sur la tête et galons rutilants.

Jamais malade, malgré ses penchants pour une riche et abondante nourriture et son indéniable compétence en œnologie.

— Qu'est-ce qui t'arrive, mon pauvre Emile ? m'enquis-je de mon ton le plus compatissant. Quels que puissent être tes petits ennuis de santé, tu peux compter, non seulement, sur mon expérience de praticien, mais aussi sur mon esprit de famille. Je pense que je n'ai pas besoin de te parler de ma discrétion légendaire...

Je tombai des nues quand mon jovial parent me déclara avec gravité qu'il n'était pas là pour des raisons personnelles, mais sur ordre du juge Langelet. Il me proposa à voix basse de continuer la conversation à mon domicile pour éviter que notre journal parlé local ne fasse un « scoop » de cette entrevue inopinée.

Etonné, et même un peu nerveux — encore que ma conscience n'ait rien à se reprocher — j'accédai à sa suggestion.

Un quart d'heure plus tard, chacun venant de son côté, nous nous retrouvâmes dans le plus petit de mes salons.

Je l'interrogeai sans ménagement :

— Ne me dis pas que c'est encore Alexandre qui a commis quelque extravagance ?

— Pas cette fois. Cependant, je me vois, Monsieur, dans l'obligation de vous informer que j'ai été commis par le Parquet pour mener une enquête délicate. Je suis ici à titre officiel et la déontologie exige que nous nous vouvoyions. Je vous prie de ne pas l'oublier ! Il s'agit d'une affaire de meurtre et même d'assassinat. Notre petit génie en est bien incapable.

Cela me rassura quelque peu car, je dois bien admettre

que le comportement d'Alexandre m'agaçait, m'inquiétait et même m'angoissait de plus en plus.

— Expliquez-moi, gendarme.

— L'affaire étant en cours d'instruction, je suis tenu à une grande discrétion. En fait, je suis chargé de savoir si vous êtes en possession d'une arme blanche, une sorte de poignard à large lame à un seul tranchant, à bout épointé, d'à peu près soixante centimètres de long ?

— Non.

— Pouvez-vous m'assurer formellement que vous n'avez pas une arme de ce genre en votre possession et que vous n'en avez jamais eu ?

— Emile, mon vieux, tu connais cette maison. Tu y es venu maintes fois avec les autres gosses du village quand nous étions jeunes et innocents. Aussi, comprendras-tu facilement qu'il est impossible que je puisse jurer qu'un tel objet existe ou n'existe pas dans notre caverne d'Ali Baba.

— D'accord, mais comme tu nous as signalé, il y a quelque temps, la disparition de petits meubles de grand prix entreposés dans ton grenier, nous avons pensé avec Monsieur Langelet que tu aurais peut-être aussi remarqué la disparition d'une lame aussi peu courante.

— Absolument pas, lui ai-je répondu.

— Alors dans ce cas, je pense que tu ne verras aucun inconvénient à ce que nous procédions à une perquisition. D'ailleurs, si tu t'y opposais, j'ai un mandat signé du juge.

— Déconne pas, Emile. Tu sais que ma maison t'est grande ouverte. Puisque ton copain Belzébuth me le demande si gentiment, tu peux lui dire que je serais très heureux de vous recevoir, tes hommes, toi, lui-même et toutes autres personnes par qui vous voudriez vous faire accompagner. Je me ferai même un devoir de me mettre à votre disposition pour vous aider, car voilà des lustres que j'ai envie d'explorer toutes ces pyramides que mes parents, grands-parents, arrière-grands-parents, aïeuls et trisaïeuls compris ont érigées dans nos combles et d'ausculter les cloisons à la recherche de passages secrets et de caches oubliées. A une condition cependant : que tu ne trouves pas ma collection de pistolets — armes peut-être prohibées, mais dont tu connais parfaitement l'existence pour avoir joué avec elles il y a peu d'années encore.

— D'accord, je fermerai les yeux sur cette infraction à la loi. Je sais parfaitement que vous êtes très nombreux dans la région à vous être mis dans ce mauvais cas. J'ai déjà expliqué au juge qu'il est impossible de fouiller de fond en comble la Maison Trambolin. En fait, Langelet voulait surtout savoir si tu avais remarqué la disparition d'une arme aussi spéciale. Parce que si ton voleur avait eu l'imprudence de s'emparer de ce poignard, cela aurait pu constituer une piste intéressante.

— Des poignards, comme tu dis, il y en a de toutes les formes, de toutes les couleurs, de tous les pays et de tous les âges dans cette maison. Mais un truc aussi abracadabrant que celui que tu me décris avec une lame de soixante centimètres à un seul tranchant et à bout épointé, ça n'existe pas et ça n'a jamais existé dans aucun catalogue d'armes, de la préhistoire à notre temps.

Maintenant, raconte-moi qui a été assassiné avec cet engin bizarre. Quand et où ? Je suppose que tu sais que tu peux me faire confiance. Si tu me dis exactement de quoi il retourne, peut-être aurai-je une idée qui pourrait t'être utile. Je connais tout le monde dans le pays et, comme je n'ai pas le privilège d'appartenir à la maréchaussée, nos concitoyens, n'ayant aucune raison de se méfier, s'ouvriront beaucoup plus facilement à moi qu'à des enquêteurs assermentés, a priori suspects. De plus, tu connais ma discrétion : je suis une véritable tombe.

— Une tombe, peut-être, mais ouverte à tous vents. Enfin... Je vais te faire une confidence.

— Vas-y, raconte !

— Eh bien ! la vérité est que je peux rien te dire et ce pour deux raisons : d'abord parce que je ne sais rien et ensuite parce que si je savais quelque chose et te le disais, tout le pays serait au courant dès aujourd'hui. Alors, salut... cousin !... Et porte-toi bien.

— Pas la peine de partir en courant, comme un voleur. Tu as bien une minute pour goûter à mon dernier arrivage de vin de paille. Je l'ai reçu il y a quinze jours tout droit de la montagne. Il a eu le temps de reposer. Tu m'en diras des nouvelles.

Emile apprécia mon vin, ainsi que le fromage de chèvre et les quatre ou cinq rondelles de rosette qui l'accompagnaient.

— Merci cousin et fais-moi confiance, comme promis je continuerai à surveiller Alexandre et ses fréquentations.

Nous en étions restés là quand Marcel Levieux, mon jardinier, chauffeur, gardien, homme de confiance m'apporta triomphalement une sorte de gouge, emmanchée dans de l'ivoire, qu'il avait repêchée, par le plus grand des hasards, dans la mare du potager en y puisant de l'eau pour arroser ses légumes. Il supposait que c'était l'un de mes aïeux qui l'y avait laissée choir par mégarde et était tout fier de l'avoir récupérée. Je le félicitai chaudement et, pour le récompenser, lui fis cadeau d'une de mes meilleures bouteilles de côtes-du-rhône blanc.

Je reconnus immédiatement l'objet. La « gouge » en question faisait partie d'une paire de sabres de samouraï, qu'oncle Georges, l'un des oncles de mon arrière-grand-père, avait rapporté du Tonkin.

Les deux armes étaient, depuis leur arrivée à Nautailles, fixées sur un panneau en velours bleu jauni qu'une grand-mère précautionneuse avait enterré au grenier de crainte, peut-être, qu'un samouraï, réincarné en petit Français, n'embroche, pour s'amuser, l'un de ses camarades d'école ou quelque pédagogue plus incompétent encore que la norme. Je montai dare-dare au grenier.

La panoplie était là. Le grand sabre y était bien attaché, mais il ne restait que la gaine vide du plus court que je tenais dans ma main, prisonnier d'une gangue de vase durcie qui l'enfermait comme une autre gaine.

Cela faisait pitié de voir cet ensemble, vénéré par des

générations de samouraïs, ces sabres aussi inséparables que des siamois, séparés par une main impie.

Quel vandale avait osé s'attaquer à ce vestige sacré des pillages héroïques de l'oncle Tonkin ? Et tout cela seulement pour détruire ce noble couple par noyade de la plus maniable de ses moitiés. Il fallait à tout prix reconstituer ce chef-d'œuvre de l'art guerrier si barbarement brisé et en profiter pour lui rendre son ancienne splendeur. Après quoi, je devais, pour me faire pardonner l'affront fait à l'esprit d'aventure Trambolin, lui trouver une place où chacun pourrait lui rendre hommage.

J'emportai les sabres, le long et le court, à mon laboratoire où je n'eus aucune peine, avec tous les produits chimiques dont je disposais, à leur rendre leur éclat originel.

Je ne sais pas pourquoi, une question étrange surgit dans mon esprit : « Ces armes de parade, avaient-elles, effectivement, fait couler le sang ? Et si oui, en restait-il des traces ? »

Rien sur la plus longue.

Sur la plus courte, en revanche, la réaction fut, à mon grand étonnement, positive.

De l'hémoglobine sur la longue et rien sur la courte m'eût semblé plus logique.

Peut-être n'était-ce que le sang de quelque animal que mon illustre collatéral aurait sacrifié pour éprouver l'incomparable tranchant de la lame ?

Là aussi, j'avais le moyen de vérifier. J'avais, par honnêteté professionnelle et, je le reconnais volontiers, aussi par vanité, équipé mon laboratoire des moyens d'analyse les plus sophistiqués.

Une goutte de mon sang, une goutte de celui d'un poulet, commandé pour le déjeuner, me permirent de constater que je n'avais rien perdu de mon savoir-faire de laborantin en même temps que la qualité de mon matériel.

Il s'agissait, bel et bien, de sang humain. Quant à savoir combien de temps auparavant il avait maculé la lame, c'était une autre affaire. Cela pouvait être aussi bien dix ans ou plus, comme dix mois ou moins.

Dans un esprit de perfection, je décidai de faire disparaître ces traces. Je disposais au laboratoire de tous les acides et détergents utiles. Je commençai l'opération par les lames. Mais, lorsque j'arrivai aux délicates poignées d'ivoire déjà brinquebalantes sur leurs embouts, je renonçai à les démonter de crainte de provoquer une avarie irréparable et me limitai à les caresser précautionneusement avec un chiffon imbibé de savon.

Ceci fait, je replaçai ces deux pièces de collection dans leur écrin que j'avais tout aussi soigneusement nettoyé.

C'est à ce moment qu'Alexandre arriva au laboratoire. Germaine lui avait demandé de me rappeler que le menu comportait un vol-au-vent et que cela ne tolérait pas d'attente.

Remarquant l'intérêt avec lequel il fixait les sabres, je lui racontai comment le plus court avait été retrouvé et comment j'avais découvert des traces de sang sur sa lame.

— As-tu aussi nettoyé la poignée ?

— Tu veux rire. Cela aurait été trop dangereux. Regarde, elle ne tient que par miracle, lui fis-je observer. Et d'ailleurs, qui pourrait avoir l'idée saugrenue de la démonter pour se livrer à des analyses que je suis probablement le seul à pouvoir exécuter dans la région et…

— Papa, m'interrompit Alexandre, tu m'as dit à plusieurs reprises que je pouvais prendre tout ce qui me plaisait chez toi.

— Tout ce qui est à moi est à toi, lui ai-je répété. Ces sabres te plaisent ? Je te les donne avec leurs gaines finement ouvragées, leur plateau du XVIIe siècle, bref toute la panoplie. Fais-y attention, car c'est une pièce de grande valeur. Il existe en France, en Europe et même de par le monde des collectionneurs qui en donneraient une fortune. Alors ne commet pas l'erreur de bazarder ce rarissime assemblage à bas prix comme cela s'est déjà passé pour les meubles de tante Valentine.

— Ne t'inquiète pas, papa. J'ai compris une fois pour toutes. Ce sera mon plus cher trésor.

— Eh bien! emporte-les. Ils feront très bien dans ta chambre.

Comme je partais en me hâtant pour ne pas faire attendre le vol-au-vent, Alexandre qui me suivait, s'arrêta soudain.

— Excuse-moi, papa. Je te rejoins dans quelques minutes. J'ai un petit quelque chose à faire. Surtout commence à manger sans m'attendre.

Je dois à la vérité d'admettre que cette pensée ne m'avait pas effleuré une seule seconde. Le vol-au-vent de Germaine était plus succulent encore que d'habitude et quand Alexandre arriva un bon quart d'heure plus tard en portant sous son bras sa panoplie japonaise, soigneusement emballée, je lui montrai le moule du vol-au-vent que j'avais eu le temps de torcher jusqu'à la dernière goutte.

— “ Qui va à la chasse, perd sa place ”, lui fis-je observer. Tu n'es pas malade au moins ? Si tu as le moindre problème de santé, courante ou une gêne quelconque pour déféquer, n'hésite pas à faire appel à ton vieux père... J'ai tout ce qu'il faut pour te soulager.

— Merci, papa, tout va très bien.

L'engouement d'Alexandre pour la panoplie japonaise ne dura que ce que durent les roses. Après l'avoir cherchée, en vain, sur les murs de sa chambre, je la découvris reléguée, une fois de plus, au fin fond du grenier. J'y étais monté avec Emile qui y était revenu une fois de plus pour se mettre en quête avec moi du poignard de race inconnue que le juge l'avait chargé de rechercher.

L'idée me vint de le taquiner comme j'avais l'habitude de le faire. Tout capitaine de gendarmerie qu'il était, il tombait chaque fois dans le panneau.

— Mon cher Emile, lui déclarai-je, si je t'ai amené ici c'est en cousin bien intentionné. Je pense toujours à ton avancement et je me suis dit que tu pourrais peut-être réussir à faire croire à ton magistrat instructeur que le plus petit de ces deux sabres est le poignard qu'il t'a chargé de rechercher, encore que cela soit tout à fait invraisemblable.

— Pas si invraisemblable que ça, me répondit Emile, après avoir dégainé le wakizachi et l'avoir examiné sous tous les angles. C'en est même troublant et je suis sûr que ce truc intéressera au maximum le médecin légiste qui, dans son rapport, sur le vu de certaines entailles a précisé les caractéristiques de l'arme du crime. J'espère que tu n'y as pas touché ?

— Pour qui me prends-tu Emile ? Pour un sagouin ? Et comment que j'y ai touché. Vu l'état dans lequel il était, tu n'aurais jamais pensé à le confondre avec l'arme en question. Il n'avait plus aucune forme. Crois-moi, il m'en a fallu de l'huile de coude pour lui redonner un aspect décent.

— Parfois, mon cher Gilbert, je me demande si tu te fous du monde ou si tu es complètement inconscient ? C'était vraiment la dernière chose à faire. Enfin, si c'est l'arme du crime, on y retrouvera forcément des traces de sang. Tu l'ignores peut-être, mais le sang humain on ne s'en débarrasse pas avec de l'huile de coude.

— Eh ben ! dis donc, tu m'en apprends des choses ! En tout cas, je peux te dire que si à votre labo ils trouvaient le moindre indice sur la lame, ils seraient drôlement costauds.

— Quoi qu'il en soit, je te remercie Gilbert. Le juge sera content. Tu penses, le toubib a bien précisé : un tranchant mince comme celui d'un rasoir, capable de provoquer des coupures profondes avec un large bout épointé ayant buté à plusieurs reprises une extrémité de cette plaie. Constate ! C'est tout à fait ça. J'emporte le tout et je te fais un reçu que tu contresigneras.

— Tu m'offenses, Emile. On n'a pas besoin de paperasses entre nous, et je te fais entière confiance pour me les garder dans le même état de propreté où tu les a trouvés.

— Il ne s'agit pas de ça. Il sera spécifié sur ce papier que tu en es le propriétaire et, qu'à ta connaissance, ils ne sont pas sortis de chez toi. Et, en cas de déprédation, tu serais indemnisé. Cela va de soi.

— D'accord, puisque tu insistes. Cependant, je tiens à te signaler que je ne suis pas le propriétaire de cette précieuse pièce de collection.

— Ah bon ! Et à qui appartient-elle ?

— Tu peux faire ton reçu au nom d'Alexandre Trambolin à qui j'en ai fait cadeau.

Chapitre 9

Moins de quinze jours après cette aimable conversation, j'ai eu, pour la seconde fois, la surprise de recevoir un autre représentant de la force publique en uniforme, mais cette fois un simple gendarme que je connaissais bien et qui avait toute ma sympathie parce qu'il venait s'approvisionner chez moi en préservatifs pour lui-même et probablement pour tous ses collègues vu les quantités consommées. En l'occurrence, cet aimable jeune homme faisait office de facteur : il était chargé de me remettre en mains propres un message intitulé assez grossièrement « Convocation ».

J'étais mandé, par le juge Langelet, au palais de justice de la ville, pour être entendu suite au rapport de l'officier de gendarmerie de Nautailles.

Le rendez-vous était à quinze heures. Avec ma courtoisie légendaire, j'y étais à quatorze heures quarante-cinq.

A seize heures, j'étais toujours dans une espèce de long couloir sombre, éclairé par d'étroites lucarnes grillagées, assis sur un banc en bois aussi inconfortable — et même plus — que les sièges des fermes de nos paysans de l'Ardèche au siècle dernier.

Comme je m'impatientais et décidais de partir, le garde m'admonesta comme un petit garçon qui aurait voulu quitter la classe avant l'heure réglementaire.

Heureusement, je n'étais pas seul à faire antichambre. Etait-ce une délicate attention de Monsieur Langelet ? Je ne pourrais pas le certifier. Toujours est-il qu'une autre personne attendait que le magistrat daigne se souvenir de sa présence : une personne dont le moins que je puisse dire est qu'elle n'était pas n'importe qui.

En fait, je n'avais jamais vu une créature aussi superbe : plus proche du canon égyptien que du grec avec ses longues jambes qui, même sans talons, dépassaient la moitié de sa taille. Belle taille d'ailleurs : un mètre soixante-seize à vue de nez, juste ce qui me convenait pour avoir sa joue contre la mienne debout, assis ou couchés. Proportions parfaites. J'étais prêt à parier pour soixante centimètres de tour de taille, quatre-vingt-dix-huit de tour de hanches, quatre-vingt-seize de tour d'une poitrine qui n'avait nul besoin de soutien-gorge pour faire exploser un pull-over en V majuscule, avec ses deux sphères aux bouts arrogants et aptes à remplir, amplement et délicieusement, les mains d'un honnête homme : des mains comme les miennes. Mais ce qui m'avait frappé dès que j'avais pénétré dans notre purgatoire c'était sa chevelure flamboyante de rousse ; sa large bouche aux lèvres entrouvertes sur une dentition parfaite et surtout des yeux, d'immenses yeux mordorés qu'elle n'avait pas dans sa poche. Pendant que je la fixais avec une indiscrétion qui me faisait honte à moi-même, ne maîtrisant pas l'envie d'en découvrir encore davantage avec les yeux, mais aussi avec les mains, la déshabillant déjà par la pensée, elle, de son côté, ne se gênait pas pour me détailler de haut en bas, s'arrêtant même, avec un sourire averti, sur tous les plis et toutes les coutures de mon pantalon, croisant et décroisant ses jambes, avec des mouvements pleins de grâce de vierge impatiente et troublée. Sa façon de passer le bout de sa langue sur ses lèvres était visiblement une invitation ingénue et inconsciente à la fellation.

Elle fut la première à m'adresser la parole : « Excusez-moi, Monsieur, n'êtes-vous pas Monsieur Trambolin, le pharmacien de Nautailles ? »

Pas de doute, j'avais affaire à une créature hors du commun, non seulement par sa beauté et sa féminité, mais aussi par son bon goût. Elle me faisait inconsciemment comprendre qu'elle m'avait remarqué, moi, ma carrure et ma virilité. Elle attendait, de toute évidence, depuis longtemps une occasion de faire ma connaissance. Son impatience venait de triompher de sa timidité.

— Oui, madame, lui répondis-je avec mon plus beau sourire. Mais comment me connaissez-vous ? Sûrement pas comme cliente de ma pharmacie ! Si cela avait été le cas, croyez bien que j'aurais votre nom inscrit en lettres d'or sur mon carnet avec votre adresse et votre numéro de téléphone gravés dans mon cœur.

Elle éclata d'un rire de gorge qui me fit frissonner jusqu'à la moelle des os. Jamais une femme ne m'avait produit un effet pareil.

— Il n'est pas que vos clientes qui vous remarquent, roucoula-t-elle, en humectant à nouveau ses lèvres gourmandes. Votre réputation dépasse largement les limites de Nautailles.

— Madame, vous me gênez... Mais que faites-vous donc en ce lieu sinistre ?

— C'est une aventure épouvantable. Je suis la victime et on me traite en suspecte... Probablement parce que je n'ai pas voulu... Mais ce serait trop long à vous expliquer ici. Cependant, j'aimerais vous raconter tout cela en détail et vous demander conseil.

— Chère Madame, je suis...

— Je m'appelle Sophira... Sophira Montefiore-Dragovitch.

— Ma grand-mère correspondait avec une dame Montefiore, de Venise.

— C'était très certainement une de mes aïeules.

— Si vous êtes d'accord, le premier qui en aura fini avec ces rendez-vous incongrus, attendra l'autre au café du palais. C'est juste en face.

— Avec joie, mais si tout à coup ils ne voulaient pas me laisser partir ? Avec cette sorte de gens, on peut s'attendre à tout.

— Si vous n'êtes pas là à dix-huit heures, c'est moi qui irai vous chercher et, j'aime mieux vous dire que ça fera du bruit... Ces grossiers personnages qui ont l'impolitesse de nous faire poireauter pendant des heures ! Mais je suis injuste, je devrais les bénir puisque cela m'a permis de vous connaître.

A ce moment, la porte s'ouvrit et un individu à la face ravagée, s'approcha de moi :

— Monsieur le Juge vous attend, Monsieur Trambolin.

— Vraiment ! J'aurais plutôt cru le contraire. Au fond, ça ne fait qu'une petite heure que mes fesses subissent le supplice de la planche.

— Monsieur le Juge a malencontreusement été retardé par Monsieur le Procureur... Après vous, je vous en prie, me dit-il en s'effaçant.

Je le bousculai, bien involontairement, pour entrer dans le cabinet du magistrat instructeur.

J'avais déjà eu l'occasion de rencontrer ce Langelet chez mon ami Croucel et je me souvenais parfaitement de ce petit homme déplumé, avec son nez minuscule mangé par ses grosses lunettes de myope. S'il avait été un chien, je l'aurais classé parmi les pékinois ou peut-être les carlins, mais je ne lui aurais pas décerné de prix ni même de mention. Il disparaissait presque entièrement derrière son pourtant tout petit bureau et feuilletait un mince dossier bleu. Mon petit sabre de samouraï reposait sur une pile de dossiers, recouvrant un meuble voisin.

D'un geste ample, il m'invita à m'asseoir dans le fauteuil placé en face de lui tout en continuant à tripoter ses papiers.

Enfin, il daigna lever les yeux sur moi.

— Je vous ai convoqué pour avoir confirmation de vos déclarations à l'officier de gendarmerie Ruffier. Je vous demande de bien rassembler vos souvenirs car il s'agit d'une affaire grave : un cadavre a été trouvé, il y a quelques jours, dans un état de décomposition avancée. Il appert que le crime a été commis à Nautailles, à proximité de votre demeure. Le ou les assassins ont cru malin d'éventrer leur victime, de lui couper les mains et la tête et de les jeter dans le fleuve. Alertée par Monsieur Ruffier, la police fluviale a réussi à récupérer tous ces débris.

— Voilà un fait divers qui mettra sûrement en émoi toute la population de Nautailles et des environs. Mais je ne vois pas en quoi je pourrais vous apporter une aide quelconque, déclarai-je.

— J'y arrive. Nos laboratoires ont établi que les blessures qui ont occasionné le décès de ce malheureux ont bien été faites par ce poignard qui a été découvert par Ruffier dans votre grenier. A ce sujet, je me vois dans l'obligation de vous demander quelques explications. Greffier, veuillez prendre note de la déposition de Monsieur Trambolin, Gilbert.

Eberlué, et encore sous le coup de l'émotion, je répondis bêtement aux questions rituelles et stupides concernant mon état civil.

— Vous reconnaissez que ce poignard était à vous jusqu'à ce que vous en ayez fait donation à votre fils ? me demanda le juge.

— Je suis désolé, Monsieur le Juge, mais cette arme blanche n'a qu'un très lointain rapport avec un poignard, comme vous dites. Il s'agit de l'un des deux sabres faisant partie de l'armement classique des samouraïs. Celui-ci a été rapporté d'Extrême-Orient, avec son grand frère jumeau, par mon arrière-grand-oncle Georges. Paix à son âme !

— Sabre ou poignard, la question n'est pas là. Pouvez-vous me dire en quel endroit il se trouvait la dernière fois que vous l'avez vu, avant qu'il ait été... hum... repêché par votre jardinier et que vous en ayez transmis la propriété à votre fils ?

— Les deux sabres, fixés sur une panoplie faite à leurs mesures, avaient été rangés dans le grenier de ma maison par ma grand-mère et je dois vous avouer que j'en avais oublié jusqu'à leur existence quand le capitaine Ruffier est venu — hum... — perquisitionner chez moi.

— Cependant, vous reconnaissez que, pris sans doute de

quelque scrupule, vous ne lui avez signalé la présence de ce poignard, pardon, de ce sabre, qu'il y a quinze jours ?

— Il s'est trouvé qu'en rangeant le grenier, j'ai remarqué, il y a en effet deux semaines, que mon fils avait remis la panoplie japonaise que je lui avais offerte à son ancienne place. J'avais pensé qu'elle ferait très bien pour décorer sa bibliothèque. Ce n'était pas son avis. Il s'en est débarrassé en la remisant là où je l'avais trouvée. C'est défendu ? Vous permettez qu'à mon tour je vous pose une question ?

— Volontiers ! Greffier, vous ne notez pas cette interruption.

— Comment peut-on établir d'une manière certaine que les blessures ayant entraîné la mort de ce pauvre bougre ont été provoquées par une lame comme il en existe des dizaines en France, des centaines au Japon et des milliers chez les collectionneurs d'armes nipponnes des cinq continents.

— D'une manière certaine... pas. Mais en revanche, les blessures faites par l'épée de votre oncle...

— Vous voulez dire le sabre ?

— Ecoutez Monsieur Trambolin, je croyais vous avoir déjà dit que sabre, épée, poignard, là n'était pas le problème. Mais, comme je ne veux pas vous contrarier, et avec votre assentiment, à partir de maintenant nous l'appellerons " l'arme ". Eh bien ! cette arme produit exactement les mêmes entailles avec son tranchant et les mêmes boursouflures avec sa pointe brisée, butant contre les chairs que les mutilations relevées sur la victime : l'assassin a frappé celle-ci de taille, puis a effectué plusieurs va-et-vient à la manière d'un bûcheron maniant une scie.

— Admettons, avec une seule réserve : il aurait fallu que l'assassin volât l'arme chez moi et l'y rapportât. Cela vous paraît-il croyable de la part d'une créature douée de raison ? D'autre part, il serait intéressant de savoir si vos services ont découvert des traces de sang humain sur la plus petite de mes armes exotiques.

— C'est précisément là que je vous demande de réfléchir très sérieusement avant de me répondre... Greffier, prenez note ! Monsieur Trambolin, vous avez déclaré à la gendarmerie que vous avez trouvé cette arme dans votre grenier. Or, l'enquête a permis d'établir qu'elle a été récupérée par votre jardinier dans une pièce d'eau se trouvant dans votre parc. Reconnaissez-vous avoir fait une fausse déclaration ?

— Monsieur le Juge, je proteste avec la dernière énergie. Je n'ai jamais déclaré avoir retrouvé le sabre de mon vénéré oncle Georges dans mon grenier, pas plus que dans la mare où s'est noyée ma vénérée tante Hortense, où l'arme aurait été repêchée, sans que j'assiste à cette opération. Cela aurait été une contre-vérité, puisque c'est Marcel Levieux qui l'a ou l'aurait repêchée. Je l'ai simplement remis au capitaine Ruffier qui en connaissait d'ailleurs très bien l'existence pour l'avoir souvent vu auparavant. Il n'avait pourtant fait aucun rapprochement avec le poignard dont vous lui aviez parlé. C'est moi qui lui ai rappelé que la panoplie japonaise avait été reléguée au grenier où il avait eu l'occasion de l'admirer, comme d'ailleurs beaucoup d'autres parents que je reçois dans ma maison et qui sont intéressés par l'histoire peu commune de notre famille.

— Monsieur Ruffier serait un de vos parents ?

— C'est effectivement ce que nous avons découvert quand il y a deux ans il est revenu à Nautailles comme commandant de la gendarmerie. Il avait entendu parler des Trambolin par son arrière-grand-mère Valentine, belle-sœur d'un certain Philippe Ruffier qui avait justement épousé une des sœurs de l'oncle Georges.

— Je vois... Je vois... Il s'agit, si je comprends bien, d'un cousinage pour le moins... éloigné.

— Peut-être pas si éloigné que ça. Vous savez, à cette époque-là, on avait facilement, chez nous, onze ou douze enfants.

— C'était aussi le cas chez nous comme dans toutes les bonnes familles catholiques.

— Vous avez raison et je suis même convaincu que vous et moi sommes certainement un peu cousins.

— Ne nous égarons pas, Monsieur Trambolin et revenons-en aux faits. Vous démentez donc avoir dissimulé à un officier de gendarmerie que cette arme, l'arme du crime, selon toute apparence, avait été cachée dans votre propriété ?

— Je le démens formellement et j'ajoute que s'il me l'avait demandé, je lui aurais déclaré, sans détour, que c'était mon jardinier qui l'avait repêchée dans une mare de mon parc. C'est du moins ce que ce dernier m'a affirmé quand, à ma grande stupéfaction, il me l'a apportée, alors que j'avais toutes les raisons de croire qu'elle n'avait pas quitté mon grenier. Quant à savoir qui me l'avait volée, c'est autre chose. Mais je déclare solennellement que je l'ignore. Encore que j'aie ma petite idée là-dessus.

— On verra ça plus tard. Pour le moment, restons-en à vos déclarations à l'officier de gendarmerie Ruffier. Vous auriez admis qu'avant de remettre cette arme à sa place sur sa panoplie, elle avait été nettoyée, non pas par un de vos employés comme cela aurait été normal, compte tenu de vos nombreuses occupations, mais par vous-même. Or, il a été constaté au laboratoire de la police que, non seulement la lame, mais aussi la poignée avaient été récurées avec une minutie exceptionnelle et avec des produits chimiques appropriés dans le souci évident de supprimer toute trace de sang.

— C'est également faux. Ce n'était pas du tout avec le souci de supprimer quoi que ce fût, mais simplement celui de remettre en état cette précieuse pièce de collection, ainsi d'ailleurs que le sabre long qui, celui-là, je peux vous l'affirmer, n'a pas bougé de son présentoir. Je vous signale, à toutes fins utiles, que si j'ai, en effet, nettoyé avec une minutie de pharmacien-biologiste les lames, je me suis limité à essuyer superficiellement les poignées. Si elles ne portent pas de trace de sang c'est que, de toute évidence, elles n'en n'ont jamais été souillées.

— En somme, si je comprends bien, vous ignorez tout : quand et comment l'arme du crime a été volée dans votre grenier, qui s'en est servi pour massacrer et mutiler un homme, et qui est revenu ensuite la jeter dans la mare de votre parc avec l'intention indéniable de la faire disparaître à tout jamais !

— Je ne pourrais même pas vous jurer que c'est Marcel qui l'a bien découverte dans la mare. Tout ce que je peux vous dire c'est que j'ai de bonnes raisons de le croire, parce que je ne vois pas pourquoi il m'aurait menti.

— Résumons. Seriez-vous d'accord sur la déclaration suivante ?

Le greffier lut : « Je soussigné, Trambolin, Gilbert, etc... déclare avoir ignoré qu'une arme japonaise, un wakizachi, pour l'appeler par son nom, m'appartenant, avait été enlevée de mon grenier où elle était remisée depuis une cinquantaine d'années et avoir été très surpris quand mon jardinier Marcel Levieux me l'a rapportée couverte de boue... »

— Non, pas exactement : enveloppée d'une gangue de vase durcie... A part ça, ça va très bien. Continuez greffier.

« ... Je déclare également l'avoir nettoyée avec la seule intention d'essayer de remettre en état une pièce de collection au même titre que le sabre long, un katana, qui lui est jumelé, pour faire don de ce rare ensemble à mon fils. »

— Parfaitement d'accord.

— Monsieur Trambolin, vous êtes bien sûr que vous n'avez rien d'autre à déclarer ?

— Absolument sûr ! Et je suis même heureux d'avoir appris en entendant ma propre déclaration qu'il s'agit d'un wakizachi et d'un katana. Ce sont, en effet, les noms précis de ces armes. Félicitations ! greffier.

— Tout à l'heure, cependant, vous avez laissé échapper que vous aviez une petite idée...

— C'est vrai, mais en fait il s'agit d'une simple hypothèse. Je ne suis ni policier ni juge d'instruction. Mais vous, vous ne pouvez pas ignorer qu'à trois reprises j'ai été victime de cambriolages et qu'à chaque fois j'ai porté plainte...

— Quel rapport avec notre affaire ?

— Les soupçons d'Emile, pardon, du capitaine Ruffier qui est venu constater ces vols, se sont portés, à ce que j'ai compris, sur une bande d'étrangers qui sévissait dans la région. Alors, je suppose que c'est l'un de ces messieurs qui se serait emparé, à l'insu de ses complices, d'un de mes sabres, le plus court, pour être précis, parce que le plus facile à dissimuler sous des vêtements. Par la suite, s'étant disputé avec un acolyte pour le partage d'un bouton de culotte ou pour toute autre raison — ces gens-là finissent toujours par s'entre-tuer, si j'en crois la télé — il s'en serait servi...

— ... Et il serait revenu chez vous pour s'en débarrasser en le jetant dans une mare où il supposait qu'on ne l'y retrouverait jamais... Bizarre, vous ne trouvez pas Monsieur Trambolin ?

— Tout à fait mon avis. Mais voyez-vous, Monsieur le Juge, il y a une chose qui me paraît évidente dans toute cette affaire, c'est que cet homme-là ne doit pas être tout à fait normal. En tout cas, ce n'est pas un type comme vous et moi. Est-ce qu'il vous viendrait à l'idée à vous, par exemple, après avoir envoyé ad patres Madame Langelet de lui ouvrir le ventre ?

— Je vous en prie, Monsieur Trambolin, un peu de décence... Bon, passons à autre chose. Verriez-vous un inconvénient quelconque à ce que je demande à votre fils ce qu'il pense, lui aussi, de tout cela ?

— En avez-vous le droit ?

— En principe non. Je ne suis pas supposé convoquer des mineurs, mais je pense qu'à titre officieux et avec votre autorisation...

— Je ne vous la donne pas. Mon fils a été très éprouvé au cours de l'année dernière par des échecs scolaires et le comportement de certaines personnes qui ont abusé de sa confiance. Il suit depuis plusieurs mois déjà un traitement psychanalytique. Il n'est pas question de provoquer chez lui des émotions pouvant compromettre cette thérapie.

Sur ce, je saluai poliment le juge et le greffier en oubliant de signer la déposition qu'ils m'avaient préparée. Les coquins, reculant sans doute devant le ridicule, se gardèrent bien de courir après moi.

Je m'installai au café du palais pour attendre ma nouvelle

conquête. Au bout d'un quart d'heure comme elle n'était toujours pas arrivée et que — triste compensation — tous les fâcheux que j'avais réussi à éviter, (certains depuis plusieurs mois) à Nautailles, semblaient s'être donné rendez-vous à la ville et venaient les uns après les autres m'inviter à prendre un verre avec eux, j'allai me réfugier dans le recoin le plus reculé de l'arrière-salle.

J'avais pour voisins deux couples d'amoureux seuls au monde. L'une avec son chacun, l'autre avec sa chacune. Je n'avais rien à craindre de leur curiosité car, de toute évidence, même si j'avais eu une trompe d'éléphant à la place du nez et un phare vissé dans le nombril ils ne se seraient pas aperçu de ces singularités, ni même de mon existence. Aucune indiscrétion donc à craindre de ce côté-là : je ne suis pas mécontent d'être, en quelque sorte, le rédacteur en chef de la gazette locale, mais il m'aurait souverainement déplu d'y figurer sur cinq colonnes à la une.

Ils étaient seuls. Moi aussi, j'étais seul. Et pourtant, à mesure que les secondes s'écoulaient, je me rendis compte que nous étions deux. Que j'étais avec elle et, qu'à part nous deux, rien ni personne n'existait. Elle était présente dans mes yeux, dans mon nez, dans mes oreilles, dans mon ventre. Sa chevelure de feu cachait le reste du monde. Son parfum effaçait toutes les odeurs d'anis, de café, de bière et de tabac qui m'avaient agressé à mon entrée. Son rire couvrait tout le brouhaha de la salle et les clameurs de la rue. Et sa petite langue rose qui léchait ses lèvres ; sa poitrine ; sa peau, toutes ses réalités à elle seule qui m'avaient d'un coup bouleversé et me chatouillaient le creux des mains, m'obsédaient.

Il était sept heures quand je la vis arriver pantelante, en larmes, le visage défait, me chercher du regard, ne pas me trouver et sortir.

Il a fallu que je coure très vite pour la rattraper, la ramener avec moi, au mépris du qu'en-dira-t-on, sur la banquette de moleskine, et lui faire avaler le cordial que j'avais commandé pour moi-même et où j'avais à peine trempé les lèvres.

— Vous connaîtrez mes pensées, lui affirmai-je, voyant

qu'elle hésitait. Vous constaterez qu'elles sont remplies de bonnes intentions et de brûlante admiration.

Je n'eus aucune peine à lui soutirer ses confidences. La pauvre petite était depuis sa plus tendre enfance l'esclave de ses deux frères qui lui interdisaient tout contact avec la vie et ses embûches, mais aussi ses splendeurs. Elle n'avait pas manqué de soupirants, mais tous ceux qui avaient tenté de lui manifester leur admiration avaient mystérieusement disparu. C'est que dans son pays, bien plus qu'en Corse même, les frères faisaient passer l'honneur de la famille au-delà de toute autre considération. Un regard à peine appuyé sur une personne du sexe de leur famille, fille, tante, sœur, mère et même grand-mère était une atteinte à leur honneur qui devait être noyé dans le sang ! Sophira allait jusqu'à prétendre que certains téméraires qui avaient osé lever leurs regards sur elle l'avaient bel et bien payé de leur vie...

Les fureurs de leur jalousie étaient telles que quelques médisants leur avaient prêté des relations incestueuses. Ceux-là non plus n'avaient pas vécu suffisamment longtemps pour répéter une seconde fois ces monstruosités.

Peut-être ces dernières semaines avaient-ils couché tous les trois dans une seule chambre. Et alors ? Nécessité ne fait-elle pas loi dans tous les pays du monde ? Mais ce qu'il ne fallait jamais oublier c'est que le respect de la virginité des filles était une règle d'or dans leur pays.

Et puis, ils n'étaient pas vraiment frères et sœur car, s'ils avaient le même père, ils n'avaient pas été conçus dans le même lit avec les aléas que cela comporte.

Elle faisait, en effet, partie de la branche musulmane des Montefiore, plutôt albanaise que yougoslave, mais tout de même de souche vénitienne. Ils étaient alliés à la noble famille Ghika, la plus grande, m'assura-t-elle, des grandes familles moldo-valaques. Mais la vie en Albanie étant, d'après sa description, complètement démunie de charme, Django, Milanos et elle-même décidèrent, au risque de se brouiller complètement avec leur père, haut fonctionnaire de la République, de franchir clandestinement la frontière. Ils avaient échappé par miracle aux salves des gardes pour se retrouver dans une prison en Grèce. Ils en avaient été libérés grâce à la complaisance du fils du geôlier (plus exactement de celui du directeur de la maison d'arrêt). Sophira avait tenu à me préciser que celui-ci n'avait pas été séduit par ses charmes à elle, mais bien par l'irrésistible sex-appeal de ses deux demi-frères.

Par la suite, la fortune leur avait souri. Elle les voyait déjà suivre la carrière glorieuse d'un de leurs arrière-arrière-grands-oncles, Alexandre de Macédoine. Des généalogistes roumains, les plus sérieux évidemment, avaient pu remonter leur filiation jusqu'à Philippe de Macédoine. Par la même occasion ils se trouvaient cousins par Anne de Kiev et Saint Louis de toutes les dynasties royales, princières et autres d'Europe !

Mais avant même d'avoir appris tout cela, je savais déjà que ce n'était pas sur la cuisse de Junon, mais sur celle d'une déesse bien plus belle que glissait ma main.

Et elle, telle une tourterelle éclose en cage et rendue subitement à la liberté, était pour la première fois grisée et terrorisée.

Le motif de sa convocation chez le juge d'instruction ? Une erreur énorme ! Les deux Dragovitch-Montefiore mâles auraient été soupçonnés d'être coupables des crimes les moins honorables. Le fait est qu'ils avaient disparu. Elle leur en voulait à mort. Ils étaient inexcusables de l'avoir laissée seule avec ce Monsieur le Juge français, le plus borné de tous les bornés qui lui avait fait subir un interrogatoire choquant.

Que lui voulait-il ?

Il lui était impossible de le répéter, ses questions dépassant les limites de la décence et même de l'indécence. Des questions de ce genre, en Albanie, même le plus mal léché des ours, n'aurait pas osé les poser à une fille du plus petit peuple et certainement pas à une personne de sa qualité, s'indignait-elle. C'est rouge d'humiliation qu'elle avait quitté le cabinet de ce magistrat.

J'allais lui révéler que les deux princes, ses demi-frères,

étaient recherchés par la police pour vol (et peut-être pour meurtre et qu'ils avaient certainement de bonnes raisons d'avoir pris la poudre d'escampette) quand je me souvins que le juge m'avait recommandé la discrétion la plus complète sur notre entretien. De plus, j'avais déjà eu, malheureusement, l'occasion de vérifier l'adage suivant lequel : « Si les paroles sont d'argent, le silence est d'or »... Il m'était même arrivé de me brouiller avec de bons amis pour n'avoir pu me retenir de leur démontrer que j'étais toujours le premier à être au courant des malheurs et des secrets qui les touchaient. Mais ce fut la pensée que j'allais faire pleurer ces beaux yeux qui venaient chercher auprès de moi courage et consolation qui me fit retenir les mots cruels que j'avais déjà au bout de la langue. Je m'empressai donc de changer de sujet de conversation.

— Comment avez-vous vécu depuis six mois ? ne pus-je m'empêcher de lui demander avec, je le reconnais, un certain manque de tact.

J'avais cependant une excuse. J'étais déjà jaloux.

— Comme les petits oiseaux, me répondit-elle sans se fâcher. On n'en connaît pas qui meurent de faim. Il y a toujours des âmes charitables pour leur offrir un peu de blé et un abri pour une nuit ou deux.

Mais, parmi ces âmes blanches, s'était glissée une horrible âme noire... Un Hollandais, très dur en affaire, qui, après lui avoir offert une brève hospitalité, avait manqué à tel point de gratitude envers elle qu'il était allé porter plainte à la gendarmerie pour vol. Il est vrai que les gendarmes avaient retrouvé sur elle parmi les cinq ou six montres qu'elle avait gardées en souvenir d'amis loyaux, celle offerte par ce fourbe. En plus, l'officier de gendarmerie à qui elle s'était confiée en toute confiance — ignorant combien les lois françaises sont contraires aux droits de l'homme et surtout de la femme — l'avait accusée de tous les péchés d'Israël au lieu de la comprendre et de l'aider.

Et voilà maintenant qu'à cause de ces méchants, elle était au fond de l'abîme : juste au moment où, enfin, un bienfaiteur lui avait proposé de la descendre à St-Tropez où, selon toute probabilité, elle aurait retrouvé des amis des Dragovitch. Oui, Dragovitch est le pseudonyme que les Montefiore et les Markos utilisent pour leurs déplacements à l'étranger.

La règle suprême des Trambolin est de ne jamais laisser personne et même les pires rebuts de l'humanité dans la détresse. Aussi, devant le spectacle d'une créature aussi belle, aussi vertueuse, aussi injustement malheureuse que Sophira, je n'ai pu me retenir de lâcher sa cuisse, de saisir sa main et de la baiser avec ardeur...

Elle refusait mon aide... eh bien ! je l'aiderais malgré elle.

J'avais pensé tout d'abord l'installer chez la Louise, qui avait toujours tant de plaisir à m'accueillir quand j'étais à la recherche d'un nid d'amour discret. Je lui téléphonai et elle se fit une joie, puisque je le lui demandais, de garder pour mon invitée — j'expliquai bien à la bonne hôtesse que cette fois-ci il ne s'agissait pas d'une aventure, mais d'un geste d'humanité — sa plus belle chambre.

Je décidai tout. Tout seul. On irait chercher sa valise... Pas la peine. Elle l'avait justement laissée en dépôt chez la Louise... Voilà qui simplifiait bien les choses. Je lui proposai alors de l'accompagner le lendemain à la gendarmerie pour se faire domicilier chez notre amie... Inutile... C'était déjà fait... Décidément, les dieux étaient avec nous !

Elle avait faim ? Pas de problème, la Louise avait aussi la meilleure table de la région... Non, elle préférait pas, parce que cela lui paraissait un peu délicat et elle était prête à m'expliquer en toute franchise ses raisons, une autre fois.

Dans ces conditions, le plus simple serait qu'elle acceptât de s'arrêter pour un petit en-cas chez moi. En tout bien, tout honneur et en toute simplicité bien sûr.

Un coup de téléphone à Germaine : « Ce soir, nous serons trois au lieu d'être deux à dîner. » Je la priai de se dépêcher de trouver quelques morilles, quelques écrevisses et quelques pigeons et lui annonçai que nous arriverions dans une heure... Si elle avait le temps elle pourrait aussi nous préparer son chef-d'œuvre, une île flottante.

Comment, il n'y avait plus de dragées à piler ? Eh bien ! à

elle de trouver autre chose et de faire preuve d'imagination... comme d'habitude... Ah ! oui, ne pas oublier : mettre une fillette de blanc au frais, et deux ou trois de rouge à chambrer... Celles qu'elle voudra... Celles qu'elle préfère... De toute façon à la cave Trambolin, c'est bien connu, il n'y a que du meilleur.

En fait, pour faire nos trente kilomètres nous mîmes plus de deux heures sur ma montre... Quelques éblouissants instants de bonheur en temps vivant.

A peine étions-nous engagés dans le brouillard qui s'ouvrait devant nous et que les faisceaux des phares de la voiture perçaient péniblement, comme des pieux qu'on enfonce à grands coups de masse dans une terre rocailleuse, que j'ai dû stopper.

La main gauche de Sophira, posée amicalement sur ma cuisse dérapait et, à chaque virage, montait, descendait, montait encore dans un affectueux mouvement de va-et-vient. Puis, ce fut la main droite qui fit glisser innocemment ma fermeture Eclair et s'arrêta, choquée, sur mon sexe en effervescence.

J'arrêtai la voiture.

J'ouvris la portière, puis la sienne et sortis délicatement mon amoureuse de l'auto. Elle ne tenait pas sur ses jambes. Comme une fleur à la tige coupée, elle s'inclina en arrière pour s'appuyer sur le capot. Son ventre se tendit, ses cuisses s'écartèrent...

Ma conscience m'ordonnait de préserver cette enfant inconsciente de l'incendie qu'elle avait allumé en moi... Mais la passion, l'instinct furent les plus forts et je m'enfonçai dans le chemin délicieusement moite ouvert devant moi. Je me retirai, mais ce fut pour m'enfoncer plus profondément encore...

Sa chanson, ses cris, ses râles, ses hurlements, ses rugissements de plaisir auraient certainement ameuté tout un quartier si nous n'avions pas été seuls sur la vieille route où je m'étais égaré.

C'est ainsi que l'heure était devenue simultanément un instant et une éternité trop courte.

Il était neuf heures passées lorsque, calmés, mais non pas assouvis, nous remontâmes dans la voiture.

Nous avons roulé lentement, en silence, comme pour prolonger cette escale au pays de l'amour. La radio jouait une rétrospective de Charles Trenet tandis que nous traversions hameaux et villages.

***

Je ne sais comment il était devenu presque onze heures quand ma voiture s'arrêta dans la cour de la maison. La suspension en cuivre, de la salle à manger, éclairait la table servie : une omelette aux morilles froide, et dans leur cocotte, presque froids, des pigeons sans tête trop cuits... Nous avons tout dévoré en dix minutes. Il ne pouvait plus être question pour ce soir-là d'exiler Sophira chez la Louise.

Ma maison est chauffée par un système calorifère qui avait été importé de Hollande à l'intention de mon arrière-grand-tante, l'une des sœurs de mon aïeul Pierre. C'était le nec plus ultra dans les années 1860. Tante Valentine était réputée pour sa frilosité, (sans même évoquer sa frigidité, aucun mâle n'ayant jamais réussi même à l'attiédir). C'est pourquoi elle avait fait aboutir trois bouches à air chaud dans sa chambre à coucher au lieu d'une seule. Deux de ces bouches fonctionnaient encore par miracle, car en 1871 les volumineuses canalisations en céramique dispensant les courants d'air torride émanant de l'immense foyer central avaient éclaté sans qu'il fût possible de les réparer. Le fabricant des tronçons de rechange avait en effet fait faillite sous la Troisième République.

Je bourrai le foyer de bûches... J'ouvris en grand le volet d'amenée d'air extérieur — au risque de provoquer le décès par ignition de quelque chat errant passant à proximité, comme cela s'était déjà produit une fois, tant l'aspiration est violente — et j'emportai Sophira vers le vaste lit, en fausse laque de Chine, de tante Valentine.

Elle insista pour que nous le fassions ensemble : nous n'avions même pas fini de déplier les draps sur le matelas que ses mouvements voluptueux, l'irrésistible appel de ses cuisses et de ses fesses surgissant de sa jupette retroussée (son slip avait volé par-dessus les roseaux des marais lors de notre arrêt impromptu) m'inspirèrent des idées coupables.

Je m'approchai d'elle par-derrière, la saisis par la taille, l'attirai... Elle se frottait à moi, se tortillait, ramenait mes mains sur ses seins dont les bouts frémissaient sous mes doigts. Elle tourna sa tête pour mordre mes épaules, puis s'arrachant de mes bras elle s'agenouilla sur le drap... Je la pénétrai comme un étalon. Furieusement — à la manière d'un philosophe grec en oubliant toute philosophie. Le hurlement qu'elle poussa décontracta tous ses sphincters et j'entrai en elle comme Napoléon à Moscou — ville largement ouverte sur les ordres du gouverneur Rostopchine — sans crainte de l'incendie.

Lorsqu'enfin, dégoulinant de sueur, apaisés, nous nous endormîmes d'un bloc l'un contre l'autre, couverts seulement des duvets rouges, sous leur dentelle blanche, de la tante frileuse, j'ai cru voir dans le miroir frissonner une ombre blanche.

Etait-ce le fantôme de Valentine supposé annoncer un malheur ? Quelle importance ? Je ne suis pas superstitieux. Et puis quoi ! c'était sans doute la première fois que son lit avait été réchauffé par une telle dépense de calories humaines.

— Tante Valentine, murmurai-je dans mon sommeil. J'espère que tu t'amuses autant au paradis que nous dans ton lit ?

En réponse, il me sembla entendre seulement un soupir de regret.

Chapitre 10

Réveillé à cinq heures — vieille habitude d'écolier, puis de lycéen, puis d'étudiant à la poursuite de leçons imparfaitement apprises — je me dégageai avec précaution de l'amas volumineux d'édredons, de jambes, de fesses, de bras et de cheveux entortillés inextricablement et débordant sur mon ventre. Je me gardai bien de réveiller ma proie restée entièrement attachée à moi. Je m'avouai que je vieillissais. Il y a encore vingt ans, j'aurais été d'attaque pour de nouveaux assauts. Mais on ne peut pas être et avoir été !

La tête vide, les organes pendants, je me retirai à pas de loup dans ma salle de bains. Après les gestes machinaux du matin, précédés et suivis d'une douche — il y a bien longtemps que je ne m'étais pas réveillé dans un état pareil — je retournai jeter un coup d'œil au lit de tante Valentine, pris brutalement de quelques regrets... Et puis, décidément non. Trop, c'est trop ! Je griffonnai sur le verso d'une page arrachée à un vieux calendrier : « A une heure chez la Louise. Si tu as besoin de n'importe quoi, demande à Germaine. »

En allant féliciter ma dévouée gouvernante de ses efforts culinaires, je l'avertis, négligemment, qu'en raison de l'heure tardive, j'avais été contraint de coucher mon hôte dans la chambre de laque. Il ne s'agissait pas du tout de quelqu'un pour qui il fallait se mettre en frais. Et fait, la règle à appliquer était simple : ne rien faire et laisser faire !

Si cependant, cette personne demandait un peu de thé, de café, de chocolat, d'eau d'oranger, un alcool ou n'importe quoi, elle pouvait lui donner satisfaction. Même si, par hasard, elle avait besoin d'un peu de monnaie pour faire quelques emplettes, elle pouvait lui avancer...

— Jusqu'à combien ?

Oh ! il ne faut pas être chien ! Disons, cent, deux cents, voire trois cents francs. En tout cas pas plus.

A la pharmacie tout s'était bien passé en mon absence. Je fus mon premier client. Je fis un tour du côté des vitamines et m'autorisai même à avaler quelques cachets d'amphétamine.

Cependant, la matinée s'écoula avec une lenteur désespérante. De plus, pour une raison inconnue, tous mes clients et clientes d'habitude si avenants, semblaient insensibles à mes prévenances et à mes sourires — à moins que ce ne fût le contraire.

Ça a toujours été l'habitude dans notre famille de faire le compte tous les soirs, avant d'aller se coucher, de l'argent qui restait dans portefeuille et porte-monnaie. Ainsi, il suffisait d'une simple opération de soustraction pour calculer ce qu'on avait dépensé dans la journée. Après quoi, il ne restait qu'à rechercher dans sa mémoire à quoi on l'avait dépensé. Il y avait toujours une petite différence... en moins, mais cela était normal, parce que même quand on a la meilleure des mémoires, il arrive qu'on oublie un pourboire, un téléphone ou un verre offert à un ami dans un café.

J'avais d'excellentes excuses d'avoir manqué à cette bonne habitude la veille au soir. Je profitai donc d'un moment creux de la matinée pour faire mes calculs. Incroyable ! J'avais sur moi en partant la veille au matin 2 325 francs et 80 centimes. Il ne me restait plus que 1 651 francs. J'aurais donc dépensé 674 francs. Je récapitulai : 68 francs à mon bouchon habituel, un café par ci, un journal, deux magazines par là, et puis le cordial de Sophira. Ah ! j'oubliais deux paquets de cigarettes, une recharge pour mon briquet, un carnet de timbres-poste. En additionnant le tout et même des dépenses aussi invraisemblables que trois ou quatre apéritifs, que j'aurais pu payer sans les avoir commandés, pour briller devant Sophira (alors qu'en général je me limite à un Vichy-fraise) j'arrivais à un total de 340 francs. Il aurait donc dû me rester 2325 francs moins 340 francs soit 1985 francs. Or, je ne trouvais que 1651 francs. Il y avait donc un manque de 334 francs environ, sans doute possible.

Qu'avais-je pu en avoir fait ? Il me vint soudain une pensée insupportable : je me rappelai très bien qu'à un moment donné quand Sophira m'expliquait qu'il ne lui restait pas le moindre sou, qu'elle avait faim, et qu'elle ne savait même pas où elle allait dormir, j'avais sorti un billet de cinq cents francs la priant de l'accepter comme un prêt. Elle avait refusé avec fierté en disant qu'elle ne voulait rien devoir à qui que ce fût et pour quelque raison que ce fût. Alors ? Peut-être que... Mais non, je me souvenais parfaitement avoir remis le billet dans mon portefeuille et d'ailleurs, ce n'était pas cinq cents francs, mais moins de quatre cents qui me manquaient. Quelqu'un s'était trompé en me rendant la monnaie. Le garçon du café du palais ! C'était lui. J'en étais sûr. Il avait une sale gueule d'anthropoïde mal lavé, des mains agiles... Pas de doute, ça ne pouvait être que lui. Et dire que je lui avais laissé généreusement dix francs de pourboire. Mais peut-être qu'il me manquait davantage. Je ne me souvenais pas avoir bu trois ou quatre apéritifs. J'étais même presque certain de n'avoir pas achevé celui que j'avais commandé en entrant. Oh ! et puis quelle importance ! Je n'en n'étais pas à cinq cents francs près.

A une heure moins le quart, après une matinée particulièrement peu intéressante, j'arrivai chez la Louise. Sophira n'était pas là.

— Tu attends quelqu'un, mon grand? me demanda ma vieille amie au bout de quinze minutes.

— Oui, une de tes pensionnaires.

— Laquelle ? insista-t-elle avec un sourire complice.

— Ce n'est pas du tout ce que tu penses. La personne en

question est plutôt du genre réservé. Elle est la fille d'un très important homme politique, mademoiselle Montefiore.

— Montefiore ? Inconnue au bataillon, répondit la Louise.

— Peut-être s'est-elle inscrite sous son patronyme de Dragovitch ?

— La Dragovitch ! s'exclama ma vieille amie. Oh ! là, là, mon pauvre vieux, où es-tu allé fourrer ton nez ?

— Qu'est-ce que tu veux dire ? Je sais qu'elle a une ardoise chez toi. Et alors, qu'est-ce que ça prouve ? Moi aussi j'en ai une. Tu as quelque chose à lui reprocher ?

— Moi, quelque chose à lui reprocher ? Tu devrais savoir, mon petit, que je ne reproche jamais rien à personne. Qu'elle soit une belle pute, d'accord. Mais toutes ces dames qui viennent ici, seules ou accompagnées, même celles escortées de leurs époux légitimes ne le sont-elles pas un peu ? Y en a-t-il une qui reste insensible à ce foutu fric quand il y a tant de tentations chez les bijoutiers, les fourreurs, les couturiers, les bottiers, les lingères et autres dentellières ? Moi-même, je te le dis en toute franchise, quand un brave péquenot, même un peu trop congestionné, après un gueuleton bien arrosé, me propose la botte avec deux ou trois billets de cinq cents balles à l'appui, eh bien ! toute honorable commerçante que je sois devenue, je grimpe quatre à quatre. Et puis, je vais te faire un aveu, au fond j'aime assez ça : ça me rappelle ma jeunesse.

— Allons, tu te fais plus noire que tu n'es. Je garde un autre souvenir de toi. Je n'ai pas oublié que quand j'avais quatorze ou quinze ans et peu d'argent de poche, tu ne m'as rien demandé pour m'initier aux mystères de l'amour.

— Dis donc, mon bonhomme, il me semble que tu as la mémoire bien courte. Il m'a bien fallu cinq ou six séances pour te faire perdre ton pucelage ! Pour ne rien te cacher, tu n'étais pas particulièrement doué ! Si, en tant que professeur, j'avais eu à te noter, je ne t'aurais pas donné le prix d'excellence, ni même celui de bonne conduite. J'aurais inscrit sur ton carnet : “ Elève peu doué, pourrait certainement mieux faire avec plus d'application et moins de précipitation. ”

— Ce n'étais pas ce que tu disais alors.

— Dans ce genre de chose, le premier principe est de ne décourager personne. D'ailleurs, si j'en crois les “ on-dit ”, tu aurais fait quelques progrès. Mais, pour en revenir à cette Dragovitch, si j'ai un conseil à te donner — et je te le donne gratis, seulement en souvenir de nos folies — c'est de laisser tomber vite et définitivement... Parce que pour une salope, c'est une vraie salope ! Il n'y a pas un seul de mes clients qu'elle n'ait entôlé. Une bonne femme comme ça, c'est une calamité pour la société. Elle, et ses deux petites pédales de frangins sont capables de n'importe quoi : came, casses, chantage... Piquer, flamber, balancer, ils sont bons qu'à ça... ces bons à rien ! On n'a vraiment pas besoin de cette engeance-là ici : on a déjà ce qu'il nous faut avec les petits macs bien de chez nous. Autant t'affranchir tout de suite : ces traîne-savates ont la maison Poulaga au cul et je les vois mal barrés... Je vais te dire quelque chose Gilbert : je n'ai jamais donné personne, mais une racaille pareille, j'hésiterais pas une seconde. Quant à cette Dragovitch de malheur, j'ai rien à lui reprocher sauf que c'est une ordure... Une dingue... Une môme sans honneur... Un paillasson... Et avec ça, salingue comme il est pas possible. Si tu voyais sa piaule et son petit linge, tu te débinerais en courant. Dégueulasse. Moralement et physiquement ! Et le plus extraordinaire est que ce genre de pouffiasses, ça plaît aux messieurs. Aux caves, bien sûr. Aussi, comme tu as été mon petit préféré et que je ne te veux que du bien, me permets-je de te mettre en garde : laisse tomber, Gilbert. N'y touche pas. Même avec des pincettes. C'est de la pourriture ! C'est pas sain !

— Madame Bonnet, ce que vous faites là, c'est de la diffamation. Il m'est déjà arrivé d'entendre calomnier des personnes honorables et il m'est même arrivé d'excuser les calomniatrices parce qu'elles étaient vieilles, vilaines et mal baisées. Mais qu'une mère maquerelle, croulante comme vous, se permette — parce que plus personne ne veut d'elle — de s'acharner sur une innocente enfant, simplement parce qu'elle est belle et désirable, ça je ne peux pas le supporter ! Si tu étais un homme, il y a longtemps que je t'aurais envoyée à l'hôpital, Si tu étais une femme, tu aurais déjà reçu une bonne fessée pour t'apprendre à respecter des personnes respectables, mais je te regarde et je m'aperçois que tu n'es plus rien… si une espèce de vieux déchet branlant et puant, un ectoplasme graveleux. Alors regarde-moi bien : ce sera la dernière fois ! Ah ! on a parlé d'ardoises, présente-moi ma note et celle de Mademoiselle Dragovitch. Je te ferai un chèque, comme ça, pour une fois, tu ne voleras pas le fisc.

— Mon pauvre petit, tu en es déjà là ? Tu peux me dire ce que tu voudras avec ta grande gueule de môme trop gâté, je ne t'en voudrai pas. C'est pas toi qui me parles. C'est cette vipère lubrique qui a réussi à t'embrouiller. Tu reviendras quand tu en auras fini avec elle et, comme les autres fois, je serai là pour te bercer sur mon sein et essuyer tes larmes. Quant à ta facture, elle est prête avec les 20 % de remise comme d'habitude. Celle de la personne en question, tu n'as pas à t'en mêler. J'attendrai le temps qu'il faudra, mais une chose est sûre : on réglera nos comptes, elle et moi, le jour que je choisirai et à ma manière. Contrairement à ce que tu te figures, je ne suis pas seule dans la vie. J'ai des commanditaires. Ils s'occupent déjà de ses prétendus frères et ça ne m'étonnerait même pas qu'avec ceux-là, les comptes soient déjà réglés.

— Je ne veux pas de cadeau de toi. Tiens, voilà cinq mille francs. Je suppose que c'est suffisant…

— Ne t'en vas pas si vite. J'ai encore quelque chose à te dire. Un conseil à te donner. Parle à Alexandre. Il les connaît bien, elle et sa bande. Il a eu affaire à eux et il les a mis au pas. Dans son club, ils étaient sages comme des images. Il t'expliquera. Lui tu le croiras peut-être. C'est ton fils après tout. Encore qu'en ce moment, on peut se demander lequel de vous deux est l'adulte et lequel le poupard prêt à avaler n'importe quel bobard !

Après cette courte et pénible algarade, j'étais très abattu. Cela m'avait fendu le cœur de me brouiller avec ma vieille amie qui m'avait tant appris, en particulier à comprendre que les femmes, les jeunes et les moins jeunes, avaient autant et probablement plus envie d'amour que les jeunes garçons qui rougissaient en les invitant à danser et que s'il fallait choisir entre l'amour, la bonne cuisine et les bons vins — mais heureusement, c'est une question toute théorique — ce n'est pas l'amour que la sagesse recommandait, mais le bien-manger. Tout le reste étant néant comme le disait le roi Salomon.

Ma mauvaise humeur était d'autant plus excusable que j'avais faim. Aussi a-t-elle explosé quand j'ai trouvé Emile installé sous la véranda donnant sur la cour dans le propre rocking-chair que mon père avait rapporté de La Louisiane et qui était réservé exclusivement à mon usage personnel.

— C'est ainsi qu'on s'introduit chez les gens sans même s'annoncer ! C'est dans la gendarmerie qu'on vous apprend à forcer les portes à l'heure où les honnêtes gens déjeunent ? Si j'ai un conseil à te donner c'est de déguerpir tout de suite... Sinon c'est moi qui te sortirai et vite. S'il y a quelque chose que je ne tolère pas c'est la grossièreté, les mauvaises manières et les odeurs ! Je ne sais pas dans quelle porcherie tu es allé te vautrer cette nuit, mais tu pues à faire vomir !

— Te fâche pas, Gilbert ! Juste après midi, je suis passé à la pharmacie, Monsieur Poussin m'a dit que tu étais parti depuis deux minutes et que je te trouverais sûrement chez toi. Alors, je suis venu tout naturellement. Mais je t'en prie, calme-toi ! Je viens voir l'ami et le chef de famille et ne suis pas chez toi en mission officielle.

— Très bien. Tu as deux minutes pour m'expliquer ce que tu viens demander à l'ami et au chef de famille.

— En deux mots, je viens te dire que je m'inquiète pour Alexandre... Attends, tu connais l'affection, je peux même dire l'admiration que j'ai pour ton fils qui est aussi, ne l'oublie pas, mon cousin. Ce qui m'inquiète, ce n'est pas qu'il coure après les filles. Quand il y a un coq quelque part, c'est aux voisins à faire attention à leurs poules. Non, ce que je voudrais que tu comprennes, c'est qu'en refusant au juge l'autorisation de s'entretenir avec ton garçon, tu as bel et bien renforcé chez lui le sentiment qu'Alexandre était impliqué dans cette affaire... C'est tout. J'ai terminé. Je suis convaincu, en ce qui me concerne, qu'il est innocent comme l'enfant qui vient de naître, mais je suis également certain qu'il nous cache quelque chose comme s'il voulait protéger quelqu'un. Alors, j'ai bien réfléchi cette nuit et pas dans une porcherie, contrairement à ce que tu affirmais, mais chez moi. J'ai aussi pris ma douche ce matin, et, conformément au règlement, je me suis lavé “ les pieds, les parties génitales et anales ”. J'ai revêtu mon uniforme tout frais sorti de chez le teinturier et je suis venu te conseiller... Non... non... ne te fâche pas, te suggérer, si tu préfères, d'avoir toi, une conversation avec ton fils. Tu jugeras ensuite par toi-même, s'il y a un problème quelconque, dans quelle mesure, en tant que parent et pas comme gendarme, je pourrais vous être utile. Je veux que tu saches que tu peux me considérer comme un allié et même, s'il le fallait, comme un complice. Sur ce, non... non... ne me dis rien. Salut et bon appétit. Je me suis levé à six heures, j'ai déjeuné d'un verre de vin blanc, d'un bout de cervelas et d'une gousse d'ail. Ça fait une heure que je supporte la faim en poireautant... Je ne sais pas ce que Germaine t'a concocté, mais ça sent rudement bon !

Je laissai partir Emile sans même l'accompagner jusqu'à la porte cochère.

Comme j'avais prévenu Germaine que je resterais manger chez la Louise, ce qu'elle avait concocté de si bon, c'était pour Marcel et pour elle. J'ai dû me rabattre sur les restes de poulet de l'avant-veille tandis que ma brave gouvernante me bâclait des œufs brouillés trop cuits, des champignons à la crème pas assez mijotés et osait même m'apporter comme dessert du fromage blanc douteux, avec de la crème tournée.

Je me faisais du souci. Alexandre n'était pas là. Sophira avait disparu et Emile m'avait cloué le bec. Par-dessus le marché, il avait raison. Et moi, un début de gastrite.

C'est à ce moment qu'Alexandre arriva. Il m'embrassa à la va-vite, comme d'habitude, et gagnait déjà son appartement quand je le rappelai.

— Ne crois-tu pas, lui dis-je que le moment est venu pour nous deux d'avoir une conversation sérieuse ?

— Je t'en supplie, papa, protesta-t-il ; si c'est encore pour me recommander de bien travailler et de préparer sérieusement mon bac, je ne pourrai que te dire : impossible ! La vie est courte, papa. Pourquoi passer son temps à se préoccuper des lendemains quand il n'y aura peut-être pas de lendemain ? Mais, si tu veux me parler de la beauté avec laquelle tu as passé la nuit, je ne te dirai qu'un mot : attention ! Tu as raison de profiter d'une bonne occasion, mais à la condition de ne pas la prendre au sérieux. D'ailleurs tu sais que je trouve très bien tout ce que tu fais. Je peux, de plus, te rassurer sur un point : cette nuit, ce n'est pas le fantôme de tante Valentine qui t'est apparu. C'était moi qui, ayant entendu du bruit dans une partie de la maison, supposée inhabitée, était venu mettre en fuite les supposés cambrioleurs. Donc, pas de malheur à craindre.

— Je te remercie de tes compliments, de tes conseils et de ta confiance, lui ai-je répondu aigrement. Moi aussi, je te fais entièrement confiance et c'est la raison pour laquelle je voudrais te révéler quelque chose dont théoriquement je ne devrais pas te parler puisque le juge d'instruction Langelet — avec lequel j'ai eu une conversation des plus désagréables, hier après-midi — m'a demandé de garder le secret sur ce qu'il m'a dit. Voilà : il se trouve qu'on a découvert le cadavre, horriblement mutilé, d'un louche individu : celui de l'un des deux artistes qui se produisaient dans ton club de triste mémoire. On recherche activement le monstre qui l'a assassiné. Admets qu'il est normal que le crime ayant eu lieu tout près de chez nous, peut-être même chez nous, avec une arme nous appartenant, le wakizachi de l'oncle Georges, je me sente un peu responsable de la petite sœur qui ignore et doit continuer à tout ignorer du drame. Comme je te l'ai déjà dit, le juge m'a demandé une totale discrétion...

— C'est très intéressant, m'a répondu Alexandre, et je suppose que le cousin Emile est terrorisé à l'idée que je puisse être l'assassin ?

— Arrête de dire des sottises. Tu sais bien que si quelqu'un, cousin, juge ou n'importe quoi osait t'accuser ou seulement te soupçonner, j'aurais immédiatement réagi... et avec vigueur. En fait, Langelet s'imagine que tu pourrais détenir quelque indice qui lui permettrait de l'aider à trouver le ou les tueurs. Mais... as-tu déjeuné ?

— A vrai dire non, papa. Mais ne t'inquiète pas, je n'en mourrai pas.

Je bondis à la cuisine pour rapporter à mon fils les derniers vestiges comestibles qui pouvaient y subsister.

Pendant qu'Alexandre faisait semblant de mâchouiller quelques fromages forts et des miettes de cake, j'insistai pour qu'il m'expliquât ce qu'il avait sur le cœur.

— J'admets que je connaissais Django et Milanos, que j'ai eu quelques différends avec eux et aussi que leur disparition n'était peut-être pas volontaire. Mais moins tu en sauras sur mes relations avec eux, mieux ce sera pour tout le monde. En revanche, ce que je peux t'avouer c'est que je n'ai tué personne.

— Mais qu'est-ce que tu vas imaginer là ? Personne ne pourrait penser à une telle monstruosité ! La vérité est que le juge, ainsi d'ailleurs que notre brave Emile, sont complètement dans le brouillard. En fait, ils ont besoin de quelqu'un d'un peu plus futé qu'eux pour démêler cet imbroglio et ils ont tout naturellement pensé à toi.

— Ils me font beaucoup d'honneur. Si j'étais avocat, je leur répondrais que je suis lié par le secret professionnel. Je ne suis pas avocat et je ne puis que me taire pour éviter de les lancer sur une fausse piste... Cependant pour te rassurer, je puis t'affirmer qu'ils ne peuvent rien contre moi. D'abord, parce que je n'ai rien fait de mal, ensuite, parce que je suis mineur et que je ne dépends pas de leur juridiction. Je peux aussi t'assurer que même si j'étais majeur et passais en cour d'assises, je serais acquitté avec les félicitations du jury.

— J'en suis tout à fait convaincu et je te fais entièrement confiance. Néanmoins, j'aimerais savoir pour quelle raison cet individu, si peu recommandable qu'il puisse être, a été trucidé ?

— Papa, quand on fait confiance à quelqu'un, on ne lui pose pas de questions. Tiens, j'ai lu, il y a quelques jours à peine, dans une très sérieuse revue de psychologie américaine, qu'il était possible de déterminer mathématiquement le degré de confiance que l'on accorde à telle ou telle personne. Prenons un exemple : si je te demandais mille francs, me les donnerais-tu sans me poser la question, comme tous les autres pères : “ Pour quoi faire ? ”

— Bien sûr que je te les donnerais... et bien plus encore.

— 50 000 ? 100 000 ?

— Si tu en avais besoin, sans hésiter. A condition que...

— Ah ! s'il y a une condition, ça signifie que ta confiance vaut moins de 100 000 francs.

— Pas du tout. Laisse-moi finir ma phrase. Je voulais simplement dire : à condition de les avoir.

— Tu les as. Tu viens de vendre une ferme pour plus que ça.

— Tu plaisantes !

— Non, pas du tout. De plus je sais que tu n'en fais rien, qu'ils vont dormir à la banque avec un intérêt ridicule, alors qu'il existe une possibilité exceptionnelle de les faire fructifier. Ne me demande pas non plus laquelle. C'est ça la confiance.

— Alors laisse-moi te dire les choses telles qu'elles sont : après paiement des taxes, droits et frais de vente, je dispose très exactement de 101 800 francs. Puisque tu en as besoin, je les mets à ta disposition. Et je veux que tu saches que si j'avais un million, c'est un million que je te remettrais.

— Je te remercie, papa. Je savais que je pouvais compter sur toi. Alors, si tu le veux bien, on va commencer par passer chez le juge d'instance à la ville et tu me feras émanciper...

— ... Mais pourquoi toute cette paperasserie ? Je vais simplement donner l'ordre à la banque de t'ouvrir un compte.

— Impossible. Je n'ai pas encore seize ans. Ta seule autorisation ne suffit pas. Ecoute. Sois gentil : fais comme je te dis et moi, de mon côté, je ferai au mieux pour toi.

— Ce qui est à moi, est à toi ! Tu le sais. Quand je mourrai, tout sera officiellement à toi seul. Mais si je décidais de te faire une donation tout de suite, il faudrait payer des droits exorbitants...

— Ne t'inquiète de rien, nous déclarerons que c'est une avance sur héritage.

— Dans ces conditions...

— Pas de conditions, papa. Mais je veux te remercier de la confiance que tu m'accordes. Pas pour l'argent, mais parce que tu n'insistes pas pour savoir à quoi il servira. Si tu n'y vois pas d'inconvénient, je cours à la banque leur passer un ou deux ordres et je leur dirai que tu viendras les confirmer dans l'après-midi : je serais bien étonné que tu aies à regretter mes initiatives. Après, il ne te restera plus qu'à procéder à mon émancipation.

Il m'embrassa sur la joue et partit en courant me laissant tout éberlué.

Avais-je eu tort ? Avais-je eu raison ? A vrai dire, je me demandais ce que je pourrais bien faire du produit de cette vente. Le notaire, l'obséquieux Ricoud, m'avait conseillé, évidemment, de la lui confier. Mais quel intérêt ce pauvre type, qui savait que j'avais eu quelques relations affectueuses avec Agathe, son épouse, une blonde Junon aux glandes mammaires quelque peu hypertrophiées et au mont de Vénus tristement déplumé, et m'en voulait à mort, aurait-il eu à me mettre sur une bonne affaire ? Finalement, je crois bien — j'en étais sincèrement convaincu, à cette époque-là — qu'Alexandre était le seul être au monde qui avait de l'estime et de la tendresse pour moi et à qui je pouvais faire confiance.

Quant à Sophira, qui m'avait abandonné et qui n'avait

même pas eu la délicatesse de me donner un coup de fil pour m'expliquer où elle était partie, j'étais bien décidé à lui donner une leçon de savoir-vivre. De toute façon, je ne me faisais aucun souci. Je la tenais. J'avais sa valise — rapportée de chez la Louise — et je savais que quand elle aurait faim, elle rappliquerait chez moi. Ce n'était pas la Louise qui, surtout après notre petite algarade, accepterait de passer l'éponge.

Et puis maintenant qu'elle avait goûté aux voluptés de l'amour (car je n'avais pas eu besoin d'entendre sa confession — ses râles suffisaient — pour découvrir qu'avant moi elle n'était pas encore, comme on dit, une femme révélée). Il était sûr et certain qu'elle allait me revenir. C'est à des moments comme ceux-là qu'on se sent fier d'être un homme.

Chapitre 11

En revenant à la maison après une journée interminable, je fus déçu de ne pas y trouver mon fils.

Non, l'absence de Sophira ne m'étonnait pas. Je m'y attendais. Finalement, j'avais compris que j'avais mal jugé cette petite. Elle s'était cachée parce qu'elle avait honte. Sur le moment son élan vers moi avait été le plus fort. Elle s'était donnée comme une lionne à un lion parce qu'il lui avait été impossible de résister à la loi de la nature. Mais après, son éducation avait triomphé et elle s'était rendu compte qu'elle n'aurait jamais dû céder à ses sens et elle était allée se cacher pour pleurer sa faiblesse. J'aurais dû normalement partir à sa recherche pour la consoler et la ramener à une vision des choses plus moderne. Mais j'étais trop las. Je n'eus même pas le courage de monter pour prendre ma douche et changer de vêtements. Je me laissai tomber dans mon rocking-chair avec l'intention de surveiller la porte cochère donnant accès à la cour. Au lieu de cela, je cédai à la fatigue et m'assoupis.

Je ne sais depuis combien de temps je dormais quand je fus réveillé par des vagues de volupté montant et descendant au rythme du balancement de mon siège et aussi à celui de doux, humides et très artistiques attouchements. Je portai les mains à mon entrecuisse et je rencontrai une boule frémissante de boucles soyeuses se soulevant et s'abaissant.

Tout à fait réveillé, j'aperçus alors Sophira agenouillée, la tête entre mes jambes, ses lèvres et sa langue s'activant, aspirant, ralentissant, s'activant à nouveau, tout à fait comme celles d'un bébé — qu'en fait elle était — tétant un biberon. J'empoignai à pleines mains sa lourde chevelure rousse. Gourmande, elle précipita la cadence et ce fut cette explosion que nous espérions tous les deux. Je savourais délicieusement les lenteurs inattendues qui prolongeaient mon attente alors qu'elle continuait à lécher ma verge pour ne pas perdre une seule goutte de mon sperme qu'elle avalait délicatement.

Jamais, même à Paris, avec les cocottes les plus réputées pour leur technique, je n'avais éprouvé de jouissance comparable à celle que venait de me prodiguer innocemment cette naïve enfant.

J'essayai de repousser sa tête tant la pression de sa bouche sur mon sexe me faisait mal. Mais elle s'acharnait avec le désir évident de me faire jouir encore une fois. Je la pris sous les bras, l'arrachai littéralement du sol et la soulevai pour amener son corps contre le mien.

— Oh ! Gilbert, caresse-moi, prends-moi, bats-moi, possède-moi, gémissait-elle de sa belle voix grave de contralto, mais ferme les yeux. Ne me regarde pas. J'ai honte.

Germaine, dont la mauvaise éducation n'avait pas de limite, avait ouvert la porte de la cuisine pour mieux voir, avec une indiscrétion malsaine et une curiosité déplacée, ce que nous faisions.

Heureusement, tout était terminé et je suis certain qu'elle ne trouva rien d'indécent au fait que j'aide Sophira à se relever et l'entraîne à l'intérieur de la maison.

— Non, je n'ai pas honte, confessa-t-elle à ce moment. Je n'ai pas honte parce que tu m'as donné mieux que la vie. Je te dois l'envie de vivre, de jouir et de faire jouir. Tu es mon père, ma mère, mon amant, mes frères et le petit enfant que je voudrais avoir de toi... Oui, tu es mon papa adoré et aussi mon bébé et mon chouchou, mon petit oiseau, mon lapin et mon taureau furieux. Tu es mon homme, le seul qui existe sur terre. Que tous les autres crèvent pourvu qu'il me reste toi ! Pour toi je voudrais voler — comme un oiseau — souffrir, mourir. Tout m'est égal. Sauf ta joie.

Si ça ce n'était pas de l'amour. Alors qu'est-ce que c'était ?

Décidément, je vois toujours juste. Quand je disais que cette petite était folle de moi. Je savais de quoi je parlais. Comme d'habitude. On est psychologue ou on ne l'est pas !

Son comportement le prouvait pleinement : seules les femmes folles d'un homme acceptent ou plutôt prennent l'initiative de telles démonstrations d'amour.

Germaine, qui devait s'impatienter devant ses fourneaux tout en savourant le film érotique de nos ébats, profita de ce moment d'accalmie pour proclamer :

— Monsieur est servi, ou dois-je dire : “ Madame est servie ? ” en fixant la jupe froissée de Sophira. Ah ! ajouta-t-elle, il y a le garagiste qui est venu livrer la nouvelle voiture.

— Quelle voiture ? m'étonnai-je.

— Là, Monsieur, précisa-t-elle, en tendant le bras en direction de la porte cochère.

Surprise ! Près de ma fidèle Citroën, je découvris un ravissant cabriolet Alfa Romeo rouge.

Qui était l'auteur de cette plaisanterie ?

La seule qui était capable d'agir avec autant de sans-façon, ne pouvait être que l'impatiente Marie-Ange qui m'avait annoncé qu'elle viendrait m'embrasser à l'improviste.

Elle me tannait depuis des semaines pour que je fasse l'acquisition d'une voiture moins banale que mon anonyme Cx et m'avait même affirmé, à plusieurs reprises, que si j'étais trop rat pour me payer un engin qui siérait mieux à mon physique de play-boy, elle se verrait contrainte de venir m'en livrer une. Je n'ai pas besoin d'ajouter que je m'étais élevé avec véhémence contre une telle initiative. Il y avait belle lurette que j'avais passé ma période gigolo.

Elle était sûrement là à attendre des manifestations de gratitude. Quelles explications allais-je pouvoir lui donner sur mon peu d'enthousiasme à l'honorer alors que, de toute évidence, elle faisait ce déplacement dans ce seul but ? J'imaginais aussi un joli corps à corps entre Marie-Ange et

Sophira quand elles auraient mutuellement fait valoir leurs droits exclusifs sur ma virilité. J'en tremblais déjà quand, la dernière nommée, suivant mon regard, me demanda :

— Tu ne le trouves pas mignon ce petit bijou avec son bout tout rondelet ? Moi, cela me rappelle quelque chose de quelqu'un, en à peine plus grand. Ne me demande pas pourquoi, car cela me ferait rougir !

— C'est à toi ?

— Peut-être.

— Comment ça, peut-être ? l'interrogeai-je en soupirant avec un soulagement mêlé de regret à la pensée que ce corps à corps orgiaque n'était qu'imaginaire.

Sophira s'expliqua en toute simplicité :

— Eh bien ! imagine-toi qu'en te quittant ce matin, j'ai vu cette petite merveille devant le garage Elf avec un écriteau " A vendre ". Par pure curiosité, j'ai demandé son prix au garagiste. J'avais probablement fait quelque impression sur ce charlatan, car la somme qu'il m'annonça m'apparut ridiculement raisonnable. A croire qu'il voulait me faire un cadeau. Je lui expliquai, néanmoins, que mon compte en banque venait de subir une sévère cure d'amaigrissement et que je n'avais pas la possibilité, en ce moment, de me permettre une telle fantaisie. " Mais je vous fais crédit, jolie Madame ! s'exclama-t-il. Les personnes de qualité, ça se reconnaît... et de loin ! Et si je ne m'abuse, je ne suis pas le seul à y voir clair... Suivez mon regard. " Je constatai que ses yeux se portaient sur ta maison et j'ai tout de suite réalisé qu'en me proposant des délais de paiement, c'était à ta réputation d'homme du monde qu'il avait pensé. " Si je comprends bien, me précisa le bonhomme, vous êtes l'amie de mon ami Trambolin et les amis de mes amis étant aussi mes amis... mettez mon amitié à l'épreuve ! Essayez mon joujou et vous constaterez par vous-même que c'est une occasion unique. De toute façon, ça ne vous engage à rien ! " Ma foi, me suis-je dit, si j'accepte cette proposition, je ne fais de tort à personne, ni à Gilbert, ni même à cet obséquieux macaque. Aussi, quand il m'a fort civilement ouvert la portière, je me suis mise au volant et j'ai appuyé sur le démarreur. J'eus à peine le temps d'esquisser un geste d'au revoir que mon bolide bondissait comme un guépard. Je voulais faire demi-tour dans un petit chemin charmant quand je me suis retrouvée devant un élégant club-house de golf. Aurais-tu cru que le golf était jusqu'à ce que je t'aie rencontré mon sport favori ? Je suis entrée et j'ai tout naturellement demandé à faire un parcours. Ils m'ont grossièrement refusé, sous prétexte que je n'étais pas membre. J'étais horriblement humiliée. Je n'allais quand même pas expliquer à ces ploucs qui j'étais et que ma famille possédait provinces et palais alors que leurs ancêtres vivaient encore dans la fange. Et là, tout à coup, j'ai réalisé que tu étais vraiment mon porte-bonheur. Devine sur qui je tombe ? Un vieux banquier grec, plus ou moins albanais, et en tout cas s'enorgueillissant d'appartenir au clan des Montefiore... Quand il m'a reconnue, il m'a ouvert tout grand les bras, et aussi son portefeuille en apprenant que j'étais plutôt à la côte. En même temps, il m'annonce que l'interdiction de sortir de l'argent d'Albanie était supprimée, en tout cas pour certaines catégories de personnes, et qu'il serait particulièrement honoré de me faire des avances, dans les limites du convenable, ça va de soi, avec en guise d'intérêt un baiser ou un sourire.

— J'espère que tu as refusé ?

— Pourquoi aurais-je refusé une proposition aussi courtoise ? C'est un très vieux monsieur, tu sais. Il me faisait sauter sur ses genoux quand j'étais une toute petite fille. Crois-moi, tu n'as pas à en être jaloux. Grâce au parrainage d'un membre aussi distingué, j'ai été admise au club avec tous les honneurs dus à mon rang. Après quoi, j'ai foncé à la ville pour m'équiper et j'ai trouvé tout ce dont j'avais besoin : un très beau sac en cuir rouge, des clubs, bois et fer, sans oublier les putters, des chaussures cloutées fines et légères, des pantalons, des chaussettes écossaises, deux visières fumées, des gants, enfin tout l'indispensable. Mais je ne t'ai pas oublié. J'ai remarqué que tu avais un besoin urgent de remplacer l'antique oignon enchaîné à ton pantalon par quelque chose de plus moderne... Tu trouveras difficilement un boîtier aussi plat et un mécanisme aussi précis. C'est évidemment un modèle à quartz. Mais de fabrication suisse ! Pas japonaise.

— Je te remercie, elle est magnifique, mais permets-moi, cependant, de te faire observer que mon antique oignon, comme tu l'as baptisé, est un des tout premiers chronomètres sortis de chez Le Roy et un héritage de mon arrière-grand-père. Cela précisé, j'aime mille fois mieux ta montre bracelet. Grâce à elle, à chaque seconde qu'elle marquera, j'aurai une pensée d'amour pour toi.

— Je t'adore ! Tu es merveilleux ! C'est seulement en sortant de chez le bijoutier que j'ai réalisé que je risquais d'être en retard à un rendez-vous que tu ne m'avais pas fixé... mais que tout mon être réclamait. C'est là que j'ai apprécié la puissance de mon moteur.

J'ai atterri au garage pour rendre le bolide à son propriétaire. Je ne sais pas si c'est ton ami qui est un bon vendeur, ou si c'est moi qui suis une gourde, mais le fait est que j'ai acheté la jolie petite voiture. J'ai donné tout l'argent qui me restait comme acompte et j'ai signé un tas de traites que tu auras la gentillesse d'avaliser.

Ton copain doit être un drôle de macho. Imagine-toi, qu'en plus de la mienne, il lui faut la signature d'un mâle. A notre époque, et dans un pays comme la France, où la femme est entièrement libérée et l'égale de l'homme, moi je trouve ça tout à fait féodal !

Tu te rends compte, deux bonheurs dans notre première journée de vie commune : la rencontre de ma belle décapotable et celle de mon banquier arménien, enfin grec, albanais... mais surtout arménien. Et toi, pendant ce temps-là, qu'est-ce que tu faisais ? Tu dormais. Ingrat ! Alors il m'a fallu inventer un charme pour t'éveiller.

— Eh bien ! moi, je suis en mesure de t'annoncer un troisième bonheur : chez nous on n'est pas assez riches pour acheter à crédit... Alors, ce cabriolet est maintenant à toi. A 100 %. C'est moi qui te l'offre.

Je passerai tout à l'heure au garage Pierrot, c'est comme ça qu'on appelle ici ton macaque, pour le régler et te rapporter tes traites.

— Tu es grand ! Mais depêchons-nous d'aller dîner. Je crève de faim et surtout je ne voudrais pas indisposer Germaine en la laissant s'impatienter et puis, j'ai quelque honte à te l'avouer, mais tout mon corps a soif de toi.

— Tu ne penses pas qu'un petit remontant serait le bienvenu après une journée aussi pleine, aussi merveilleuse, mais aussi épuisante ?

— Epuisante ? Tu plaisantes, j'espère ! Je ne me suis jamais sentie aussi remontée. En revanche, d'accord pour un petit cordial. Ça ne peut pas nous faire de mal.

J'ouvris une bouteille de porto, réservé à mon seul usage personnel, avec éventuellement une exception pour le président de la République et la reine d'Angleterre, au cas où il leur viendrait à l'idée de passer par Nautailles et de s'arrêter chez les Trambolin.

Sophira apprécia visiblement le remontant puisque à nous deux nous vidâmes le flacon comme un quelconque vin de table. Puis nous avalâmes goulûment les spécialités gastronomiques laborieusement cuisinées pour nous par ma fidèle et géniale Germaine et, je le remarquai, considérées comme spécialement aphrodisiaques.

Après quoi Sophira décida de se faire une beauté.

Quand, une dizaine de minutes plus tard, elle réapparut dans une robe à crinoline en dentelle noire qu'elle avait découverte, guidée par son instinct de femme, dans une malle du grenier, elle était tout simplement sublime.

C'est ainsi qu'elle, semblable à l'impératrice Eugénie, et moi, tenant de mon mieux le rôle de l'empereur aux conquérantes moustaches, nous nous dirigeâmes vers le lit de parade commandé par la solitaire tante Valentine. Je suis certain que son ombre transparente fut remplie de joie en nous regardant réaliser ses rêves les plus érotiques.

Je me souviens de cette nuit comme si elle avait été

enregistrée par quelque magnétoscope branché dans les méandres de mon cerveau.

Etait-ce le porto ? Etait-ce la sauce madère au jambon braisé, triomphe de ma cuisinière ? (L'Espagne et le Portugal se livraient un combat sans merci avec, comme champ de bataille, mes muqueuses stomacales.) Ou, plus probablement, les trompettes de la mort de l'automne dernier, pourtant si savoureuses au sortir du bocal où Germaine les avaient mises en conserve ? (De toute façon, mon père m'avait toujours mis en garde contre les excès amoureux suivant de trop près les excès gastronomiques.) Le fait est que me sentant mal à mon aise, je me suis levé pour respirer un peu d'air dans le jardin... où j'ai heureusement restitué à Dame Nature — rien ne se perd, rien ne se crée — la totalité du menu, plus pas mal de bile...

Ainsi soulagé, je fis quelques pas en admirant ma maison illuminée par le clair de lune.

Chose étrange et inquiétante, une pâle lueur me parut émaner d'une des lucarnes percées dans le toit. Qu'est-ce que cela pouvait bien être ?

Je montai les escaliers quatre à quatre et pénétrai en trombe dans le grenier, non sans me heurter à quelques meubles et caisses et m'étalai de tout mon long.

En écho à mon patatras, j'entendis des craquements comme si quelqu'un, effrayé, avait pris la fuite.

Nous avions l'habitude de mettre dans un recoin un bougeoir et des allumettes. Ils avaient disparu. Quelqu'un s'en était emparé. Qui cela pouvait-il être ? Alexandre ? Je réalisai soudain que je ne l'avais pas vu de la journée et que je ne m'étais même pas inquiété de son absence. Cela me fit de la peine et me donna mauvaise conscience.

Je décidai d'aller voir si mon fils se trouvait bien chez lui. Si par hasard il était réveillé et s'étonnait de cette intrusion nocturne, je pourrais toujours lui expliquer que j'avais la conviction que nous avions une visite dans notre caverne aux trésors et que je ne me sentais pas capable d'explorer seul ce labyrinthe et d'affronter les périls inconnus de la nuit.

Sa porte était fermée et aucun rai de lumière ne signalait sa présence. Je l'entrouvris précautionneusement. Peut-être dormait-il ? Et chacun sait qu'il est contraire à la santé mentale des enfants de les réveiller brutalement. J'espérais entendre le souffle régulier de sa respiration. Je fus surpris par ce que mes oreilles perçurent... C'étaient des murmures entremêlés de faibles plaintes, des sanglots étouffés. Contrairement aux principes de tous les célibataires Trambolin, Alexandre avait osé amener une fille dans la maison familiale. J'en fus profondément choqué, tout en me souvenant que c'était moi qui lui avais offert une liberté totale et il y avait même un petit coin de mon cœur qui s'en réjouissait. Mon fils était digne de son père. Il entrait dans la carrière alors que moi-même j'étais au summum.

Je passai la tête par la porte pour tenter d'apercevoir et peut-être de reconnaître sa première conquête.

Le spectacle que je vis au clair de lune me bouleversa par sa qualité.

J'avais souvent pensé que le corps fin et athlétique de mon Alexandre était digne de servir de modèle à Michel-Ange et à Praxitèle, pour une statue d'Eros, le plus séduisant de tous les dieux. Mais l'académie de la jeune Psyché, étendue à ses côtés, ne le cédait en rien à la sienne. Les Marilyn et les Brigitte pouvaient aller se rhabiller ! C'était comme... comme... un nocturne de Chopin.

Toute menue, habillée seulement de ses fins cheveux blonds, ce n'était plus, avec son long cou de cygne et ses formes graciles, une enfant et pas encore tout à fait une femme. Les rondeurs ravissantes de ses seins, de son ventre, de ses cuisses me firent songer à un bouton de rose blanche, le plus beau de tous, prêt à s'épanouir. Et, avec mon esprit hélas ! un peu corrompu, j'osai comparer sa nudité à celle de Sophira qui était, elle, la plus belle de toutes les roses rouges dans l'éclat incomparable de son épanouissement.

Que se disaient-ils ? Evidemment, comme tous les jeunes, ils ne parlaient que d'amour et de mort.

— Tu m'avais promis, sanglotait-elle. Cela m'est égal de mourir... Mais je ne veux pas que tu meures.

— Je t'aime plus que la vie, lui disait Alexandre. Tu es à moi et je suis à toi jusqu'à la mort. Tu sais que je ne pourrais pas te survivre d'une seconde. Notre étreinte nous ouvre l'éternité. Tu sais que si tu mourrais, je me tuerais. Mais je ne crois pas à la mort. La mort n'existe pas. Tu es vivante. Je suis vivant. Alors savourons chaque instant de notre vie.

Il la calmait. Il la consolait. Il la dorlotait. Il la caressait doucement. Il la baisotait d'une manière à la fois enfantine et experte, avec une expérience innée dans notre famille.

Elle se serra contre lui, et je pus enfin reconnaître son visage. La petite Reinbach ! Mazette, il s'était bien débrouillé le bougre ! Incroyable. Rebecca, la plus belle et la plus sage des filles de Nautailles. Et je pouvais même l'affirmer, de tout le département, de toute la France et probablement du monde entier.

Elle continuait à lui résister :

— Je t'en supplie. Non... Non... Je n'ai pas le droit. Tu le sais bien.

C'était touchant au possible. Elle en avait envie comme toutes les filles, c'était évident. Mais en bonne petite protestante, elle avait peur d'aller en enfer.

Pour toute réponse, Alexandre se pencha sur elle et lui écarta les cuisses.

Je me souvenais de son pauvre petit pénis d'enfant. Je découvris avec ravissement et fierté son braquemart d'homme. Il était bien monté le gaillard. Cela aussi c'est de famille.

Par pudeur — mais il faut dire aussi que ce spectacle m'avait fait, malgré mes exploits de la journée, un certain effet — je me retirai, pour rejoindre Sophira dans son lit. Elle dormait, la bouche ouverte, en ronflant harmonieusement. Je lui pris délicatement les mains et les plaçai sur mon sexe. Tout naturellement, sans cesser de dormir ni de ronfler, elle commença, tout aussi délicatement, à me caresser. Ce n'était pas désagréable, mais il me fallait plus. Je la retournai sur le ventre.

Elle se réveilla et murmura d'une voix mourante : « Ça te prend comme ça tous les matins ? A ton âge c'est trop ! Tu abuses ! »

Elle participa, néanmoins, activement à mes assauts. Lorsque ce fut fini, elle se redressa et s'avança vers moi. Je crus que c'était pour m'embrasser... Mais non, elle se pencha un peu plus et, avec les mêmes spasmes de volupté, vomit par-dessus mon dos les trompettes de la mort sur la descente de lit. C'était, heureusement, une misérable carpette que tante Valentine avait achetée au bazar du coin, quand elle était devenue incontinente, pour protéger le parquet des taches de liquide ammoniaqué.

Après quoi, ayant tous les deux satisfait aux fantaisies de nos organismes, nous nous rendormîmes.

Je me réveillai en douceur avec mes mains placées sur des seins que je ne reconnus pas immédiatement.

Sophira me regardait de ses yeux grands ouverts avec une attention admirative.

— Sais-tu que tu as un fils vraiment extraordinaire, me déclara-t-elle inopinément, pendant que je lui caressais le gauche, qu'elle avait particulièrement sensible.

— Je sais. C'est souvent que l'on m'a cité le proverbe : “ Tel père, tel fils. ”

— Je ne vois pas à quel propos, me dit-elle. Physiquement, en tout cas, vous n'avez rien de commun. Tu es grand, beau et fort. Un vrai taureau ! A côté de toi, Alexandre fait figure de cabri mal nourri.

— Il n'a que seize ans. Il a tout le temps de s'étoffer.

— Je suis sûre qu'à son âge tu pesais au moins deux fois son poids... et tout en muscles. Il doit plutôt ressembler à sa mère qui devait être une petite maigrichonne.

— Une petite maigrichonne, Marguerite ? On voit bien que tu ne l'as pas connue. C'était une belle plante. Il en tiendrait deux comme toi dans une de ses robes.

— Alors peut-être qu'il ressemble à ton beau-père ?

— Grâce au ciel, non ! Il était plus large que haut.

— A un de tes frères…

— … Je suis, malheureusement, fils unique.

— Alors à ce garçon que tu tiens par les épaules sur cette vieille photo. Lui a indubitablement quelque chose de commun avec ton fils.

— Stanislas Rigaud ? C'était mon meilleur ami. Nous avons usé nos fonds de culottes sur les bancs de La Source. Nous étions amis à la vie à la mort… Et puis, après mon mariage, tu sais ce que c'est, on s'est vus de moins en moins, puis plus du tout. Je vais te dire quelque chose d'horrible, je ne sais même pas s'il est encore en vie.

— Il est marié ?

— Pas à ma connaissance. Je pense qu'il a dû rester célibataire. Je dois t'avouer très franchement qu'il n'était pas très attiré par les dames.

— Ah bon ! il était pédé ?

— Je n'irai pas jusque-là, mais le fait est que l'on sortait souvent à trois, moi, ma copine du moment et lui. C'était un grand timide. On l'avait surnommé " Rigaud le consolateur ". C'était toujours lui qui séchait les larmes de mes femmes quand je les négligeais parce que trop pris par un nouvel amour.

— Alors je comprends tout. Regarde sur cette photo. Ne trouves-tu pas qu'il a la silhouette d'Alexandre, le nez d'Alexandre, les yeux d'Alexandre, la plantation des cheveux d'Alexandre, la forme des oreilles d'Alexandre. Tu étais sûrement pris par un nouvel amour neuf mois avant la naissance de ton fils.

— Ça, mon petit, c'est le genre de plaisanterie que je supporte très mal. Que je n'accepterai de personne, pas même de toi. J'ai peut-être eu le tort de donner quelques coups de canif dans notre contrat de mariage, mais Marguerite était une sainte. Elle n'a jamais regardé un autre homme que moi. De plus, je ne vois absolument aucune ressemblance entre Alexandre qui est une sorte de génie et Rigaud qui a été toute sa vie un parfait imbécile.

— Mais enfin, regarde : les yeux, les oreilles, la bouche…

— … Et le cul. Non, arrête, c'est vraiment pas drôle. Il existe sans doute des cas où, à la suite de mimétisme naturel, un enfant se met à ressembler à son beau-père, à sa belle-mères ou à des proches du ménage avec lesquels il n'a pourtant aucun lien de sang. Nos physiques sont peut-être un peu différents, mais nous, les Trambolin, nous avons tous la même démarche, la même façon de balancer les bras et, de père en fils, les mêmes inflexions de voix dans des registres souvent différents. Alors, n'insiste pas et parlons d'autre chose. Ces Django et Milanos, ce sont bien tes frères ? Il paraît pourtant qu'ils ne te ressemblent pas du tout.

— Mais nous c'est pas pareil. Je t'ai déjà expliqué que nous n'étions pas du même lit. C'est donc normal. Papa avait plusieurs femmes. C'est admis chez nous.

J'ai honte, mais je dois avouer que, depuis ce jour-là, il m'est arrivé parfois de me pencher sur la photo-souvenir de la classe de seconde du collège de La Source et de comparer Rigaud à Alexandre. Il n'y avait aucune ressemblance et, pourtant, une chose était évidente : le mimétisme ça existe.

Chapitre 12

Après cette nuit et ce réveil plutôt agités, j'allai frapper, sans prendre la peine de m'habiller, ni même de me raser, à la porte de mon fils.

Plus de Rebecca. Alexandre était seul. La fenêtre grande ouverte, nu, tête sur le plancher et pieds tendus vers le plafond, il se livrait à des exercices de yoga.

Il ne m'appartenait pas de lui poser des questions sur ses affaires amoureuses, pas plus que lui n'avait à intervenir dans mes affaires de cœur. Il fallait pourtant que je l'informe que j'avais une invitée. Comme d'habitude, je le fis avec tact.

— Voilà ce que je devrais faire tous les matins, commençai-je, mais hélas ! mes journées sont trop chargées et je n'ai plus vingt ans. Et pourtant, malgré mon âge, je fais encore des conquêtes. Tiens, pas plus tard qu'hier, une dame a eu le coup de foudre pour moi. Nous en avons parlé déjà... mais je tiens à te préciser que ce n'est pas une passade, ni une passion : c'est du sérieux... Nous nous entendons très bien. Et, comme elle est jeune, charmante et de bonne famille, je l'ai installée dans mon lit. Je compte sur toi pour faire bonne figure à ma bonne fortune. Elle s'appelle Sophira Dragovitch de Montefiore. Tu la connais, paraît-il, quelque peu et, d'après ce que je sais, tu n'aurais pas été très aimable avec elle. Cela m'étonne de ta part.

— Je constate, avec plaisir, que tu as conservé ton cœur de collégien, me répondit Alexandre, en reprenant une position normale. Car, avoue-le papa, tu es impatient de me demander comment j'ai connu Sophira et pourquoi j'ai eu vis-à-vis d'elle un comportement contraire à la courtoisie traditionnelle de notre famille envers les dames. J'avais de bonnes raisons pour le faire, mais cela c'est du passé.

J'insistai pour qu'il me parlât avec franchise.

Il ne fit pas d'autre difficulté à m'avouer qu'il avait cru que Sophira avait été la complice de ses frères, deux petites crapules, à qui il avait eu le tort de faire confiance sur la recommandation de l'abominable Arnaud, mais qu'il était maintenant convaincu qu'elle avait seulement été la victime de ces gredins.

Sans doute qu'en Albanie les conceptions de la vertu étaient différentes des nôtres... Cela dit, chacun sait que la vertu n'est qu'un mot...

Il se réjouissait qu'elle ait enfin trouvé un nid, notre maison, où elle pourrait, grâce à mon affection, se remplumer un peu.

— Cependant, cher papa, termina-t-il avec une sorte de flèche de Parthes, il ne faudrait qu'à aucun moment tu oublies que Sophira est une enfant d'Albanie... Et l'Albanie n'est pas très éloignée de la Bohème. Alors, si tu l'aimes, prends garde à toi et n'oublie jamais que tôt ou tard, cette ravissante gazelle reprendra sa course vers son désert.

Cette réserve pour le moins inopportune partait, de toute évidence, d'une bonne intention et je ne lui en ai donc pas tenu rigueur.

— Mais toi-même, à moins que je ne m'abuse, il t'arrive de t'intéresser à de bien jolies petites perruches et cette nuit encore, sauf erreur de ma part, à une oiselle au délicat plumage de lin.

Alexandre esquissa un geste d'indignation.

Je le calmai d'un regard.

— Ne crois surtout pas que je vous ai espionnés. Je vous ai simplement entendus roucouler en descendant du grenier où j'avais cru apercevoir le fantôme de tante Valentine. Deux fantômes dans une seule soirée, ça ferait beaucoup.

Malgré la vivacité exceptionnelle de son esprit, Alexandre fut pris au dépourvu.

— C'est vrai, papa, je me sens coupable à bien des égards. Mais quelqu'un d'aussi perspicace que tu l'es comprendra certainement qu'il existe parfois des secrets plus lourds que des dalles de granit. Il est impossible de les exhumer sans faillir à l'amitié, à l'amour et à l'honneur.

Tu ne peux t'imaginer comme il m'est dur de ne pouvoir les partager avec toi en qui, pourtant, j'ai confiance comme en Dieu.

Le pauvre enfant avait les larmes aux yeux et je ne voulus pas le torturer davantage.

— Tu as déjà découvert que je te faisais confiance pour cent mille francs et plus, alors recule encore de quelques millions de kilomètres-lumière les limites de la confiance que je te porte et reste fidèle à l'amitié, à l'amour et à l'honneur, l'assurai-je avec ma bienveillance et ma courtoisie habituelles.

A peine étais-je remonté dans ma chambre que Germaine tout émue vint m'informer que Monsieur le capitaine de gendarmerie était là avec mission de me voir d'urgence.

J'enfilai ma robe de chambre et descendis de fort mauvaise humeur. Emile m'attendait sans, cette fois, s'être permis de s'asseoir dans un de mes fragiles fauteuils.

— Qu'est-ce qui se passe encore ?

— Nous avons appris, me déclara-t-il d'entrée, que tu héberges chez toi la demoiselle Dragovitch...

— Et ça vous regarde en quoi ?

— Ça nous regarde, parce que si un de nos concitoyens loge chez lui un étranger ou une étrangère, il doit vérifier si cette personne est en règle avec nos lois. Or, Mademoiselle Dragovitch est entrée en France avec un visa valable six mois. Les six mois sont écoulés. Depuis trois jours elle est donc en infraction.

— Je pense que je peux compter sur toi pour régulariser cette situation ?

— Ça ne dépend malheureusement pas de moi. Il aurait

fallu qu'elle fasse une demande de renouvellement à la mairie qui l'aurait transmise à la préfecture qui, elle, m'aurait demandé de procéder à une enquête sur sa moralité et ses moyens d'existence.

— Alors reviens demain, j'aurai vu le préfet, un vieil ami.

— En attendant, j'ai besoin de savoir sans délai où elle était hier à l'heure du déjeuner.

— Ah oui ! et pourquoi ? Nous sommes, à ce que je sache, dans un pays où les gens sont libres de manger ce qui leur plaît, où il leur plaît et à l'heure où ça leur plaît.

— C'est absolument vrai, mais tout le monde doit, sous peine de poursuites, porter assistance aux personnes en danger de mort et en aucun cas les détrousser.

— Qu'est-ce que c'est encore que ces poux que tu viens nous chercher dans la tête ?

— Tu connais Madame Bonnard, de Montigny ? Eh bien ! on l'a retrouvée morte hier à deux heures de l'après-midi. Il apparaît qu'elle a été victime d'un accident de la route. Elle a mal négocié le virage de Courtevine et a embouti un platane. Elle avait oublié de mettre sa ceinture de sécurité. Résultat : fracture du crâne.

— Alors ce serait Mademoiselle Dragovitch de Montefiore qui aurait planté ce platane sur la route ?

— Il n'y a pas là de quoi plaisanter. Le fait est que Mademoiselle Dragovitch a eu la correction de s'arrêter, de constater l'accident et d'aller prévenir les Leconte, à la ferme voisine qu'il y avait une blessée sur la route. Après quoi, elle est partie sans même attendre l'arrivée de l'ambulance et des gendarmes. Nous l'avons identifiée, parce que la fermière nous a décrit la petite voiture rouge qu'elle avait empruntée chez Pierrot. A ce moment, d'après le garagiste, elle aurait eu si peu d'argent sur elle, qu'elle avait dû faire le plein à crédit, en se recommandant de toi bien sûr. Or, à son retour, non seulement elle a payé l'essence, mais a même acheté la voiture.

— Je ne vois rien d'illégal à ça.

— C'est possible, mais il se trouve que Madame Bonnard

avait pris, d'après les témoignages de son personnel, deux mille francs dans la caisse du magasin pour faire des courses et les gendarmes ont constaté que son sac à main n'était pas dans la voiture. Ils l'ont retrouvé à cinquante mètres de là dans le fossé. Tous ses papiers y étaient. Seul l'argent avait disparu.

— Et vous avez des raisons de croire que ce serait Mademoiselle Dragovitch qui se serait permis cet acte indélicat ?

— Qui veux-tu que ce soit d'autre que cette étrangère qui n'avait pas un sou avant de partir et qui pourtant a réglé Pierrot dès son retour ?

— Inutile de continuer. C'est moi qui ai payé l'essence et même la voiture. Si je voulais raisonner comme toi, j'en déduirais immédiatement que c'est moi qui ai assassiné et volé la veuve Bonnard.

— Il n'y a pas de quoi rire, me répondit Emile. Une personne qui n'aurait rien eu à se reprocher aurait attendu l'arrivée des secours.

— Allons, soyons sérieux, Ruffier. Combien de gens sont passés sur cette route après l'accident sans s'arrêter ? Et combien, pendant qu'elle attendait chez les fermiers ? Ça, c'est une preuve irréfragable de mauvaise conscience.

— Elle n'a pas attendu très longtemps.

— Au moins est-elle allée chercher des secours. Tu lui reproches de ne pas avoir touché à la malheureuse veuve Bonnard. Elle s'est simplement conformée aux recommandations de la prévention routière. Alors, comment peux-tu supposer, puisqu'elle ne s'est pas approchée de la voiture, qu'elle y soit entrée pour voler quelques misérables francs dans un misérable sac à main ? Je peux te déclarer sous serment que j'ai mis à la disposition de Mademoiselle Dragovitch autant d'argent qu'elle pourrait en avoir besoin.

— Ça n'est peut-être pas ce que tu as fait de mieux, parce que d'après ce que nous savons, elle a des antécédents fâcheux.

— Elle a un casier judiciaire ? demandai-je, intéressé.

— Non, mais tu sais, de nos jours...

— Alors comment oses-tu, toi, un homme supposé honnête, catholique pratiquant, accuser sans aucune preuve une malheureuse enfant qui, ne faisant appel qu'à son sens civique, a pris la peine de s'arrêter et de se détourner de son chemin pour signaler un accident visiblement grave, mais dont elle ne pouvait se douter qu'il était mortel. Et, parce que c'est une étrangère, tu as la prétention de la mettre en taule. C'est plus que de la xénophobie, plus que du racisme — ce qui serait déjà dégueulasse — c'est de la diffamation pure et simple. Si une fille du pays avait agi de la même façon, on lui aurait décerné des félicitations. Parce qu'il y a une chose primordiale qu'il ne faudrait pas oublier, Ruffier : les véritables coupables c'est vous ! Si au lieu d'essayer de charger une innocente, vous vous étiez donné la peine de relever les empreintes digitales sur le sac de la morte et que vous y ayez trouvé celles de Mademoiselle Dragovitch, ce serait autre chose. Mais il est clair que vous avez négligé d'accomplir cette obligation élémentaire.

— Parce qu'en plus de toutes tes sottises, tu veux m'apprendre mon métier ? En tant que gendarme, je devrais te mettre en garde contre les propos injurieux que tu tiens à l'encontre du plus brillant et du plus glorieux corps militaire. Celui chargé, notamment, de la protection de débiles de ton genre. Mais, en tant que cousin, permets-moi de te dire que tu n'es qu'un pauvre connard. C'est justement parce que nous avons cherché des empreintes et que nous n'en avons trouvé aucune, pas même celles de Madame Bonnard, que nous avons conclu que c'était du travail de quelqu'un qui avait déjà eu maille à partir avec la police et qui savait ce qu'il fallait faire. C'était le cas pour tous les vols et larcins commis ces derniers temps dans la région et qui pourraient être reprochés à la bande dont fait probablement partie ta chère et tendre amie. Si tu veux des excuses, je t'en ferai. Mais pour le moment restons-en là. J'aurai au moins la satisfaction de t'avoir mis en garde. Sur ce, salut ! Et surtout, ne me dis pas merci, ce sera pour la prochaine fois.

Je haussai les épaules et tournai le dos à cet imbécile. Je me ruai vers l'escalier et avalai les degrés quatre à quatre. Sophira était déjà peut-être réveillée. Je frappai à sa porte. Pas de réponse. J'entrai. Elle dormait sur le dos, les bras en croix, le visage enfoui dans ses cheveux d'or rouge, belle à en couper le souffle.

Comment avais-je pu vivre toutes ces années sans même m'imaginer qu'il existait quelque part cet ange qui donnait pour la première fois un sens à ma vie ?

⁂

Il y a eu ensuite une période — était-ce quelques semaines, cinq ou six mois, ou davantage ? — où la notion du temps avait pratiquement disparu de mon cerveau pour être remplacée par celle des plaisirs renouvelés d'aimer, de donner et de recevoir.

Encore qu'arrivée à Nautailles depuis longtemps, la faible Sophira ne connaissait rien des beautés et des richesses de notre région. Il semblait que tout son monde se fut limité à des promenades dans la Grand-Rue avec des haltes au Centre du tourisme, à la base sports-loisirs et à l'auberge de la Louise où elle avait logé quand elle ne travaillait pas comme « temporaire » à l'équipe d'entretien du caravaning.

Quelle joie cela fut pour moi de lui faire connaître les hauts lieux de notre belle région.

Cependant, ce qui fut pour elle une véritable révélation c'est l'exploration de Genève.

Je l'y avais amenée un jour après un pèlerinage à Ferney. Elle n'était pas une admiratrice inconditionnelle de Voltaire, cet espèce de « squelette grimaçant » comme elle l'avait surnommé, plus bourgeois et plus fanatique, me fit-elle justement remarquer que l'Eglise, la bourgeoisie, l'aristocratie et la royauté qu'il avait prises pour cibles dans ses pamphlets. Opinion d'autant plus remarquable qu'elle m'avoua n'avoir jamais rien lu de ses œuvres et qu'elle le croyait contemporain de Victor Hugo qu'elle confondait d'ailleurs avec Jean-Jacques Rousseau. Non, ce qui l'avait grisée — et où nous retournâmes chaque semaine et parfois pour plusieurs jours — c'était l'hôtel des Bergues, la rue du Mont-Blanc avec ses bijoutiers, ses fourreurs et ses boutiques de luxe.

Nous y allions toujours avec sa voiture et non avec la mienne. Elle conduisait avec une rare maestria, encore que titulaire du permis depuis très peu de temps. Inconcevable, mais vrai, elle n'avait jamais eu l'idée de le passer bien qu'il était évident qu'elle avait une grande pratique des voitures. Négligence ou plutôt innocence, et même divine innocence : elle était convaincue que c'était seulement quand on avait eu un accident qu'on était soumis à ces formalités administratives.

Il faut bien avouer que son audace, que je considérais comme de l'inconscience, me terrorisait par moment. Mais j'avais encore plus peur, je l'avoue, des contrôles douaniers.

Depuis deux ou trois générations ma famille possédait un compte numéroté dans une banque suisse. Or, il est bien connu que quand un bon Français fait de fréquents allers et retours dans ce pays, nos vigilants gabelous s'intéressent à lui et contrôlent, non seulement, s'il a consciencieusement déclaré les marchandises : chocolats, cigarettes et autres bricoles qu'il importe, mais aussi, et surtout, où et comment il pouvait bien se procurer de quoi payer ces emplettes.

Or, des achats nous en faisions beaucoup.

La première fois que j'avais emmené Sophira chez le joaillier avec l'idée de lui offrir une petite montre pour lui donner le sens de l'exactitude, indispensable dans notre société, elle était tombée amoureuse d'un bracelet en diamants et saphirs que j'ai eu une grande joie à passer à son poignet.

De son côté, en remerciement, elle tint à me remettre des boutons de manchette à ajouter à ceux qui me provenaient de mon père, mon grand-père, mes grands-oncles et autres parents plus ou moins proches. Elle était convaincue que j'en faisais collection, car je ne portais, en effet, que des chemises à poignets mousquetaires par crainte de perdre un de ces précieux souvenirs.

Ainsi, de chemiseries-hommes, à lingeries-femmes, de fourrures-femmes et couturiers-femmes à prêt-à-porter-hommes et, pour finir, aux selliers de luxe — il fallait bien des valises pour transporter nos achats — nous transformions la petite Alfa en une sorte de camionnette de livraison.

Il arrivait que par prudence je la laisse rentrer seule avec tous nos présents réciproques, préférant prendre le train, afin d'éviter des contrôles qui risquaient d'être embarrassants.

Avec son charme et son évidente innocence elle n'avait aucune difficulté à convaincre les douaniers que tout ce qu'elle transportait provenait d'un oncle-gâteau suisse. Perspicaces et grands professionnels, ces messieurs voyaient bien qu'ils n'avaient affaire ni à une contrebandière ni à une fraudeuse, et les Français ne pouvant se montrer moins galants que des étrangers, même des Suisses, la laissaient passer, se contentant de son parfum et de son sourire d'ange comme paiement des droits habituellement imposés sur les marchandises franchissant nos frontières.

Résultat, en quelques voyages, je réussis à me mettre en règle avec la loi et, quand je reçus une lettre du ministère des Finances prétendant que j'avais un compte en Suisse, je pus répondre sans mentir que ma famille avait en effet eu un compte à Genève dont je leur donnais volontiers le numéro, mais que la somme figurant à mon crédit ne se montant qu'à dix francs et quinze centimes, je ne me croyais pas en infraction en ne la déclarant pas.

Cet état de grâce et de joie ne pouvait évidemment durer indéfiniment.

Il arriva un jour où, par lettre recommandée, Poussin me mit en demeure de cesser les prélèvements sur le compte courant de ma pharmacie, ainsi que je l'avais fait, tout naturellement, après que le découvert de mon compte personnel ait atteint la limite fixée par mon banquier. Mon ancien employé, devenu mon associé dans des conditions dont il aurait dû m'être éternellement reconnaissant, me menaçait même de poursuites judiciaires si je ne remboursais pas dans un délai d'un mois les sommes soi-disant détournées.

Le comportement de ce blanc-bec à qui j'avais fait confiance pour tenir notre laboratoire pendant mes absences de quelques jours qui s'étaient, il est vrai, souvent prolongées plus que prévu, me chagrinait plus qu'il ne m'inquiétait. Néanmoins, je décidai de lui donner satisfaction. Je pensais qu'Alexandre pourrait me prêter — je ne dis pas me rendre — une partie de la somme que j'avais mise à sa disposition.

Quelle ne fut pas ma stupeur quand il me refusa son aide. Oui, parfaitement, mon fils, mon propre fils, ou supposé tel, osa m'affirmer que non seulement il avait dépensé en quelques jours ces cent mille francs — la valeur d'une ferme qui faisait partie depuis plus d'un siècle du patrimoine de la famille — mais qu'il avait, de plus, obtenu un prêt de deux cent mille francs de la banque, profitant sans doute du crédit accordé à notre nom et qu'il ne restait plus rien de ces trois cent mille francs. Qu'avait-il bien pu en faire ? Il refusa de me le dire. Une affaire, prétendait-il, qu'il avait montée avec deux amis que je ne connaissais pas et qui allait, croyait-il, demain, après-demain ou peut-être jamais apporter à la maison Trambolin la gloire et la fortune. Plus, ce galopin se permit de me donner des conseils et même de me faire des remontrances sur la faiblesse dont je faisais preuve envers Sophira. C'est tout juste s'il ne la qualifia pas de parasite, de sangsue, sans cependant oser la traiter de malhonnête.

— C'est tout naturel, me dit Sophira, tentant avec gentillesse de le défendre alors qu'il l'avait pratiquement traînée dans la boue. Pour un gamin de son âge, tu n'es qu'un vieux débris au bord du trou. Il a sans doute déjà disposé, à son gré, du peu que tu possèdes. Il ne faut surtout pas lui en vouloir. Il se doute sûrement que tu n'es pas son vrai père et il craint que tu ne le découvres un jour ou l'autre. Je te supplie de lui pardonner. Il est jeune. Il a perdu la raison pour cette petite grue de Rebecca qu'il reçoit ici au mépris de toutes les convenances, se moquant du tort que leur liaison peut porter à ta réputation. Je ne veux pas l'accabler, ni te préciser combien sévèrement tu es jugé par tout le village du fait de ton indécente conduite. Il abuse d'une façon éhontée de ta tolérance. Voilà ce qui arrive quand on se montre trop indulgent : les coupables confondent la gentillesse avec la faiblesse et se rient de vous derrière votre dos, s'efforçant de faire prendre votre générosité pour de la stupidité.

En y réfléchissant, il me fallut bien constater que, depuis des semaines, tous les notables qui avaient toujours recherché ma compagnie, me tournaient le dos.

Je réussis, non sans peine, à coincer Alexandre et à lui dire, en termes peut-être un peu trop brutaux, ce que je pensais de sa conduite.

Comme il fallait s'y attendre, il prit son air le plus ironique tout en m'assurant de son respect et de son affection. Il contestait que ses fiançailles officieuses avec Rebecca aient été critiquées par le village : bien au contraire, affirmait-il, toutes nos relations leur avaient prodigué les marques de leur sympathie. Si cependant j'étais choqué que leurs rapports matrimoniaux aient précédé, à la suite de certains événements, ne dépendant pas de sa volonté, leurs épousailles, il serait heureux de régulariser au plus vite.

Pouvais-je trouver des mots pour justifier mon indignation devant cette inconvenante proposition ?

— Alexandre, lui dis-je, en tentant de réfréner ma juste irritation, es-tu conscient que je t'entretiens depuis des années, satisfaisant ton moindre caprice, sans tenir compte de mes propres difficultés ? Je ne t'en avais pas fait part, supposant que tu sentirais mes soucis comme j'ai toujours deviné les tiens. Alors, imposer une personne de plus à ma charge, c'est vraiment inconvenant. Et, quand il y a mariage ou quand les fiancés couchent ensemblent avant la bénédiction nuptiale, on peut logiquement s'attendre à des suites. Or, je veux que tu saches que je ne supporterai pas d'avoir des chiards dans ma maison en plus d'une bru parpaillote, fille de parents divorcés pour qui je n'ai aucune estime. Par-dessus le marché, son père est fou et, si tu ne le sais pas, je peux te dire que sa fille est incurable, que nous l'aurons toute sa vie sur les reins et quand je dis nous, ça veut évidemment dire moi, car je me rends hélas ! de plus en plus compte que tu es incapable de faire quoi que ce soit de tes dix doigts pour gagner ta vie.

Alexandre me tourna le dos et porta la main à son front. Le voyant bouleversé à un point inimaginable et encore que sachant maintenant qu'il n'était pas de notre sang, j'eus, je dois le confesser, une sorte de faiblesse stupide pour lui.

— Ne pars pas, m'écriai-je. Encore que l'irresponsabilité de ta conduite soit inexcusable, je te pardonne cette fois encore. Si vraiment, comme certains me l'ont dit, la mère de Rebecca refuse de la recevoir et qu'il n'y ait personne d'autre pour l'accueillir, amène-la ici. Mais pas question de mariage. Sous aucun prétexte ! D'ailleurs, avec Sophira pour chaperon les apparences seront sauves.

— Merci, papa, je peux t'assurer que je ferai tout mon possible pour contribuer au surcroît de dépenses que notre présence t'imposera.

— Comme tu es susceptible... Je ne te demande rien, mais c'est mon devoir de te mettre en garde. D'autre part, avant de songer à participer aux frais du ménage, ne crois-tu pas qu'il serait normal que tu penses à me rembourser les cent mille francs que tu m'as soutirés ?

Je fus surpris qu'Alexandre ne relève pas cette accusation, car moi, à sa place et à son âge, je serais parti sur-le-champ sans retour et en claquant la porte.

Sophira m'avait supplié d'avoir cet entretien avec Alexandre. Elle supposait qu'une conversation d'homme à homme entraînerait son départ définitif de chez nous. Mais non, il avait encaissé sans sourciller. Tout s'était passé comme si quelque chose de plus important que sa dignité d'homme le faisait s'accrocher à la Maison.

Une autre personne s'était permis de me faire des remarques désobligeantes sur mes relations avec Sophira : Marie-

Ange. Elle n'avait jamais accepté notre rupture et arriva un jour à l'improviste. Pris de court, je ne pus lui refuser d'aller prendre un verre avec elle, pas chez la Louise où elle voulait m'entraîner, mais au bureau de tabac du village voisin dont le propriétaire qui m'était redevable de bien des services, me garantissait l'incognito.

Je ne m'étendrai pas sur l'avenir funeste qu'elle me prédit si je ne cessais immédiatement mes relations avec Sophira. Quant à elle-même, elle me proposa, comme d'habitude, pour me sortir des embarras financiers dans lesquels elle me savait plongé, sa main et sa fortune. C'est tout juste si elle ne m'entraîna pas dans la chambre à coucher du patron, au demeurant complètement dépourvue du plus élémentaire confort, pour se faire sauter. Décidément, peu de femmes ont le sens de leur respectabilité comme Sophira.

Devant une telle immoralité, je n'eus aucune peine à la renvoyer à ses chocolats et coffres suisses.

***

J'ai eu d'autant plus de mérite à le faire que n'importe quelle main tendue m'aurait été bien utile, car ma situation ne s'arrangeait pas, bien au contraire.

Mes créanciers, Poussin en tête, devenaient plus que pressants. Menaçants. Le chantage est encore plus horrible quand il est exercé par des personnes sur lesquelles on croit pouvoir légitimement compter.

En désespoir de cause, j'ai dû m'adresser au notaire qui me devait son cocuage. Il consentit, contre première hypothèque sur ma maison et ce qui restait de notre domaine, de me prêter, à des intérêts usuraires, la misérable somme que j'étais supposé avoir illégalement empruntée à la caisse de ma pharmacie.

Adieu mes évasions de rêve à Genève et ailleurs avec Sophira.

Désormais, j'arrivais chaque matin avant tout le monde à mon travail et y restais tard le soir, guettant la moindre défaillance du sieur Poussin, annulant toutes ses commandes, contestant toutes ces décisions. Cela n'améliora pas la rentabilité de l'officine qui était déjà plus que compromise par l'incompétence de mon sinistre associé. Progressivement, la plus grande partie de notre clientèle donna sa préférence à nos deux concurrents qui avaient, évidemment, fait tout ce qu'il fallait pour profiter de la situation.

Il arriva un jour où je n'eus plus les moyens de gâter Sophira comme je le souhaitais.

La pauvre enfant fit bonne figure à mauvaise fortune.

Heureusement, son amour du golf lui suffisait, m'assura-t-elle, à occuper les longues heures laissées libres par mes absences professionnelles. Elle trouva même le moyen de s'entendre avec le gérant du salon de thé du club pour y travailler au noir et s'y faire un argent incroyable avec les seuls pourboires.

Germaine s'était sincèrement attachée à elle comme un petit chien... Oui, ma bonne Germaine qui, au début, lui avait fait grise mine, avec son bon sens de paysanne et sa générosité chrétienne s'était petit à petit rendu compte que cette « bohémienne », comme elle l'avait surnommée à son arrivée, « élevée dans la saleté et le désordre », était une âme d'élite.

Il faut dire qu'entre autres avantages, le salon de thé ouvrait à Sophira les portes de fournisseurs de produits fins. C'est ainsi que nous nous régalions de fruits et de légumes exotiques, de spécialités scandinaves et diététiques. Germaine qui continuait à abuser un peu de la crème fraîche pour adoucir le feu de certains plats indonésiens, avait particulièrement pris goût au caviar — celui importé de Russie, pas de Perse — et au saumon fumé — le sauvage de Norvège et non du Canada. Elle avait même appris à abuser de la vodka dont elle se servait pour élixir contre les rhumatismes, les embarras d'intestin et différents autres malaises qu'elle avait ignorés jusque-là.

Bref, malgré mes problèmes financiers, je continuais à vivre comme un coq en pâte et j'aurais même continué à me sentir heureux si je n'avais pas été de plus en plus agacé par le comportement d'Alexandre. Je n'en citerai qu'un seul exemple : Germaine m'avait signalé qu'il allait tous les matins à la Maison de la Presse pour y acheter cinq ou six journaux et parfois même plusieurs périodiques. C'était, évidemment, pur gaspillage. Mes parents s'étaient toute leur vie contentés du seul « Progrès », empruntant parfois un illustré au père de l'ami Croucel et cela à des époques où un journal coûtait dix ou vingt-cinq centimes anciens, alors que maintenant les feuilles de choux, de toutes couleurs et de toutes nuances, qu'achetait Alexandre valaient des quarante-cinq mille centimes ! Voilà à quoi étaient sans doute passés les dix millions anciens que je lui avais confiés et les vingt millions de centimes que lui avait prêtés ma banque.

Sophira, toujours aussi indulgente, me rappelait qu'il était normal que la jeunesse jette sa gourme. Elle reconnaissait cependant qu'il eut sans doute mieux valu pour tout le monde qu'au lieu de se livrer à ces excentricités qui continuaient à faire jaser toute la ville et de dilapider l'argent que nous gagnions, elle et moi, à la sueur de notre front, qu'il prépare son bac, ou qu'il trouve un travail à son exemple.

Pourquoi ne laverait-il pas les voitures ou les carreaux des bourgeois comme tous les jeunes Américains, même et surtout les fils de milliardaires ? Il pourrait aussi nettoyer la plage et enlever les ordures du caravaning. Bref, il y avait partout du pain sur la planche pour n'importe quel garçon de bonne volonté. Ce n'était pas en souriant d'un air mystérieux ni en bécotant indécemment sa Rebecca ni surtout en se levant et en quittant la pièce chaque fois que je me permettais de lui faire une observation, voire une simple suggestion, qu'il me tranquillisait le cœur.

Ce jour-là, après une scène particulièrement déplaisante, j'eus la surprise de voir arriver Emile.

« J'ai des choses importantes à te dire » se contenta-t-il de répondre à mes regrets de ne pouvoir le recevoir et à mes injonctions de ne pas débarquer chez moi sans avoir pris rendez-vous.

— Il y a du nouveau dans l'affaire Marchefeuil, me chuchota-t-il en me soufflant en même temps sa bonne et saine haleine puissamment ailée dans la figure. (Je suis allergique à l'ail.) La police fluviale a repêché les restes d'un second cadavre flottant dans le fleuve : mutilé comme le premier, sans tête, sans bras, sans jambes, seul un tronc décomposé et aux trois quarts bouffé. Impossible de l'identifier évidemment. Cependant, d'après le médecin légiste, la mort remonterait à mars dernier comme pour le premier. Celui-ci aussi a été assassiné, dépecé et éventré avec ton kawazachi comme l'appelle le juge. Lequel des deux est Marchefeuil ? Aucun peut-être. Dans cette hypothèse qui seraient ces deux hommes qui ont à peu près le même âge et qui présentent les mêmes caractères morphologiques ?

— C'est une question ? Parce que moi, capitaine, je voudrais vous rappeler que je ne suis pas une pythonisse. Alors, comment veux-tu que je le sache ?

— Eh bien ! pour t'aider à te faire une opinion, je vais te révéler quelques bruits considérés pour le moment sans fondement sérieux : peu de temps avant d'être occis, dans des circonstances que nul n'ignore, Félix aurait demandé à un diamantaire de ses amis qui se trouve, fort opportunément, être en excellentes relations avec le directeur de la P.j. d'expertiser quatre solitaires entre cinq et six carats chacun, d'une eau exceptionnelle et d'une taille moderne parfaite. Ça ne pouvait donc être des bijoux de famille.

D'après les dires de Félix, ces pierres peu courantes lui auraient été remises par un gros ponte qui fréquentait assidûment le tripot dont il était le bailleur de fonds et que la chance avait abandonné.

Evidemment, la police s'est immédiatement informée si ces pierres facilement identifiables, ne figuraient pas sur les listes des diamants volés. Il n'en était rien et l'enquête n'est pas allée plus loin.

— Confidence pour confidence, je peux t'avouer que puisqu'il s'agissait de pierres de taille moderne, elles ne pouvaient pas faire partie du trésor de mon oncle Georges.

— Je n'en ai jamais douté, mais là où ça pourrait t'intéresser c'est que l'assassin de Félix a, selon toute probabilité, récupéré ces diamants sur son cadavre et les a cachés dans ta maison.

Les associés et successeurs de Félix sont convaincus que cet assassin est Marchefeuil. C'est lui, en effet, qui les lui aurait procurés dans des circonstances encore mal définies en contrepartie de ce qu'il considérait comme des engagements, mais qui pour Félix n'avaient constitué que des promesses en l'air qu'il n'avait jamais eu l'intention de tenir.

Notre conviction est renforcée par le fait que des délégués des anciens acolytes de Félix se sont installés à Nautailles. Je les soupçonne de rechercher le magot et peut-être bien aussi celui qui n'a pas hésité à tuer cinq personnes pour s'en emparer. Le comportement de ta dulcinée — qui semble être au mieux avec eux et qui, entre nous, n'a pas de motifs sérieux pour s'enterrer ici — me paraît des plus suspects. Je ne voudrais pas te contrarier, mais j'aimerais bien avoir une conversation avec Alexandre. Tu sais l'estime que j'ai pour lui, mais il n'est pas interdit de croire, vu sa très grande perspicacité, qu'il a une idée sur l'identité des deux dépecés et même sur la disparition des quatre diamants.

— Je suis en général patient, Emile, mais là vraiment tu vas trop loin. Tu prétends être mon ami, et même mon parent, et tu te conduis comme si tu me détestais.

On peut à la rigueur excuser les jaloux, mais de là à supporter qu'un individu quelconque se permettre de parler de Mademoiselle Dragovitch de Montefiore comme d'une complice de gangsters, qu'ils fussent à Monsieur Félix ou à Tartempion qui, pour moi, ne sont pas des messieurs, mais de la racaille, ça, ce n'est pas tolérable. D'après toi et ton nabot de juge, elle n'aurait aucune raison d'être à Nautailles. Et moi alors ? Qu'est-ce que je suis. De la merde ? Toi qui prétends savoir tout et même le reste, comment peux-tu ignorer qu'elle m'adore plus que Dieu lui-même et qu'il lui est impossible de se passer de moi, physiquement et moralement ?

— Tu te moques de moi ou quoi ? Quand tu l'as recueillie, elle était à la rue. Il était donc tout à fait naturel qu'elle s'accroche au premier jobard venu, comme un morpion à une vieille couille. Mais tu n'es pas bête au point de ne pas t'être aperçu qu'elle a une certaine habileté pour exploiter la vanité masculine. Aujourd'hui, cette jeune personne n'est plus à la rue. Madame nage dans l'abondance et les adorateurs ne lui manquent pas. Je me demande même parfois si mon devoir des lois et de la morale n'exigerait pas que je te boucle comme proxénète.

— Emile, tu es un jaloux et un rustre !

— Ne te fâche pas Gilbert. Et surtout n'interprète pas mal mes paroles. Je ne peux m'empêcher de penser que sa plastique et son talent de chanteuse seraient mieux mis en valeur à Cannes, Saint-Tropez, Deauville et pourquoi pas Las Vegas plutôt qu'à Nautailles. Disons que Nautailles est le dernier endroit où une personne, disposant d'un physique aussi avantageux qu'elle, peut faire apprécier ses vertus. Elle me l'avait dit elle-même avant le jour où vous avez, si malencontreusement, fait connaissance. Oui, elle a admis avec beaucoup de simplicité et, apparemment, avec une totale franchise, que si elle était restée ici, c'était seulement parce que ses protecteurs, frères ou supposés tels, puis les successeurs de Félix, de qui elle a une frousse bleue, le lui avaient ordonné. Pourquoi le lui ont-ils ordonné si ce n'est pour qu'elle les aide à récupérer les diamants ? Si elle continue à s'accrocher à toi et à ta maison c'est que des personnages bien informés ont la conviction que les pierres sont cachées chez toi. L'assassin, quel qu'il fût, n'a pas osé trimballer un tel butin sur soi.

Te dirai-je encore que depuis un bon moment, un certain Jeannot dit le Jockey — un mètre quarante-huit, quarante-quatre kilos, cinq condamnations dont deux pour proxénétisme — sadique s'il en est et probablement assassin —, veille, non pas sur la vertu de ta demoiselle Dragovitch de Montefiore, comme tu l'appelles, mais sur sa soumission totale aux ordres de leur patron commun, le remplaçant de

Félix à la tête de la pègre. Il profite d'ailleurs des faiblesses de cette malheureuse créature pour lui faire faire le tapin pour son propre compte avec la complicité de certains tenanciers d'hôtels louches de la région qui se font un malin plaisir à me décrire ses mœurs et usages. Quand il accepte de la sauter, c'est seulement après l'avoir chevauchée telle une jument qui recule devant l'obstacle à coups de cravache. Puisque tu es si intime avec elle, je suppose que tu as sans doute remarqué que ta chère et tendre est peut-être sans tache, mais non sans marques ? »

Il était vrai que ma pauvre petite Sophira m'avait demandé à plusieurs reprises de lui soigner certaines égratignures et hématomes qu'elle s'était faits en transbahutant des caisses de champagne dans les caves du club house. Mais comment l'expliquer à ce gendarme balourd, vicieux, jaloux et xénophobe et qui, de plus, avait visiblement un préjugé contre l'aristocratie ?

Ce n'était pas la peine de discuter avec un tel minus habens, plus borné que le dernier des demeurés et qui n'avait, de toute évidence, jamais su ce qu'une femme, une vraie, peut chercher chez un homme, un vrai, ni par quels liens indestructibles, une fois qu'elle a eu la chance de le trouver, elle lui est attachée. D'ailleurs, il ne me laissa pas le temps de parler.

— Je te comprends, Gilbert. Je ne t'approuve pas, mais je suis de ton côté. Ta seule chance de ne pas la perdre est de dénicher avant elle les six millions — nouveaux ! — en diamants qu'elle voudrait bien s'approprier — et c'est normal — avant l'assassin. Celui-ci est convaincu qu'ils ont été cachés quelque part chez toi à son insu. L'hypothèse du juge est que les frères de Sophira avaient l'intention de lui demander de venir les rejoindre immédiatement en emportant avec elle quelque chose, que sur leurs indications, elle peut facilement trouver. L'assassin la guette. Il a déjà tué au moins cinq fois : Félix, son chauffeur, le malheureux Grumbach et les deux propriétaires des troncs récupérés dans le fleuve, probablement les deux Dragovitch, ses complices selon toute vraisemblance. Il n'a pas hésité à aller les massacrer avant qu'ils aient réussi à prendre la clef des champs, non sans les avoir torturés pour les faire parler et à les éventrer, après leur mort, pour fouiller jusque dans leurs entrailles. Alors tu penses bien que pour un citoyen comme ça, une vie de plus ou de moins c'est vraiment de la petite bière. Le seul moyen pour toi de sauver la Sophira, c'est que tu nous aides à retrouver les diamants avant l'assassin.

Ce gendarme de malheur avait fini par semer le trouble en mon esprit.

— Et si je comprends bien, ce monstre serait Arnaud ou peut-être même Alexandre ?

— Pour le moment, nous n'avons pas plus de preuves sur l'identité de l'assassin que sur celles des deux corps mutilés repêchés dans le fleuve.

— Alors, il n'y a plus qu'une chose à faire, annoncer à Sophira la mort de ses frères pour qu'elle accepte de partir avec moi dans un pays où elle serait en sécurité et où je pourrais refaire ma vie.

Emile fit la moue :

— Je pense que si elle soupçonnait la mort des deux Dragovitch, elle ne resterait pas une minute de plus ici. Elle partirait en emportant avec elle l'objet qui lui appartient et où, sans qu'elle le sache, ses malheureux frères ont dissimulé les diamants. Mais peu importe l'endroit où elle décamperait, l'assassin ne la lâchera pas pour autant. Il la poursuivra tant qu'il n'aura pas mis la main sur ce qu'il considère être sa propriété et il la torturera aussi atrocement qu'il a torturé les autres, convaincu qu'elle connaît la cachette. Pour le moment, elle est sous ta protection et, je suppose que tu t'en doutes, sous la mienne. J'ai la certitude que le meurtrier est là où elle est et que tôt ou tard il se découvrira.

Il m'était impossible de me faire à l'idée monstrueuse que Sophira pourrait me quitter. Sur un point Emile avait raison : elle ne pouvait être, nulle part, plus en sécurité que chez moi, sous mon toit, avec moi.

Je réfléchis aux élucubrations de Ruffier après son départ. Si j'avais bien compris, le juge avait de bonnes raisons de croire que Django et Milanos avaient soustrait les diamants à Arnaud et les avaient dissimulés dans un objet facilement accessible appartenant à Sophira. Ces pierres, d'une valeur colossale, seraient donc dans ma maison, dans ma chambre, peut-être même fourrées dans mes affaires personnelles.

En fait, cela n'était pas impossible : en mon absence, les deux voyous avaient pu circuler librement chez moi pendant qu'Alexandre et ses copains s'agitaient dans mes caves.

Sophira devait forcément tout ignorer de ce réceptacle, sinon elle m'aurait déjà apporté triomphalement les diamants comme un chien de chasse rapporte le gibier à son maître. Elle l'avait fait cent fois avec les babioles qu'elle m'avait offertes et je connaissais bien la démarche chaloupée et le sourire de contentement qu'elle avait dans ces cas-là.

Il m'était déjà arrivé bien des fois de chercher et de retrouver dans ma maison tel ou tel objet sorti inexplicablement de la cachette où un de mes ancêtres l'avait dissimulé et oublié. Dans ces cas-là, avant de tout mettre sens dessus dessous comme n'auraient pas manqué de le faire les hommes de Ruffier, il me fallait, suivant mon habitude, réfléchir avant d'agir. C'est ce que je m'empressai de faire.

Non, l'objet mystérieux n'est sûrement pas dans mon appartement. Je suis, je dois bien l'admettre, un peu maniaque et je m'aperçois immédiatement si une chose n'est plus à la place exacte où elle devrait être.

Quelque part ailleurs dans les appartements ? Non, Germaine maintient partout un ordre impeccable et elle n'aurait pas manqué de me signaler le moindre changement dans l'ordonnancement habituel de notre chez nous.

Dehors, dans le parc ? Impossible ! Marcel est à ce point consciencieux qu'il n'aurait pas admis de voir, même en automne, une feuille morte sur ses pelouses. La preuve :

il a repêché mon wakizachi dont quelqu'un avait cru se débarrasser à jamais en le jetant dans la mare où tante Hortense était morte noyée en châtiment de son indigne conduite.

Les appartements et le parc ayant ainsi été éliminés, il ne restait plus qu'un seul endroit où je devais chercher cet objet trop exposé aux regards pour être suspecté. Le grenier, bien sûr ! Mais où dans le grenier ? A supposer que ce fût moi qui aie été en possession de ces diamants — quatre petites pierres, chacune de la taille d'un petit pois —, où les aurais-je mises ? Sûrement pas dans un meuble, car les meubles sont mobiles par définition. Et chacun sait qu'il n'y a rien qui ressemble plus à un secrétaire qu'un autre secrétaire et qu'à un buffet un autre buffet.

La pauvre Sophira était incapable de résoudre les tests les plus enfantins. Donc les diamants devaient être dans un objet placé en évidence, de telle sorte que personne, pas même elle, ne pouvait penser à lui comme cachette... Il suffisait donc de monter au grenier pour les découvrir dans le premier objet qui s'offrirait à ma vue.

Depuis des années, je rêvais de passer quelques jours ou même, s'il le fallait, quelques semaines, pour faire l'inventaire précis de tout ce qui avait été entassé dans les combles de la demeure familiale par les générations qui m'avaient précédé.

Le moment paraissait venu de me lancer dans ce travail surhumain.

Je pourrais aussi essayer d'envisager d'en faire descendre trois ou quatre vieilleries susceptibles d'intéresser quelques-uns des amateurs qui m'avaient proposé des sommes pharamineuses pour des jouets Napoléon III, des plats à barbe du XVIIIe siècle, et des pots de chambre Louis XIV. J'étais certain qu'aucun de mes ascendants ne désapprouverait, vu les circonstances difficiles que je vivais, cette petite ablation d'un patrimoine pléthorique. Qu'ils soient rassurés ! Pas question de toucher au bureau de changeur Renaissance, ni à la commode Boulle, rachetée à prix d'or — disons d'argent

— à l'époque du phylloxéra, ni à certains autres objets déclarés, par définition, inaliénables… Plutôt crever que de les laisser s'envoler vers des cieux dont nous ne serions pas les seuls propriétaires.

Chapitre 13

Pour explorer notre caverne d'Ali Baba comme Alexandre l'avait si justement baptisée, il me fallait des bottes avec de grosses semelles capables de résister aux clous rouillés ou autres échardes sortant d'accumulations de bois séculaires.

Il me fallait aussi des vêtements imperméables à la poussière et un vieux béret pour me protéger des toiles d'araignées et des chauves-souris.

J'ai mis ainsi presque une journée à m'équiper, ne répondant pas aux questions de Germaine qui semblait étonnée et même effrayée de ma subite lubie de vouloir me déguiser en clochard.

Quand tout fut prêt, je grimpai l'escalier menant au grenier et dégageai l'entrée de ma caverne aux trésors.

Je fermai les yeux avec la certitude que le premier objet que j'apercevrais en l'ouvrant contiendrait les quatre diamants.

Or, ce que je vis était incroyable, attristant, désespérant. Le grenier était totalement vide.

En deux mots, il ne ressemblait plus à mon grenier, mais à quelque banal entrepôt d'une entreprise en faillite, dont les créanciers auraient emporté jusqu'au moindre fétu de paille. Il n'était pas bien difficile de désigner le coupable de ce crime de lèse-patrimoine familial : ce ne pouvait être qu'Alexandre.

Je descendis dans ma chambre, adoptai une tenue plus convenable pour un juge devant châtier un coupable, fût-il son propre fils, et demandai à Marcel de rechercher Alexandre où qu'il puisse se trouver, de me l'amener par le collet et de le jeter à mes pieds.

Alexandre était là quelques instants plus tard. Averti par mes préparatifs, il devait attendre à la porte le moment où il lui faudrait payer son crime.

— Petit misérable, m'écriai-je, qu'as-tu fait des trésors dont la valeur vénale était peu de chose en comparaison de l'attachement que nous devions à des témoins de la grandeur de notre famille et qui valaient mieux que tous les titres de noblesse ?

Alexandre ne sembla nullement effrayé.

— Je t'en prie, papa, laisse-moi te dire deux mots avant que tu ne prononces des paroles que tu regretteras peut-être demain ou après-demain.

Bien que mon irritation fût portée à son comble par cette déclaration désinvolte, je conservai mon sang-froid et restai bouche bée.

— D'abord, permets-moi de te faire remarquer que depuis ma naissance je t'ai toujours entendu affirmer que ton plus cher désir serait de ranger notre grenier quitte — je ne fais que répéter ce que j'ai entendu — à ficher en l'air les trois quarts de ce qu'il contenait. Eh bien ! quelqu'un semble t'avoir entendu et voulu te faire plaisir... et même au-delà. Je suis convaincu que si ce n'était pas le bien intentionné, mais maladroit cousin Emile qui t'avait annoncé que ton vœu avait été exaucé... Non, la personne qui a pris l'initiative de ce treizième travail d'Hercule était sûre d'obtenir ton pardon et même ta gratitude... Je t'en prie, laisse-moi finir. Je peux t'assurer de plus que si demain ou un jour prochain tu exprimais le souhait de récupérer la plupart des souvenirs que tu supposes aujourd'hui à jamais perdus, ce serait un jeu d'enfant de les faire rentrer au bercail. Je ne puis t'en dire davantage, car le secret ne m'appartient pas et, de plus, je suis bien obligé d'admettre que les collections des vieux catalogues de vente par correspondance, celles des vieux journaux, des vieilles revues et les livres de médecine de l'arrière-grand-père ainsi que différents autres objets d'une valeur inestimable, pour nous et pour les amateurs éclairés, ne font pas partie de ce qui est récupérable. Des mains ignorantes les ont vendues au poids du papier avant que je ne puisse intervenir.

La dernière chose que je voudrais te dire c'est que personnellement j'ai eu beaucoup de peine à voir vider ce grenier qui était pour moi la caverne magique de mon enfance. Ma caverne d'Ali Baba.

— Mais enfin, m'écriai-je, c'était la moindre des choses de me mettre au courant. C'était à moi et à personne d'autre de prendre les mesures nécessaires...

— Je n'ai à aucun moment douté que ce grand chambardement n'ait été (consciemment ou inconsciemment), décidé et approuvé par toi... Sur ce, excuse-moi, papa, mais j'ai un travail important à terminer.

Il me tourna le dos et partit sans un mot d'affection.

Tout cela n'avait aucun sens. Si ce n'était pas Alexandre, qui donc avait pu commettre ce crime ? « Le coupable, disaient les Romains, est celui à qui il profite. »

Réfléchir avant d'agir... Une fois de plus il fallait s'en tenir à la devise de notre maison : « Qui ?... Pourquoi ? »

Il était évident que c'était Germaine qui, avec l'aide de Marcel, avait procédé à cette opération. Pourquoi ? Peut-être à l'instigation des pompiers qui venaient chaque année, et parfois même plusieurs fois par an, me mettre en garde contre les risques d'incendie que cette accumulation de matériaux particulièrement inflammables faisait courir, non seulement à ma maison, mais à tout le quartier.

Non ! Elle n'aurait jamais fait une chose pareille sans m'en parler.

Alors les perfides insinuations d'Alexandre ne pouvaient viser que Sophira. Mais cette hypothèse était, de toute évidence, totalement absurde.

Chapitre 14

Dans la soirée, alors que je n'avais pas encore trouvé le moyen d'avoir une explication avec Sophira sur cette incroyable disparition de toutes les reliques de mes ancêtres, je la sentis arriver derrière moi sur la pointe des pieds et me clore les yeux en m'enroulant son châle autour de la tête.

— Coucou ! devine qui c'est... C'est moi, ta petite femme adorée !

— C'était donc bien toi ? ne pus-je que formuler.

— C'était moi, c'est moi et ce sera toujours moi ! Quand on m'a eue une fois, on m'a pour toujours et on s'en félicite. J'ai une surprise pour toi. Viens !

Elle me prit par la main comme Antigone conduisant Œdipe aveugle. Je la suivis en silence me doutant bien où elle allait m'emmener.

Nous montâmes l'escalier. Malgré mon bandeau sur les yeux, je n'eus aucun mal à me hisser dans mon grenier.

— Ça y est ? Tu es prêt ?

Je fis oui de la tête, espérant au fond de mon cœur retrouver tel que je l'avais toujours connu l'entassement harmonieux de nos trésors.

Sophira m'arracha le bandeau.

Je simulai un cri d'horreur qu'elle prit pour de l'admiration.

— Je sais que depuis ta plus tendre enfance tu voulais te débarrasser de toutes les cochonneries qui traînaient ici. Eh bien ! ton vœu est exaucé. Pendant que tu travaillais, je ne restais pas inactive. Moi aussi je m'occupais. J'ai cherché et trouvé un brocanteur qui a accepté de libérer les lieux sans qu'il t'en coûte un sou. Mieux, j'ai réussi à lui extorquer cinq cents francs que j'ai donnés comme gratification à Germaine et à Marcel qui m'ont bien aidée. Tu peux constater que c'est impeccable. J'ai même recloué les lattes décollées du plancher. J'aime autant te dire que ç'a été un drôle de boulot. Je ne referais pas ça pour une fortune !

Je n'ai pas pu m'empêcher en la voyant si candidement désireuse de me faire plaisir de la prendre dans mes bras. En fait, elle avait parfaitement raison. Il n'était pas de jour, depuis la mort de ma pauvre femme, où je ne m'étais levé bien résolu à balancer toutes ces vieilleries encombrantes, malsaines et dangereuses. Mais comme toujours dans ces cas-là, je remettais la corvée au lendemain. Il est bien certain que si c'était moi qui avais fait appel à un brocanteur, je me serais fait horriblement gruger. Quant à tout transporter dans un garde-meuble, comme j'en avais eu un moment l'intention, ça m'aurait coûté la peau des fesses et ça n'était vraiment pas le moment.

Je ne pus cependant m'empêcher de lui poser une question :

— Et Alexandre, il a assisté à tout ce déménagement sans protester ?

— Alexandre, il faut bien que je te le dise, au risque de te déplaire, a eu un comportement plutôt bizarre. Cependant, je dois reconnaître que quand je lui ai parlé de la surprise que je voulais te faire, il a été tout à fait d'accord. " C'est génial, tu as tout à fait raison. Quand la place sera nette, on pourra enfin y enfourner tous les horribles meubles dans lesquels nous vivons actuellement et qui déshonorent notre maison. Je suis sûr que papa sera ravi de les remplacer par un mobilier design qui collerait beaucoup mieux à ton style. " Il n'empêche qu'il nous a retardés d'une façon inimaginable exigeant du pauvre monsieur Salomon, qui n'y connaissait rien, qu'il signe une description ridiculement détaillée de chaque meuble, de chaque objet, jusqu'au plus vieux et au plus ébréché des pots de chambre.

Fouillant chaque recoin de chaque meuble comme s'ils espéraient y retrouver l'introuvable trésor de ton oncle Georges et de tous les autres Trambolin, ils étaient là, lui et sa sainte nitouche, blocs-notes, en main à tout enregistrer, à tout surveiller, comme s'il y avait dans le tas quelque chose de précieux. Moi ça me faisait bien rire, car je savais que s'il y avait eu quoi que ce soit d'intéressant tu l'aurais découvert depuis longtemps. Et crois-tu qu'ils m'auraient donné un coup de main quand je frottais, grattais, récurais comme une folle dans tous les coins pour enlever la saleté ? Peau de balle et balai de crin ! Il y a des moments où je les aurais giflés.

A propos, il y avait bien ici un truc avec deux sabres japonais ? me demanda-t-elle en prenant soudain un ton faussement désinvolte.

— Tu veux parler de la panoplie samouraï ? Le juge ne me l'a pas encore restituée, lui répondis-je spontanément, tout en me demandant comment une fille pouvait avoir remarqué cet attirail guerrier qui, depuis des générations, n'avait intéressé que des garçons.

La pauvre Sophira s'était évidemment laissé gruger par un filou, et elle était d'autant plus excusable que le « génial » Alexandre, peut-être de mèche avec l'escroc — car maintenant plus rien ne pouvait m'étonner de sa part — avait dû l'encourager.

Il n'y avait aucune raison pour que moi, je laisse courir les choses. Je ne savais pas exactement ce qu'il y avait à faire, mais il n'était pas question que je me laisse faire.

Je me dirigeai donc d'un pas alerte vers la gendarmerie pour tenter de faire tourner à mon avantage la classique bagarre entre le gendarme et le voleur quel que fut celui qui manipulait les ficelles de ces marionnettes.

Emile me reçut avec sa jovialité habituelle. Il n'y avait pourtant pas de quoi sourire !

— Cela me gênait de te tenir au courant du suivi, me dit-il en rigolant, parce que je craignais que la vérité te blesse.

Mais puisque tu m'as fait l'amitié de me demander mon aide, je peux te dire que nous n'avons trouvé aucune trace de Marchefeuil sous ton toit, pas plus d'ailleurs que des diamants qu'il était supposé y rechercher. Je peux t'assurer aussi qu'il n'a pas rejoint ses anciens copains à qui il les a volés.

— Emile, je me fous éperdument de Marchefeuil. Il ne s'est jamais planqué chez moi. Quant à ces dimants dont tu m'as déjà rabâché les oreilles, tu es le seul à croire en leur existence : j'en ai parlé avec Sophira. Elle trouve qu'en France la police n'a guère progressé depuis Arsène Lupin. Moi, la seule chose que je peux te dire c'est qu'il est inconcevable que mon grenier ait été vidé de tous les souvenirs — certains fort volumineux et fort lourds — qui y étaient accumulés sans que tes gugusses s'en fussent même douté.

Alors, si des dizaines de mètres cubes ont pu se volatiliser à leur insu, comment peux-tu imaginer une seconde qu'ils aient pu remarquer la disparition de quelques petites pierres de chez moi ou d'ailleurs ? Je ne sais pas où passe tout l'argent que l'on me soutire en impôts ou en taxes, mais sûrement pas à assurer la sécurité des citoyens. Tu me prends peut-être pour un imbécile, mais si j'en suis un, ce n'est sûrement pas un imbécile béat d'admiration devant les imbéciles payés pour assurer sa sécurité.

— A ma connaissance, tu n'as pas porté plainte pour cambriolage ou quoi que ce soit d'autre, et une certaine personne, de sexe féminin — je le précise pour qu'il n'y ait pas de quiproquo — interrogée au sujet d'un déménagement, m'a assuré qu'il avait été fait avec ton accord complet. Maintenant, si tu le veux, tu déposes une plainte contre X, immédiatement et je te garantis que les X en question seront bouclés dans le quart d'heure qui vient.

Ne prends pas cet air gêné. Je vais te rassurer tout de suite. Nous avons fait une descente chez ton ami Salomon — à supposer qu'il soit vrai que les amis de tes amies soient aussi les tiens — et nous avons retrouvé chez lui quantité d'objets de provenance douteuse. Dans le nombre, certains semblent correspondre au catalogue de ceux que mademoiselle Dragovitch a vendus avec ton accord verbal à ce monsieur, du moins à ce qu'elle prétend.

— Si tu veux parler de la liste établie par cette sotte de Rebecca Reinbach, je doute qu'elle soit complète. Je suis convaincu qu'il y a beaucoup de meubles de valeur qu'elle a oublié d'enregistrer volontairement ou involontairement. Cette petite me déteste comme d'autres que j'ai aidés et souvent même sauvés quand ils étaient dans le besoin.

— Si tu contestais l'authenticité de cette vente, il ne me resterait qu'à interpeller la Dragovitch comme complice de Salomon, car un grand nombre d'objets qui se trouvent chez lui proviennent vraisemblablement de cambriolages commis ces derniers mois, parfois très loin d'ici et parfois à proximité de la Maison Trambolin.

Mais je doute que tu le fasses.

Je suis même certain que tu te montreras aussi galant que certains membres du club de golf que hante la belle Sophira. J'ai reçu pas mal de plaintes pour vols de montres-bracelets, de portefeuilles, boutons de manchette et autres bricoles commis dans les vestiaires. Toutes ont été retirées quand j'ai appris aux victimes que c'était la distinguée mademoiselle Dragovitch qui était soupçonnée d'être la coupable. J'ai même ajouté que s'il y avait le moindre doute, le préfet ferait immédiatement reconduire cette étrangère à la frontière manu militari. Ton cas est beaucoup plus simple. N'importe quel basochard te dira que pour récupérer tes biens, il te suffira de plaider la nullité de la vente pour lésion : ils valent mille fois et plus le prix que Salomon a déclaré les avoir payés.

Tu sais très bien que je défends toujours les honnêtes gens même quand ce sont des cornichons qui se sont mis eux-mêmes dans les plus mauvais cas. Dans quelques semaines ou dans quelques mois tu seras convoqué pour reconnaître dans tout ce que nous avons récupéré les meubles et objets qui t'appartiennent en apportant, bien entendu, les factures et autres actes prouvant que tu en es le propriétaire.

— Mais où veux-tu que je trouve tout ça ?

— Si tu n'as aucun justificatif, ce sera évidemment plus compliqué. Il faudra voir si personne d'autre ne s'en déclare propriétaire avec des titres plus solides que les tiens et, éventuellement, chercher des témoignages. Tiens, je suis bon gars, malgré toutes les injures et sottises dont tu m'as abreuvé et que, heureusement pour toi, je n'ai pas entedues, je pourrai reconnaître, en toute honnêteté, certains d'entre eux, et je peux dire, en toute modestie, que ma parole fait foi. »

Je n'étais pas plutôt de retour à la maison en ruminant les divagations de ce minus que j'ai été violemment pris à parti par ma petite chatte adorée qui bondit sur moi toutes griffes dehors.

— J'en ai marre, marre, marre, cria-t-elle. Imagine. Non, c'est inimaginable, que j'ai été convoquée, interrogée, pratiquement passée à tabac par un vulgaire sous-fifre de ton cher cousin. Cet ignoble individu voulait me faire avouer que j'avais volé les vieilleries qui encombraient ton grenier... Comme si j'avais pu toucher à quoi que ce soit t'appartenant sans ton accord formel ! Bien sûr pour terminer il s'est platement excusé, mais sais-tu qui m'a calomniée, dénoncée, accusée ? Ce cher Alexandre. Ce pur esprit qui soi-disant plane au-dessus des contingences terrestres. Alors moi, je vais te dire une chose : si tu ne mets pas immédiatement à la porte de chez nous ce tordu, ce malfaisant, et le squelette pourri qu'il traîne avec lui et que tu as recueilli par charité, c'est moi qui me débine et cette fois définitivement. Je partirai les mains vides pour qu'on ne vienne pas encore dire que j'ai emporté avec moi quelques immondices t'appartenant. Dans la vie, je n'ai jamais eu besoin de personne. Alors inutile de discuter. C'est eux ou c'est moi.

J'essayai de la calmer... Il n'était pas question qu'elle parte. Elle devait bien savoir que depuis le temps où nous

nous aimions, je n'avais jamais permis à personne d'émettre un doute sur sa moralité. Je ne voulais même pas supposer qu'il s'agissait d'un malentendu et qu'Alexandre était innocent du crime dont elle l'accusait. Moi-même, j'avais déjà eu plusieurs fois la tentation de me débarrasser de mon prétendu fils et de sa gourgandine. Mais il fallait faire les choses correctement. Ce n'est pas parce qu'on avait affaire à des gens mal élevés qu'il fallait oublier son rang et son éducation. Tout ce que je demandais c'était un délai pour leur permettre de trouver un point de chute. Il fallait savoir être charitable, même envers la plus misérable racaille.

— C'est bon, me répondit-elle, je serai charitable. Je reste. Mais tant que tu ne les auras pas foutus dehors et à grands coups de pompe dans le cul, tu feras tintin pour le mien.

— Mais ma chérie, ce n'est pas parce que tu as été la victime de machinations de méchants que tu dois te condamner aux privations les plus pénibles.

— Mon cul est à moi et tant qu'ils seront ici, je me le garde. Quant à toi, tu prends tes frusques et tu te tailles. Installe-toi où tu veux pourvu que ce soit en dehors de ma vue : les lâches me font gerber.

Je déménageai donc dans l'appartement voisin. La pauvre enfant était tellement privée de mes hommages qu'il n'y avait pas de soirée où elle ne se déshabillait sans laisser sa porte grande ouverte pour que je puisse mieux admirer les détails et les bruits de son coucher érotique. Pas de nuit où ses soupirs et ses gémissements ne troublaient mon sommeil, et pas de matinée où elle ne sortait toute nue de sa chambre pour aller se « laver les mains » dans les toilettes exiguës, datant du siècle dernier, au bout du couloir, alors qu'elle disposait de tous les raffinements de l'hygiène et de la plomberie modernes dans la salle de bains pompéienne que j'avais fait installer à l'emplacement du boudoir, en fait du salon, de tante Valentine.

Chapitre 15

Ce matin-là, j'étais dans ma chambre en train de réfléchir avant d'agir. Il était onze heures. J'avais décidé de « sécher » la pharmacie parce que la gueule puante de l'ignoble Poussin me donnait trop envie de vomir, quand Germaine apparut m'annonçant que deux personnages très importants, si l'on se fiait à leur impressionnante Rolls Royce, sollicitaient un entretien avec Monsieur Trambolin. Elle me tendit leurs cartes de visite qu'elle avait, bien entendu, examinées dans tous les sens avant de me les présenter. Elles portaient les noms, les titres et les adresses de Irwin Grey, président de l'American Edison Company, Beverly Hills, Californie, U.s.a. et de Gabriel Schmidt, président de la Schweizer Discount Bank de Zurich, C.H.

— Faites-les patienter cinq minutes sous la véranda, intimai-je à Germaine.

Il ne m'en fallut guère plus pour me passer un coup de peigne, enfiler une chemise blanche et un costume bleu avec une cravate et des chaussettes assorties.

En les rejoignant, je remarquai la Rolls Royce qu'un chauffeur en livrée finissait de lustrer avec un fin cachemire, arrêtée devant la porte. C'était une Phantom V, la plus grosse et la plus longue de toutes celles que j'avais vues en photos et que j'avais même pu imaginer.

Nous nous regardâmes un instant en chiens de faïence. J'ouvris les hostilités.

— Bonjour messieurs. Qu'est-ce qu'il y a pour votre service ? J'ai peur que l'on vous ait mal dirigés. La pharmacie est à cent cinquante mètres d'ici dans la Grand-Rue. Je peux vous accompagner, si vous voulez.

Les loustics me fixèrent comme si j'étais fou.

— Vous êtes bien Monsieur Trambolin ? me demanda le plus vieux avec un fort accent switzer-deutsch.

— Et vous, sans doute Monsieur Schmidt, lui répondis-je du tac au tac.

— Il doit y avoir maldonne, s'exclama l'Américain dans un français parfait. Nous avons sollicité une entrevue de Monsieur Alexandre Trambolin, mathématicien et électronicien.

— C'est mon fils, m'exclamai-je. Je ne sais pas ce qu'il a pu encore faire, mais ne vous inquiétez de rien, j'assume entièrement la responsabilité de ses actes, le rassurai-je, alarmé.

Sur ce, Alexandre apparut en jeans, baskets et avec un de mes vieux pulls, deux fois trop large pour lui, sur le dos, mais avec un magnifique porte-documents en maroquin noir tout neuf sous le bras.

— Je suis Alexandre Trambolin, déclara-t-il, voici mes papiers d'identité et le pouvoir qui m'a été donné par le gérant de la S.a.r.l. dont je détiens 90 % des parts.

— Tout cela me paraît parfaitement correct, déclara Monsieur Schmidt en passant les papiers à Monsieur Grey. Je n'imaginais pas cependant Monsieur Trambolin aussi jeune que ce Monsieur.

— Monsieur Schmidt ne m'a averti que tout à l'heure de votre arrivée à Zurich, en me demandant de vous rencontrer aujourd'hui. Comme, d'après ce qu'il m'a expliqué, vous devez rentrer ce soir même à Sacramento, et qu'il ne s'agit plus que d'un échange de signatures, j'ai accepté de vous recevoir chez mon père plutôt qu'à mon laboratoire. Je comprends très bien votre désir de conclure nos accords dès aujourd'hui pour rassurer vos actionnaires. Nos conseils juridique et financier s'étant mis d'accord entre eux sur toutes les conditions et la Schweizer Discount Bank de Zurich se portant caution pour vous, tout me paraît être en ordre.

— Effectivement, je suis entièrement d'accord sur l'ensemble du contrat. Cependant, je voudrais apporter une légère modification à notre protocole. Vos associés et vous avez prévu de ne nous céder que 49 % des parts. Ce qui m'avait paru raisonnable étant donné que vous désiriez rester entièrement maître de l'évolution technique des brevets que nous devons exploiter. En revanche, il était entendu que vous ne pourriez céder aucune action à quelque groupe que ce fût sans nous l'avoir proposée au préalable. Je ne sais si vous avez actuellement une proposition d'achat, mais...

— Vous savez très bien que nous en avons, non pas une, mais plusieurs auxquelles nous ne comptons pas d'ailleurs donner suite, le coupa Alexandre. Schmidt ne vous a pas tenu au courant ?

— Mais Monsieur Trambolin, vous ne m'avez pas autorisé... se défendit le banquier.

— Peu importe, l'interrompit l'Américain. Il existe donc un élément nouveau qui m'amène à exiger 51 % des parts et non 49 % comme il en était question.

— Ce n'est pas exclu puisque le cas a été prévu, lui répondit tranquillement Alexandre. Il suffit de convenir du prix de ces 2 %. Je vous rappelle que j'ai pleins pouvoirs pour traiter avec vous aux conditions que je jugerai raisonnables ou de traiter avec un autre groupe, inutile, je pense, de préciser lequel.

— Combien ? demanda Irwing Grey.

Alexandre me jeta un rapide coup d'œil.

— Trois ? enchaîna l'Américain.

— Six, lui répondis-je en vieux routier.

— Vous plaisantez ?

— Je ne plaisante jamais en affaires, Monsieur, lui annonçai-je d'un ton définitif. Si vous n'avez pas les moyens de payer, restons-en là.

— Cinq, me proposa Irwin Grey.

— Six, m'obstinai-je.

— Qu'en pensez-vous Schmidt ? demanda l'Américain au Suisse.

— Je prends trois et vous trois.

— Affaire conclue, dit Grey, modifiez et signez en marge.

Là-dessus, les deux hommes se penchèrent sur une liasse de papiers qu'ils commencèrent à feuilleter s'arrêtant sur deux pages différentes pour barrer et ajouter les nouveaux pourcentages et sommes en chiffres et en lettres, tandis que mon fils en faisait autant de son côté.

— Il vaudrait mieux préciser ici " suisses ", observa gentiment Alexandre en posant son doigt sur un additif.

— Comment ça, suisses ? s'étonna Schmidt.

— On a toujours parlé de francs suisses, lui répliqua Alexandre. Vous êtes bien une banque suisse ?... Parce que si vous traitez au nom de la société américaine, il faudrait écrire en dollars U.s. Personnellement, je n'y verrais aucune objection, encore que je n'aie qu'une confiance modérée sur la stabilité du dollar.

Irwin Grey éclata d'un gros rire et asséna une tape vigoureusement amicale sur l'épaule d'Alexandre.

— Ah ! ces Français s'écria-t-il, on ne les prend jamais très au sérieux. On pense toujours qu'ils sont de bons petits bourgeois, comme on dit chez nous, mais vous êtes des grands plaisantins et surtout des hommes d'affaires redoutables... Evidemment en francs suisses. Tout le reste du contrat parle de francs suisses et non pas de dollars. Thanks God !

— Pas plus que de francs français, ajouta Alexandre.

— Vous m'amusez avec tous vos contrats et toutes vos signatures. Ici, on dit : " Tope là ! " et on trinque, intervins-je. Alors permettez-moi de vous offrir le verre de l'amitié.

— D'accord, accepta Irwin Grey. But, just one fort the road, comme on dit chez nous.

— Le coup de l'étrier, dit-on en Suisse, ajouta Schmidt.

— Et comment pensez-vous vous acquitter de cette petite dette ? lui demandai-je perfidement.

— Mais tout est réglé avec l'agent de Monsieur Alexandre Trambolin, s'étonna Monsieur Grey.

— Oui, pour la première dette ; non, en ce qui concerne la somme supplémentaire sur laquelle nous venons de nous mettre d'accord, improvisai-je.

— Ne vous inquiétez pas, intervint Monsieur Schmidt. Vous n'avez pas lu les contrats ! Il est donc normal que vous ignoriez qu'il existe une clause générale qui stipule : l'argent perçoit son pourcentage et se porte garant avec nous du versement de toutes les sommes convenues dans les délais impartis.

— Justement, lui fis-je finement observer, l'agent en question n'est pas intervenu dans notre accord d'aujourd'hui. Il n'y a donc aucune raison de le rémunérer pour un travail qu'il n'a pas fait. Ce serait immoral. En revanche, cela nous fera réaliser une économie non négligeable pour vous comme pour nous si vous nous versez le supplément sur lequel nous nous sommes entendus sans passer par son intermédiaire.

Les deux hommes me regardèrent comme si j'étais un Martien, pendant que je continuais à développer mon raisonnement cartésien.

— En outre, cette petite transaction, si, comme je l'exige, vous nous versez cette somme directement en monnaie sonnante et trébuchante, nous éviterait, aux uns et aux autres, de payer certaines taxes et impôts...

L'Américain se leva d'un bond.

— Allons-nous-en, Monsieur Schmidt. La société dont j'ai l'honneur d'être le président n'a jamais fraudé personne et l'Etat encore moins que tout le monde. Je suis natif de Little Rock en Arkansas et on dit chez nous : " Quiconque vole l'Etat, c'est-à-dire tout le peuple américain, est capable de tuer sa propre mère. " Je ne fais et ne ferai jamais d'affaires avec des fraudeurs.

Il me tourna le dos, s'engouffra précipitamment dans sa voiture suivi de Monsieur Schmidt qui nous lançait des regards apeurés comme si nous voulions attenter à sa vertu.

Alexandre était visiblement désolé :

— Je comptais beaucoup sur cette rentrée d'argent, papa. Les Américains et les Français s'entendent parfaitement dans tous les domaines, mais leur morale repose sur des critères différents. Tout cela est bien ennuyeux.

Ce n'est que bien plus tard dans mon malheur que j'ai appris que ce jour-là, avec des malentendus sur des problèmes mineurs, j'avais fait perdre six millions de francs suisses à Alexandre alors que je ne pensais qu'accomplir mon devoir de père.

Chapitre 16

Les nuits passaient et Sophira se montrait à la fois de plus en plus aguichante — et de moins en moins coopérative.

Je supportai cette situation contre nature pendant plusieurs jours, mais un certain matin, après des rêves particulièrement érotiques, le troisième, je craquai et convoquai Alexandre.

— Je suppose que tu comprendras que, compte tenu de ce qui s'est passé entre nous, ta présence me soit devenue pénible. Je te demande donc de prendre tes cliques et tes claques et de quitter cette maison sans oublier ton ombre, Rebecca.

Je m'attendais à une tempête de protestations. Pas du tout. Alexandre paraissait résigné à cette séparation, de toute évidence, inévitable.

— As-tu une idée de l'endroit où nous pourrions nous réfugier Becky et moi, le temps que tu regrettes cette condamnation sans sursis ? me demanda-t-il.

— Cela n'est pas mon affaire, lui ai-je répondu calmement et, de toute façon, ne t'attends pas à ce que je te chante : “ Reviens, reviens, veux-tu. ” Entre ton banquier suisse et ton président américain, tu dois pouvoir te débrouiller facilement.

— Depuis notre dernière entrevue ici, je n'ai plus eu de leurs nouvelles — comme c'était d'ailleurs à prévoir — et comme notre accord était pratiquement conclu, j'avais, peut-être imprudemment, décliné les différentes autres propositions qui m'avaient été faites. Evidemment, j'ai immédiatement tenté de renouer nos négociations, mais jusqu'à présent je n'ai encore reçu aucun signe de vie. Je suppose que cela ne va pas tarder et comme je leur ai suggéré de me joindre à Nautailles, il me serait très préjudiciable que tu me chasses de chez nous...

Nous pourrions évidemment nous réfugier chez la Louise, mais compte tenu de l'état de santé de Becky qui s'est beaucoup aggravé ces jours-ci, il ne serait pas convenable d'accepter son hospitalité.

— Assez bavardé. Ma décision est irrévocable !

— Il y a aussi une autre raison qui me contraint à demeurer ici, insista Alexandre... Moralement...

— Moralement, tu n'as qu'une chose à faire c'est de vider les lieux immédiatement puisque je te le demande.

— Crois bien, papa que si j'étais seul, cela fait longtemps que je serais parti, mais si je sollicite de toi encore un peu de patience c'est parce que...

— Oui, je sais, il y a Becky qui est malade et ta soi-disant invention qui ne vaut pas un clou et probablement d'autres élucubrations dont tu n'oses pas me parler. Si tu penses à cette petite saloperie d'Arnaud, je peux te révéler que plus personne ne croit qu'il se cache dans mon grenier, que les hommes du capitaine Ruffier ont fouillé — à mon insu évidemment — de fond en comble.

Il pouvait y avoir un petit doute tant que les " vieilleries de mes ancêtres " — comme tu as osé le dire ! — accumulées là-haut faisaient de ce lieu un véritable labyrinthe, mais maintenant qu'il a été vidé, non seulement avec ton accord, mais tes encouragements, il est clair que personne ne peut plus s'y trouver, pas plus d'ailleurs que certains diamants que, paraît-il, tu cherches avec ardeur.

— Permets-moi de te dire, papa...

— Je ne te permets rien du tout et d'abord, je t'interdis de m'appeler papa. Tout Nautailles sait que tu n'es pas mon fils, mais le fils de Stanislas Rigaud.

— Si tu en es là, mon petit papa, je vois bien que je n'ai effectivement plus rien à faire dans cette maison dont tu m'avais pourtant assuré qu'elle était la mienne. Dans quelques minutes nous aurons fait nos sacs et nous partirons pour toujours.

Il avait l'air tellement bouleversé que, malgré toutes mes raisons de le haïr, j'ai senti ma volonté faiblir.

— Disposes-tu au moins de quelques liquidités ?

— A vrai dire non. Mais ne t'inquiète pas... Nous trouverons un moyen.

— Attends !

Je sortis mon portefeuille et mon porte-monnaie où il me restait heureusement quelques billets et je lui donnai le tout. Enfin... pas tout à fait, car je ne pouvais rester entièrement démuni. En fait, je lui remis la moitié de tout ce que je possédais. Cela faisait quand même un peu plus de quatre cents francs.

Alexandre les prit et me tourna le dos sans rien dire.

Une demi-heure plus tard, je le vis par la fenêtre revenir avec son sac rempli de boîte de conserves, de biscottes et de cinq ou six bouteilles d'eau d'Evian.

Becky l'attendait devant la porte.

Je me demandais ce qu'il allait faire de toute cette nourriture.

Alexandre dit quelques mots à Becky, puis s'engouffra dans la maison. Quand il revint, son sac était vide. Je me demandai où il avait pu cacher toutes ces provisions que sans nul doute il comptait bien récupérer par la suite.

Alexandre et Becky, main dans la main, sortirent par la porte cochère et empruntèrent l'impasse Trambolin. Je les suivis du regard jusqu'à ce que, transformés en deux minuscules silhouettes, toujours main dans la main, ils aient disparu à l'angle de la Grand-Rue.

Malgré tout ce que m'avait fait Alexandre, j'ai eu comme un petit pincement au cœur, une sorte d'inquiétude sur le sort que le destin réservait à ces deux vies si fragiles... Oh ! et puis le bon Dieu qui trouve le moyen de nourrir les petits oiseaux du ciel ne manquera pas de les prendre sous sa garde ! me suis-je dit.

Là-dessus, je partis à la recherche de Sophira.

Elle était déjà revenue dans notre chambre. Elle reposait comme un solitaire dans son écrin de satin dans le grand lit en fausse laque de Chine Napoléon III que la frigide tante Valentine s'était commandé pour mieux rêver aux ogres et aux princes charmants qui hantaient ses fantasmes. Elle avait endossé sa chemisette la plus affriolante et me fascinait d'un sourire triomphant. Je ne sais pas pourquoi, je pensai à ce moment à un dessin animé où, avec le sourire vorace, une araignée à visage humain se préparait à vampiriser un criquet vert de peur qu'elle avait englué dans sa toile.

Cette image, gravée dans ma mémoire, me rappelle maintenant par une étrange association d'idées comment au cours d'un pèlerinage mélancolique dans ma cave, je découvris tout un tas de vieilles boîtes de conserves éventrées au pied des casiers déjà presque totalement libérés de leur glorieuse cargaison des premiers grands crus de bourgogne et de bordeaux. Oui, il m'avait fallu liquider ces vénérables bouteilles à prix d'ami — en faillite — à ce pourceau de Croucel qui en avait profité pour se vanter de m'avoir, une fois de plus, sauvé des griffes de mes créanciers.

Comme je me demandais si c'était Alexandre qui était revenu dans la maison, je vis distinctement le fantôme d'oncle Edgard plaqué contre le mur du fond de la cave. Poète génial, il était parti pour la capitale à l'âge de dix-sept ans avec pour tout bagage sa barbe juvénile et ses longs cheveux blonds, et la certitude de surpasser Victor Hugo. Il y était mort de misère. On raconte qu'il sortait de temps en temps de la fosse commune et revenait dans notre maison gratter les ordures pour assouvir une inassouvissable faim.

Quand je voulus aller à sa rencontre, il s'était fondu dans les pierres noires qui avaient servi six siècles auparavant de fondations au château féodal.

Je dois dire qu'en ces temps-là, tout le pays vivait à la lisière du surnaturel. Si nous évitions toute publicité autour des revenantes et revenants qui faisaient partie de nos héritages, il n'en était pas de même pour les spectres qui mettaient régulièrement en ébullition les Allemands et Hollandais peu imaginatifs de notre célèbre caravaning et sa base sports-loisirs, installée sur la plage, à moins d'un quart d'heure de chez moi.

D'après les uns, il s'agissait de goules dévoreuses de cadavres. D'après les autres de trolls, émigrés du Nord, avides non seulement de laitages, mais aussi de tout ce qui brillait à condition que ce fût de l'or : bracelets, gourmettes, colliers, chaînes et autres parures recherchés par le beau sexe depuis Eve. En ce qui me concerne, il était clair qu'on avait affaire à une équipe de garnements déboussolés : il y a des malfaisants qui font leurs débuts dans le monde à sept ou huit ans, et même moins, si j'en crois les médias.

Emile et ses gendarmes, en retard de quelques lustres, étaient convaincus, eux, que c'était l'œuvre de romanos de passage. Comme d'habitude, ils se montraient incapables de leur mettre la main au collet : lutins ou romanos, les pillards des réserves de la cafeteria de la base sports-loisirs se fondaient dans les eaux du fleuve d'où les fonctionnaires confortablement installés dans leurs postes de guet tout le long des rives et jusque dans des barques croisant constamment devant la base ne les voyaient jamais ressortir.

Je laissai ces guignols à leurs sarabandes, non pas que je ne sois un citoyen solidaire de tous les autres citoyens, mais j'étais trop préoccupé par une autre sorte de gnome : Jeannot dit « le Jockey » alias « P'tit Copain » comme disait Sophira qui l'avait introduit dans ma maison et logé d'autorité dans les appartements d'Alexandre. Malgré sa taille, un mètre cinquante-deux environ et son poids, quarante-cinq kilos, il ne manquait ni de chair ni d'os. Il avait tout de même en commun avec les esprits impalpables de la plage un appétit inassouvissable et une soif inextinguible : depuis qu'il était là, mon budget bouffe avait doublé.

Sophira m'avait demandé, le plus civilement du monde, l'autorisation de l'accueillir pendant deux ou trois jours chez nous. En fait, il était arrivé avec armes et bagages : un nombre imposant de valises et un automatique à treize coups qui ne le quittait jamais et avec lequel il faisait quotidiennement des cartons au fond de mon parc. J'en avais, incidemment, glissé deux mots à Emile qui m'avait incité à prendre patience. Il avait déjà entendu parler de ce monsieur, mais compte tenu des circonstances, il n'était pas inutile que Sophira dispose d'un garde du corps.

Dois-je m'accuser de jalousie ? Pas exactement. En fait, j'étais horriblement agacé par les privautés de cet avorton avec ma bien-aimée. C'est à tout instant qu'il lui tapait sur les fesses, la prenait par la taille et contrôlait avec ses pattes sales si ses seins étaient ou non tributaires d'un soutien-gorge. Quand il se comportait de la sorte devant moi, elle se contentait de soupirer et de me jeter des regards mouillés. Elle m'avait expliqué une fois pour toutes qu'il fallait le supporter compte tenu du dévouement qu'il lui témoignait et qu'il lui avait déjà témoigné en d'autres temps... Et de plus, ne fallait-il pas avoir beaucoup d'indulgence et de tolérance pour les pauvres de corps et d'esprit de son espèce ? Il est de fait qu'avec son nez écrasé, ses jambes arquées, son regard d'ivrogne et les odeurs fauves qui se dégageaient de sa grotesque personne mal lavée, il ressemblait moins à un humain qu'à un singe d'une espèce inférieure.

Je dois encore m'avouer que j'étais de plus en plus déçu par le comportement de Sophira.

Après le sacrifice que j'avais fait en me séparant d'Alexandre, je m'attendais à une recrudescence de sa passion pour moi. Or, alors qu'il eût été normal, qu'enfin seuls, nous revivions une seconde lune de miel, ses étreintes étaient de plus en plus expéditives. En deux mots, nos rencontres manquaient, par sa faute, totalement d'enthousiasme. Et il m'arrivait même devant sa froideur de rester insensible à ses caresses. Alors qu'elle aurait dû s'en désoler, elle ne faisait que s'en moquer. Qu'était donc devenu son volcanique tempérament ? Si je n'avais pas contrôlé minute par minute ce qu'elle faisait quand nous n'étions pas ensemble, j'aurais cru qu'elle avait pris un amant, ou plutôt deux, pour satisfaire son ardente nature. Mais j'avais la certitude absolue qu'elle me restait fidèle car le barman du club house du golf, où elle avait été engagée comme hôtesse, me rendait fidèlement compte, contre menues récompenses, de ses moindres déplacements. Et chaque fois que je contrôlais avec la complicité de P'tit Copain, que j'avais également circonvenu, la véracité de ses rendez-vous chez le coiffeur, le pédicure ou les causes de ses allées et venues en ville, je constatais qu'elle méritait ma confiance.

Malgré cela, je n'étais pas un homme heureux. J'étais même très malheureux.

Un soir, — c'était il n'y a même pas un mois — alors que Sophira avait été invitée au cinéma par une comtesse de ses relations, championne de bridge du club de golf, je fus alarmé par un bruit insolite dans la chambre de l'oncle Georges. J'approchai à pas feutrés. La porte était entrebâillée. Le plafonnier allumé en grand. L'un des tiroirs de la commode où était serrée la précieuse collection d'armes de mon aventureux parent était ouvert. Quelqu'un en avait sorti son revolver de cavalerie 1860 et le tenait à la main... Etait-ce l'un des mystérieux pilleurs de la cafeteria de la base sports-loisirs ? Non. A ma grande stupéfaction, je reconnus Alexandre. Un Alexandre squelettique, enveloppé dans le vieil imperméable que je lui avais donné juste avant son départ.

Debout, devant la commode, il avait démonté l'arme pour introduire dans le barillet les grosses cartouches à piston dont nous avions conservé les dix dernières avec soin.

Quand nous exhibions ce pétard antédiluvien, nous avions l'habitude de préciser qu'il fallait avoir vraiment une âme d'assassin pour s'en servir. En effet, un seul de ses projectiles en plomb mou, d'un format double au plus gros de ceux utilisés actuellement, suffisait à arracher tripes et boyaux à un cavalier et sa monture.

Surpris par mon arrivée inopinée, il leva la tête en même temps qu'il braquait l'arme dans ma direction.

— Petit saligaud, hurlai-je. Tu oses me menacer ! Je t'avais interdit de remettre les pieds dans ma maison. Avoue-le donc, si tu es un homme, que tu es venu pour me tuer.

— Je ne veux la mort de personne, répondit tranquillement Alexandre. Je ne crois pas à la mort. La mort n'existe pas.

Puis il ajouta de la voix enfantine qu'il avait quand il commençait seulement à parler.

— Becky nous a quittés, papa. Morte du Sida.

— Après t'avoir évidemment passé le virus ! m'exclamai-je. Raison de plus pour que tu débarrasses immédiatement le plancher avant d'avoir infecté toute la maison. Et de toute façon, il n'y a plus de place pour toi ici. J'ai disposé de la chambre où tu logeais. Fous le camp !

— Je ne m'en irai pas. Je suis revenu pour rester ici définitivement. Mais avant, j'ai quelque chose à faire et je cherche comment le faire. La mort n'existe pas. J'en ai la certitude absolue. Mais c'est un passage inéluctable...

Il avait l'air tellement égaré que, malgré tout le mal qu'il m'avait fait, j'ai senti mes tripes se serrer stupidement... Et puis, il fallait bien trouver quelque chose pour calmer cet énergumène.

— As-tu au moins déjeuné ? fut tout ce que je trouvai à lui dire.

— Déjeuné ? Je ne me souviens pas quand...

— Je vais te chercher quelque chose. Ne bouge pas.

— Je voudrais bien une tasse de lait chaud et des céréales au miel comme me les préparait grand-maman, me dit-il avec la même voix enfantine. Je ne partirai pas avant que tu me promettes...

— ... Tout ce que tu voudras pourvu qu'ensuite, tu nous laisses en paix.

— Becky est morte, papa, et ils n'ont pas voulu que je m'occupe de ses obsèques. Alors je t'en supplie : préviens ses parents. Son corps est à l'hôpital de la ville. Je veux qu'il y ait une grande cérémonie avec les orgues et beaucoup de fleurs. Promets-moi de t'en occuper.

Il avait visiblement perdu la tête.

— D'accord... D'accord, on va s'en occuper. Je vais chercher tes céréales et après tu me laisses définitivement en paix.

— Oui, papa. Je te laisserai définitivement en paix. Je te le promets.

Il se moquait de moi. C'en était trop. Je ne pouvais en supporter davantage.

— Attends quelques minutes, je reviens de suite.

Je descendis dans la cuisine. Sophira qui venait de rentrer m'y attendait. Elle bondit sur moi comme une furie.

— C'est comme ça que tu respectes tes engagements ? Je vois que tu n'en finiras jamais avec ce raté qui n'est revenu ici que pour m'assassiner !

Assassiner Sophira ? C'était de toute évidence la « chose importante » qu'il avait décidé de faire après la mort de sa Becky. C'était cela. J'en étais sûr. Sophira avait raison. Ce malheureux détraqué nous rendait responsables d'un destin qui n'avait rien à voir avec notre décision de les flanquer dehors... Il n'y avait pas d'instant où il ne pouvait surgir et nous abattre. Il fallait m'en débarrasser au plus vite. Comment avait-il dit ?... Définitivement... Je trouvai soudain la solution.

Je mis du lait à chauffer. Le bol en faïence, orné d'une guirlande de petits canards qu'il adorait tant quand il était bébé, était là, conservé par un heureux hasard. Je retrouvai aussi la boîte en métal où l'on gardait ses céréales préférées. Et toujours, comme mû par une force mystérieuse, je retrouvai encore, à l'herboristerie de mon grand-père, parmi tous ses bocaux d'extraits de plantes, le flacon en verre foncé qu'il avait placé tout en haut des rayonnages, hors de la portée des enfants. Bien des fois il m'avait mis en garde : « N'y touche jamais. C'est un poison mortel que j'ai tiré d'une plante armoricaine dont je suis le seul à avoir découvert les propriétés. »

J'y avais tout de même touché. A douze ou treize ans, j'avais une petite chienne, Brunette, que j'aimais beaucoup et c'est sur elle que j'avais décidé de contrôler l'efficacité de cette potion. J'en avais mis quelques gouttes dans une soucoupe de lait qu'elle lapa en remuant la queue. Toute la soirée elle fut d'excellente humeur. Je commençais déjà à désespérer quand elle me jeta soudain un regard étonné, m'aboya un appel au secours, comme si elle était prise dans un piège et s'écroula sans vie. Cette fin subite inquiéta mon père. Une fois déjà, un de ses chiens de chasse avait été empoisonné par un voisin bien intentionné et il était tout à fait décidé, si le coquin avait récidivé, à donner une suite judiciaire à ce meurtre.

Le vétérinaire fit l'autopsie de Brunette et ne trouva rien d'anormal... On conclut à un accident cardiaque et à l'innocence du voisin.

Je retrouvai le flacon, là où je l'avais laissé trente ans auparavant.

J'eus juste le temps en revenant à la cuisine de retirer du feu le lait qui montait... Je forçai un peu la dose pour tenir compte de la différence de poids.

— Merci, papa, me dit Alexandre quand je lui apportai son bol de céréales.

— Je t'ai demandé des dizaines de fois de ne plus m'appeler papa, lui dis-je gentiment. Je t'ai déjà expliqué que tu n'étais pas mon fils.

— Ça m'est égal, papa. Tu es toujours mon papa dans mon cœur, me répondit-il en ressaisissant le gros revolver de l'imprudent oncle Georges.

Je partis vite, vite, avant qu'il n'ait eu l'idée d'appuyer sur la gâchette.

Sophira m'attendait au bas de l'escalier. P'tit Copain, près d'elle, portait la lourde valise en cuir fauve que je lui avais achetée à Genève. Etait-ce chez Hermès ou chez Gucci ?

— Alors ? interrogea-t-elle.

— Alors, lui répondis-je, demain matin nous serons débarrassés d'Alexandre... Définitivement. Tu sais que Becky est décédée ?

— Définitivement ? répéta Sophira.

— A ma connaissance, quand quelqu'un meurt, c'est toujours définitif.

Elle eut ce rire de gorge qui lui était particulier dans certaines circonstances et qui me troublait tellement.

— On va aller se coucher, me dit-elle.

— Sans dîner ?

— On dînera après. C'est mauvais de faire l'amour trop tôt après le manger. Mauvais pour la digestion. Mauvais pour le cœur. C'est toi qui me l'a appris.

— Ne vous inquiétez surtout pas de moi, dit P'tit Copain. Moi, on m'a appris à respecter la grande cuisine. Pour rien au monde je ne voudrais décevoir Germaine. Je boufferai tout seul.

L'un contre l'autre, nous tenant par la taille, nous montâmes, Sophira et moi, dans la chambre de laque. Mais cette fois encore, malgré toutes ses chatteries candides, je restai de marbre. Déçue, elle me tourna le dos.

Il était autour de minuit quand je me réveillai avec un petit creux à l'estomac.

Je descendis dans la salle à manger. Germaine avait desservi la table sans se soucier de moi.

Je regardai dans le réfrigérateur. Il était vide. P'tit Copain était passé par là. Il avait dévoré comme trois affamés. Je trouvai cependant une moitié de rosette que j'engloutis voracement. Cela me donna soif. Je cherchai quelque chose à boire. Mais P'tit Copain était passé par là aussi : il avait bu comme quatre et avait vidé les bouteilles que j'avais sorties pour le dîner. Il n'y avait plus qu'à retourner à la cave chercher du renfort.

Entendant confusément la voix d'Alexandre, je m'arrêtai au bas de l'escalier.

— Je te le répète, disait-il, j'ai fait tout ce qui était humainement possible. Maintenant, il faut que tu t'en ailles. Je t'ai apporté de quoi tenir le coup pendant un an ou deux à Naples, à Miami ou en Colombie où, avec tes capacités, tu pourras te refaire une nouvelle vie.

— Non. Non et non, je ne pars pas !

— Mais pourquoi ? Tu as encore des chances de filer par les égouts romains.

— Je veux mes diamants. Ils sont ici. Je le sais. Je les retrouverai.

— Quels diamants ?

— Ceux que Félix m'a volés et que je lui ai repris. Il me les faut. Tous les quatre.

— Quatre diamants ?... Il y avait quatre gros diamants cachés dans la poignée du wakizachi dont tu t'es débarrassé en le jetant dans la mare. Il a été retrouvé par Marcel qui l'a rendu à mon père qui m'en a fait cadeau. J'ai pensé que c'était le trésor de l'oncle Georges que j'avais enfin découvert...

— Des diamants modernes, dernière taille... Tu te fous de moi, petite ordure. Rends-les-moi tout de suite.

Je reconnus à ce moment la voix de Marchefeuil. Celui-ci éclata d'un rire hystérique.

— C'est trop injuste. J'ai tué pour les avoir. Dire que je les tenais dans ma main sans même m'en douter. Quel imbécile ! C'était pourtant enfantin : il n'y avait que là où ce voleur avait eu le temps de les cacher. Tu es mon ami. Tu es honnête. Tu vas me les rendre, dis ? supplia-t-il.

— Non, le coupa Alexandre. Ils n'ont jamais été à toi.

— Rends-les-moi ou je te tue !

— Tiens, tue-moi avec ça et sauve-toi vite. Tu auras juste le temps : la détonation de cette vieille pétoire risque de réveiller toute la maison.

— Rends-les-moi, voleur !

— Jamais !

— Rends-moi mes diamants, glapit Arnaud.

— Jamais !

— Tu m'as volé mes diamants, toi, mon ami !

— Ils ne sont pas à toi, ils n'ont jamais été à toi.

— Alors crève !

La détonation éclata comme un coup de tonnerre.

Seul, désarmé, que pouvais-je faire contre ce forcené et son artillerie ?

Contrairement aux ordres formels de mon cardiologue, je grimpai l'escalier à toute vitesse pour chercher des renforts.

P'tit Copain, ce tireur d'élite avec son pistolet de précision, me paraissait tout indiqué. Mais arrivé à proximité de son appartement, à l'autre bout de la maison, l'appartement qui avait été abandonné par Alexandre dans de si tristes circonstances, je me suis demandé si Arnaud ne m'avait pas déjà précédé : des plaintes, des gémissements, des appels même s'en échappaient.

La sagesse m'eût commandé de m'arrêter, mais convaincu qu'une vie était en danger je ne pris pas le temps de réfléchir et enfonçai la porte d'un coup d'épaule. Mon élan m'emporta jusqu'au divan écologique que j'avais commandé à grands frais pour préserver la colonne vertébrale d'Alexandre à l'époque où je croyais encore qu'il était de mon sang.

Rage... Stupeur... La monture que, cravache en main, chevauchait P'tit Copain était Sophira ! Tête enfouie dans les oreillers, coudes et genoux appuyés sur le matelas, elle se tordait sous ses coups en hurlant plus de volupté que de douleur...

Ce spectacle me déplut. Je saisis le bras qui tenait la cravache et le tirai vivement à moi avec l'intention bien arrêtée de corriger ce clown lubrique, non sans remarquer, au passage, son membre viril aussi impressionnant que celui d'un étalon sorti d'entre les cuisses qui l'hébergeaient.

Tout ensuite se passa très vite. Ecrasé de douleur par un coup de genou dans les parties, la tête relevée par un coup jailli de je ne sais où, puis assommé par un coup de tête en plein plexus, je m'effondrai sur Sophira qui me repoussa avec dégoût en me crachant à la figure.

Je repris conscience dans la cave. Les mains crispées sur le bas-ventre, je me tordais de douleur. Ruffier et deux gendarmes, Croucel et d'autres civils gesticulaient autour de moi.

Devant moi, P'tit Copain me fixait les yeux ronds en faisant des grimaces comme s'il voulait me transmettre un message confidentiel.

Sophira, en larmes, me soutenait la tête.

— Mon pauvre ami, articulait-elle en forçant sa voix, tu t'es battu comme un lion ! Hélas, nous sommes arrivés trop tard... Le pauvre Alexandre est... Elle termina sa phrase par un sanglot.

— Vous le teniez, monsieur Gilbert, intervint P'tit Copain. Vous l'auriez eu s'il s'était battu comme un gentleman, mais ce voyou vous a frappé au-dessous de la ceinture. Ça, c'est pas bien. C'est pas admissible. Ça ne peut jamais arriver entre gens de cheval...

— Tu as été admirable, dit Ruffier. Quel courage ! Arrêter un assassin armé, les mains vides, ça c'est du courage. Du vrai ! Dommage que ce petit monsieur qui était armé soit arrivé après la bataille.

— A propos, jeune homme, par où s'est-il échappé l'assassin ?

P'tit Copain regarda Sophira qui me regarda.

— Par là, balbutiai-je dans un râle, indiquant de la main le mur de pierres noires dans lequel j'avais vu fondre le fantôme d'oncle Edgard.

C'est à ce moment seulement que je me suis rendu compte de sa ressemblance, sans sa barbe et ses cheveux en broussaille, avec l'horrible Arnaud de Marchefeuil.

— Oui par là, confirmèrent d'une seule voix Sophira et P'tit Copain.

Un gendarme et un civil se précipitèrent vers le mur.

Le civil fut le premier à découvrir une ouverture dissimulée par une dalle.

Sophira et P'tit Copain parurent très soulagés. Ils avaient compris que j'avais compris qu'ils m'avaient transporté dans la cave, qu'ils avaient appelé la police et le médecin et qu'ils avaient raconté avec force détails qu'ils m'avaient vu me battre avec Arnaud.

Croucel ne put s'empêcher, comme toujours d'y aller de sa petite harangue démagogique.

— Le courage dont tu as fait preuve, m'incite à te dire la vérité. La blessure d'Alexandre était mortelle. Quand je suis arrivé, il n'y avait plus rien à faire. Je suis très sincèrement navré. En tant qu'ami, je te présente toutes mes condoléances et, en tant que premier magistrat de Nautailles je t'apporte la sympathie de tous nos concitoyens. Quant à toi, tu l'as échappé belle. Je te savais fou, mais pas au point de te jeter à mains nues sur le meurtrier de ton fils. Etre arrivé à le mettre en fuite, est un véritable exploit... Mais ne t'agite pas comme ça... L'ambulance est là... je vais te faire transporter à l'hôpital de la ville. Tu en seras quitte pour deux ou trois semaines de lit.

Finalement, ce Marchefeuil me rendait un réel service. La cause de la mort d'Alexandre étant évidente, il n'y avait plus aucun risque d'autopsie gênante. Il m'était soudain revenu en tête que la plante armoricaine découverte par grand-papa, avait été par la suite répertoriée et que, de nos jours, on décelait à tout coup les traces qu'elle laissait dans les corps des malheureux qui l'avaient absorbée.

A l'hôpital, je pensai tout naturellement au vœu que m'avait exprimé Alexandre.

Renseignements pris, le corps de la malheureuse Becky était toujours là. Je pris donc ma plus belle plume pour écrire à monsieur Reinbach à la maison de fous où il avait été interné : « J'ai le regret de vous informer que votre fille, Rebecca, est décédée du Sida quelques jours avant la mort tragique d'Alexandre. Il conviendrait donc que vous vous mettiez le plus rapidement possible en rapport avec l'administration de l'hôpital pour les obsèques. »

arrivé. Il n'y avait plus d'autre [illegible] que [illegible] le [illegible] premier [illegible] l'appre[illegible] [illegible] le savoir. [illegible] pas au premier [illegible] en [illegible] un véritable emploi [illegible] comme [illegible] de [illegible] en ceux qui [illegible]

Finalement, [illegible] la mort d'Alexandre [illegible] il n'y avait plus aucun [illegible] Il [illegible] pièce entière, quelques [illegible] et [illegible] des malheureux qui [illegible] petits.

À [illegible] je pensai tout naturellement au [illegible] m'avait exprimé Alexandre.

[illegible] mes renseignements [illegible] de [illegible] Rembrandt [illegible] d'Alexandre. Il [illegible] vous, [illegible] le plus [illegible] que l'hôpital [illegible]

Epilogue 1

TOUT EST BIEN QUI FINIT MAL...

En cette fin d'automne, les gros titres de toute la presse furent inspirés par deux événements sortant réellement du commun.

Le premier était l'enlèvement, non pas de la tour Eiffel, mais de quelque chose de presque aussi volumineux et peut-être plus difficile encore à escamoter et à dissimuler : une péniche ! Et pas n'importe laquelle. La plus grosse de la flotte de la compagnie pétrolière Titan, la « Titan 28 », dont le tonnage énorme limitait les déplacements à la partie navigable du fleuve.

Il faut dire que malgré sa taille, son équipage était réduit à quatre hommes. Il ne fallut donc pas plus de deux agresseurs, portant cagoules et mitraillettes, pour les surprendre, les réduire à l'impuissance, les installer bâillonnés, pieds et poings enchaînés dans le Zodiac recouvert de sa bâche et laissé à la dérive, tandis que les pirates, entraînés probablement à la manœuvre des montures les plus rétives, remontaient le courant.

Le second était le siège de la Maison Trambolin par quelque deux cents gendarmes armés de pied en cap. Ils avaient pour mission de s'emparer coûte que coûte d'Arnaud de Marchefeuil, le fils de famille dévoyé, devenu assassin de son meilleur ami.

Tandis que le gros de la troupe encerclait la maison pour le cas où le bandit tenterait une sortie par la grande porte, d'autres pandores patrouillaient inlassablement, écrasant de leurs lourds godillots la masse impénétrable des roseaux qui couvraient la rive gauche du fleuve pour le cas où Arnaud de Marchefeuil chercherait à s'évader par quelque issue secrète.

Des hélicoptères, avec lesquels ils se tenaient en liaison-radio, tournoyaient constamment dans le ciel.

Si Marchefeuil était resté jusque-là invisible, ces observations aériennes aboutirent du moins à une découverte de poids : Nautailles était bien bâtie sur l'emplacement d'une importante agglomération romaine (ou peut-être même celtique), comme le prétendait le poète latiniste dont on s'était tant moqué.

Dépeuplé au premier siècle de notre ère, peut-être à la suite de quelque séisme ayant détourné le cours du fleuve, peut-être à la suite d'une épidémie de malaria, considérée comme une punition divine, le port avait été déserté et comblé par des alluvions tandis que les constructions, abandonnées par leurs habitants, s'étaient enfoncées dans la terre.

Les photographies aériennes avaient révélé que des voies romaines, aujourd'hui invisibles, aboutissaient toutes à la Maison Trambolin qui avait ainsi été édifiée au centre de l'ancien Nautarum Urbs.

Le souterrain qui partait des caves de la Maison Trambolin avait été précautionneusement exploré. Il s'agissait bel et bien d'un canal de l'égout, le principal, dans lequel débouchaient plusieurs autres canaux secondaires, la plupart inondés. Ses voûtes, tenues par l'indestructible ciment romain, avaient résisté aux inondations comme au poids des apports géologiques dont les siècles les avaient recouvertes avant qu'elles ne servent de fondations au Vieux Nautailles.

C'est là que le comte Arnaud de Marchefeuil et autres lieux, s'était réfugié comme le démontraient les traces de ses passages. Mais il avait la supériorité de connaître parfaitement les lieux et, de plus, l'arme puissante dont il disposait rendait très risquée une recherche en ordre dispersé aboutissant à une intervention massive de la gendarmerie.

D'autres personnages, messieurs Beaudoin, René-les-Belles-Dents, l'Anguille et leurs secrétaires-chauffeurs-gardes du corps, désireux de retrouver le trésor de monsieur Félix et de punir l'homme qui les avait trahis, s'activaient avec infiniment plus de discrétion autour de la Maison Trambolin sous la direction de P'tit Copain.

Après le tragique assassinat d'Alexandre et l'abandon de sa maison par tous ses autres habitants, Jeannot s'était installé dans le luxueux hôtel du golf. Sophira y tenait lit ouvert sous sa protection intéressée, encouragée à améliorer constamment ses scores par la cravache de son jockey.

Le capitaine Ruffier les avait à l'œil et, avec la bénédiction du juge Langelet, laissait faire en partant du principe que les rats sont plus aptes que les chats à débusquer un putois installé à proximité de leur territoire.

Il avait joué la bonne carte...

Après plusieurs jours passés à fouler de ses bottes les joncs du fleuve, Jeannot découvrit la vieille cabane des pêcheurs où Arnaud et Alexandre se donnaient rendez-vous et, dans cette cabane, dissimulée par des planches, la sortie du souterrain.

A peine y eut-il pénétré, sa torche électrique à la main, qu'un coup de tonnerre éclata et qu'une balle siffla à ses oreilles. Courageux, mais pas téméraire, Jeannot décampa ventre à terre pour rendre compte à monsieur Beaudoin soi-même.

***

La péniche fut retrouvée quelques heures plus tard, échouée sur la rive gauche du fleuve aux environs de la base sports-loisirs.

Elle avait été entièrement délestée de sa cargaison d'essence.

Qu'était devenue cette essence ?

On le devine aisément : à peine le chaland avait-il touché terre que les pirates avaient déroulé le tuyau d'amenée du carburant pour déverser son contenu, des milliers et des milliers de tonnes de carburant dans le souterrain où s'embusquait Arnaud.

A ce même moment, par un hasard providentiel, des supposés touristes, parmi lesquels Ruffier aurait pu reconnaître entre autres monsieur Beaudoin, monsieur René-les-Belles-Dents et monsieur Emile l'Anguille, déambulaient négligemment autour du tracé supposé du souterrain.

Jeannot s'approcha prudemment de la cabane des pêcheurs un pistolet lance-fusées à la main. Il visa l'entrée du souterrain et fit feu.

Instantanément tout s'embrasa.

Arnaud, les vêtements en flammes, jaillit de terre comme un diable, courant vers le fleuve.

— Bouge pas ! lui ordonna Jeannot. On ne te veut que du bien. Passe-moi les diams et je te laisse filer. J'ai un canot et...

Pour toute réponse, Arnaud tira.

Le jockey, littéralement coupé en deux, s'effondra sans un cri. Une nouvelle explosion fit éclater la voûte du souterrain, entraînant Arnaud dans le brasier.

L'incendiaire n'avait pas prévu que l'essence qu'il avait déversée se répandrait à l'intérieur du souterrain et que, par un effet de cheminée, les flammes progresseraient jusqu'à la Maison Trambolin.

Les gendarmes qui faisaient le guet autour d'elle ne comprirent jamais comment quelqu'un avait pu s'en approcher et y mettre le feu sans qu'ils le voient. Ce dont les pompiers avaient menacé Gilbert, se produisit sous leurs yeux. L'escalier de la cave communiqua le feu au grand escalier, aux planchers, aux boiseries, aux charpentes. En quelques minutes tout le bâtiment fut en flammes. Arnaud de Marchefeuil ne fut jamais retrouvé.

Ainsi a chu la Maison Trambolin.

Epilogue 2

TOUT EST MAL QUI FINIT BIEN...

Ce jour-là, comme tous les précédents, depuis ma sortie de l'hôpital, je déjeunais chez la Louise.

Moi, comme un pauvre chien, j'attendais ma soupe dans le recoin le plus sombre où elle m'avait relégué jouxte les goguenots, de sorte que chacun me jetait un regard gêné quand il allait poser culotte.

Loin de moi, protégées par plusieurs tables inoccupées, je reconnaissais certaines belles dames de Nautailles pour lesquelles j'avais eu quelque complaisance — et leurs cocus de maris détournaient la tête faisant semblant de ne pas me reconnaître.

Un peu plus loin, banquetant à je ne sais quelle occasion, des commerçants et fournisseurs par qui je m'étais laissé escroquer, plus par charité que par faiblesse — on reconnaît les grands à leurs largesses — me tournaient le dos.

Il y avait aussi d'anciennes clientes et clients que j'avais sortis des situations les plus délicates au risque de me compromettre... Je sentais les regards furtifs qu'ils me jetaient en me désignant du doigt à leurs commensaux et en chuchotant ce qui ne pouvait être que d'épouvantables calomnies.

Je me demandais comment je pourrais me sortir de ce qui avait été un paradis et s'était si incroyablement transformé en enfer, alors que je n'avais même plus de menue monnaie à donner en pourboire à la vieille Jeanne en charge du vestiaire à qui, en d'autres temps, je laissais de gros billets.

Le matin même j'avais reçu une lettre de la compagnie qui nous assurait depuis plus de cent cinquante ans. Son directeur local me devait non seulement sa carrière, mais aussi son bonheur conjugal. N'était-ce pas moi, et moi seul, qui lui avais obtenu la main de son épouse, le cul de qui — ce n'était un secret pour personne et probablement même pas pour lui — faisait la joie des personnes qu'il démarchait. Mais il faut aussi reconnaître qu'en compensation elle avait apporté, au misérable petit employé qu'il avait été, une dot confortable, une maison bourgeoisement meublée et un trousseau complet.

Eh bien ! croira qui pourra, ce triste sire m'avait fait parvenir une réponse de non recevoir. Le prétexte fallacieux qu'il invoquait pour refuser de m'indemniser de l'incendie de ma maison était que j'avais omis de régler les primes qu'il m'avait réclamées depuis même pas six mois. Il valait mieux en rire qu'en pleurer ! Il ne me manquerait plus maintenant que la Louise me fasse mettre en geôle pour grivèlerie !

Tout cela était de la faute d'Alexandre. Enfin, paix à son âme, maintenant que je m'en étais définitivement débarrassé.

Cependant — et tout compte fait — j'aurais mieux fait, puisque aussi bien monsieur de Marchefeuil s'était chargé de ce petit misérable, d'utiliser le remède de grand-papa pour guérir de la vie Sophira qui avait déserté le jour du scandale.

Je ne suis pas un assassin, mais je dois bien confesser que si je la tenais, c'est avec un plaisir sans mélange que je lui tordrais le cou ! Enfin, je ne m'inquiète pas. Si ce n'est pas moi, ce sera un autre. Il y a heureusement une justice immanente ici bas : les méchants sont toujours punis, les uns comme les autres par les uns quand ce n'est pas par les autres. C'est bien connu.

Quelqu'un vint interrompre mes réflexions en s'asseyant d'autorité à ma table. Incroyable, c'était le juge Langelet en personne !

— Je passais par ici et, comme j'avais entendu dire beaucoup de bien de la cuisine de cette auberge, j'ai eu l'envie d'y goûter. Savez-vous que cela fait plusieurs fois que je vous ai prié de venir me voir sans que vous ayez répondu à mon invitation ? Alors, si vous permettez, je m'installe à votre table... Ça n'a pas l'air mauvais ce que vous mangez là.

— C'est une opinion hautement contestable, ne pus-je m'empêcher de lui dire.

— Je comprends, me plaignit-il. Il y a des circonstances où les meilleures choses paraissent amères. Permettez-moi de vous présenter toutes mes condoléances et vous dire combien j'ai été affligé, atterré, en apprenant la fin tragique d'Alexandre. Déjà la perte de parents plus âgés que soi est une abominable épreuve, mais rien ne paraît plus injuste que la disparition d'un enfant dans la fleur de l'âge. Vous n'ignorez pas l'estime, la considération, l'admiration même que j'avais pour votre fils, et ces sentiments n'ont fait qu'augmenter encore — si c'était possible — quand il est venu gentiment, modestement, timidement même, m'apporter les diamants volés par Marchefeuil à Bouvet en me priant de les restituer à la succursale de la Banque de France de notre ville en réparation des cambriolages opérés par ce dernier.

— Je ne comprends rien à ce que vous me dites. J'ai entendu de mes propres oreilles Arnaud de Marchefeuil accuser Alexandre de lui avoir volé des diamants. Et vous-même, ne l'avez-vous pas soupçonné d'assassinat ?

— Jamais de la vie ! Cependant j'admets que certains de mes subalternes, peut-être un peu trop zélés, ont cherché, par des méthodes souvent critiquables, à comprendre le comportement de votre fils dans cette affaire. En fait, Alexandre pouvait d'autant moins être soupçonné de vol qu'il était le légitime propriétaire de ces diamants d'une valeur de six millions de francs.

— Aurait-il trouvé le trésor de l'oncle Georges ?

— C'est ce qu'il a cru.

— Mais alors, c'est moi que ce misérable a dépouillé !

— Monsieur Trambolin je vous coupe, car quand vous connaîtrez la vérité, vous serez le premier à regretter des conclusions aussi hâtives. Vous ne pouvez nier que vous avez émancipé votre fils, que vous lui avez avancé une certaine somme d'argent en lui assurant que vous lui donneriez encore plus si vous en aviez la possibilité et que, par ailleurs, tout ce qui était à vous était pour lui... à lui et qu'il pouvait en disposer à sa guise. Si dans cette affaire quelqu'un n'a pas été honnête c'est celui qui a dilapidé stupidement tout le patrimoine familial et non pas celui qui a investi intelligemment tout ce dont il disposait dans votre intérêt à tous les deux. Mais je vois que vous avez besoin de plus d'explications et, dans votre état d'esprit, c'est bien normal.

Je vous résume donc les résultats des conclusions de mon enquête — fondés en grande partie sur la déposition d'Alexandre dont la sincérité ne peut être mise en doute par personne.

Premièrement : Félix et sa bande cambriolent l'agence locale de la Banque de France. Dans leur butin se trouvent dix millions en billets de cinq cents francs numérotés. Dans l'impossibilité — sans risquer de se faire repérer — de les mettre eux-mêmes en circulation, il leur faut trouver un changeur capable de les écouler.

Deuxièmement : Félix renvoie honteusement son chouchou, Arnaud de Marchefeuil, universitaire brillant, mais totalement immoral, drogué et homosexuel.

Troisièmement : vous engagez celui-ci comme précepteur d'Alexandre sans vous être sérieusement renseigné sur ses antécédents.

Quatrièmement : Marchefeuil commet quelques larcins à votre détriment puis, voulant se venger de son ancien patron dont il connaît les faiblesses et les secrets, il s'empare dans son coffre des billets volés à la Banque de France.

Cinquièmement : il utilise cet argent pour acheter à Anvers à un diamantaire dont il a fait la conquête et qui n'est pas trop regardant sur l'origine des sommes en liquide qu'il reçoit, ayant des correspondants en Asie comme dans les

Amériques, les quatre gemmes qui sont au cœur de cette affaire.

Ici, une parenthèse : votre fils, faisant naïvement confiance à celui à qui vous aviez confié son éducation, l'avait nommé gérant de la société d'électronique qu'il avait créée pour exploiter ses inventions. Alexandre avait, vous le savez mieux que personne, la passion des jeux électroniques. Par hasard, ou peut-être par un coup de génie, il trouva une formule permettant d'utiliser simultanément un même matériel pour plusieurs logiciels et même, théoriquement, pour un nombre infini de logiciels. Je suis incapable de vous expliquer en quoi ça consiste, pas plus que je ne puis vous expliquer comment un même canal peut servir simultanément à un grand nombre de communications téléphoniques.

Ne pouvant, pour tous les motifs que vous imaginez, acheter les diamants à son nom, Marchefeuil indiqua comme acquéreur Alexandre Trambolin dont il imita la signature.

Qui aurait pu se douter que le payement fait par le représentant d'une famille aussi honorable que la vôtre avait été effectué avec des billets volés ?

Je vous précise, pour vous rassurer, que jusqu'à présent ces billets n'ont jamais été mis en circulation. Il n'est pas impossible qu'ayant découvert leur véritable origine le diamantaire les ait fait passer par pertes et profits.

Sixièmement : ai-je besoin de vous préciser qu'il ne fallut pas longtemps à la bande de Félix pour mettre la main sur Marchefeuil et lui extorquer ses aveux. Mais ce petit malin trouva le moyen de se sortir de cette fâcheuse position en expliquant à son « patron » qu'il avait profité d'une occasion exceptionnelle pour échanger des billets impossibles à négocier contre des pierres précieuses régulièrement acquises et, elles, facilement monnayables.

Il fut pardonné et eut à nouveau droit à sa ration de drogue en échange de menus services.

Personne ne se doutait que ce déséquilibré mental avait pour idée fixe la récupération de ces diamants. C'est ainsi qu'avec la complicité des frères Dragovitch, il organisa le guet-apens dans lequel fut assassiné Félix.

Septièmement : ceux-ci, qui n'avaient que mépris pour cette petite tantouse tarée, étaient bien décidés à conserver pour eux seuls ce qu'ils avaient ramassé sur leur victime.

Arnaud leur avait déclaré qu'ils pourraient garder l'argent et les bijoux qu'ils trouveraient sur les cadavres et qu'il ne voulait pour lui — à la manière des Apaches qui s'emparaient pour l'honneur et la gloire des scalps de leurs ennemis — que la ceinture en croco de Félix. Jamais, pensait-il, ses complices n'auraient l'idée d'aller y chercher les diamants.

Huitièmement : contrairement à ses prévisions, Django, le plus jeune des frères Dragovitch, si faible d'esprit qu'il fût, sentit la présence des pierres au travers du cuir et s'en empara. Dans sa tête infantile, il décida que ces petits cailloux étincelants étaient à lui — et à lui seul — puisque c'était lui qui les avait découverts.

Milanos, l'aîné, qui, lui, s'y connaissait en diamants tenta de les lui arracher. Django les avala, persuadé qu'ainsi personne ne pourrait les lui reprendre.

Votre coutelas japonais se trouvait à portée de la main de Milanos. Il s'en empara, tua son frère, puis l'éventra pour récupérer les pierres. Le pommeau de l'arme mal fixé, s'était détaché de la lame pendant le combat. Il lui parut être une cachette idéale. Il y introduisit les diamants puis le revissa solidement.

Neuvièmement : selon toute probabilité, Marchefeuil, ne trouvant pas les diamants dans la ceinture, s'était lancé à la poursuite des Dragovitch. C'est ainsi qu'il surprit Milanos près du cadavre de son frère. Il lui arracha le wakizachi et le tua. Ne trouvant pas les diamants sur son cadavre, il conclut par simple déduction — il ne faut pas oublier que c'était un philosophe et un cartésien — que Milanos les avait avalés comme l'avait fait son frère : il l'éventra. Sans résultat.

Dixièmement : voulant se débarrasser de l'arme du crime, Arnaud la jeta dans la mare de votre parc.

Onzièmement : c'est alors que se produisit un coup du

destin. Je ne puis l'expliquer autrement : ce n'est pas la première fois que la chance aide la Justice. Votre jardinier repêche l'arme. Vous en faites cadeau à Alexandre. Celui-ci la démonte pour la nettoyer. Il y trouve les diamants. Il est normal que, comme il me l'a dit, il ait pensé avoir découvert le « trésor de l'oncle Georges ». On ne peut lui reprocher, en raison de vos extravagances, de ne pas vous l'avoir signalé et, de toute façon, ces pierres d'une grande valeur étaient beaucoup plus en sécurité dans les coffres de la Schweizer Discount Bank de Zurich qui les avait acceptées comme gage que chez vous. C'est ainsi qu'Alexandre a pu breveter son invention, réaliser un prototype de son ordinateur à trois dimensions et y intéresser un agent américain.

Douzièmement : ai-je besoin de vous dire que les banquiers remarquant la taille moderne des pierres avaient pensé qu'Alexandre ne manquait pas d'humour en leur affirmant qu'il s'agissait d'un trésor de famille. Vérification faite — les pierres de cette taille, de ce poids et de cette pureté sont répertoriées — ils constatèrent qu'il les avait régulièrement acquises et qu'il en était donc le légitime propriétaire.

Vous connaissez la suite : Marchefeuil n'avait pas cherché à fuir comme l'avaient supposé la police et ses bons amis les malfrats. Il avait l'idée fixe de récupérer les diamants. Pour lui, il était évident que Milanos les avait dissimulés quelque part dans votre maison. Celle-ci, avec son immense grenier où les meubles s'entassent depuis deux siècles et ses caves aboutissant à des souterrains qu'Alexandre avait découverts et qu'ils avaient explorés en partie ensemble, constituait pour lui la cachette idéale. Encore fallait-il le ravitailler en vivres, en eau et en bougies. Alexandre aurait manqué aux traditions d'hospitalité de votre famille s'il ne l'avait pas fait. Il n'aurait pas été Alexandre s'il avait refusé de le sauver des crocs de la meute hurlante des chacals qui le poursuivaient et de lui donner le pain et le sel qui lui étaient indispensables.

Arnaud continuait à fouiller frénétiquement tous les coins et recoins de votre demeure. Il était en concurrence avec d'autres personnes · les hommes du capitaine Ruffier qui soupçonnaient qu'il se cachait chez vous et la demoiselle Dragovitch que, de votre côté, vous hébergiez si généreusement. Elle-même avait été contrainte par les successeurs de Félix de retrouver Marchefeuil et les diamants. Elle était téléguidée et étroitement surveillée par la bande à Beaudoin qui avait succédé à Félix. Je croirais volontiers que ce sont ces malfrats qui, en désespoir de cause, ont mis le feu à votre demeure pour obliger Marchefeuil à en sortir comme un putois de son terrier enfumé, et l'ont abattu, convaincus peut-être qu'il avait les diamants sur lui, mais aussi parce qu'il n'y a pas de pardon dans le Milieu.

Je n'insiste pas. Cela évoquerait chez vous trop de souvenirs pénibles. Sachez seulement que votre fils, bien qu'il n'y fût pas tenu légalement, poussé par des considérations purement morales, racheta ces funestes pierres à ses créanciers et me les remit. A l'heure actuelle, elles remplacent dans l'actif de la Banque de France les valeurs dérobées. Je suppose qu'avec la loyauté, la franchise et devrais-je dire aussi la naïveté qui étaient siennes, il est allé demander des explications à Marchefeuil et que celui-ci, fou de rage, l'a assassiné.

Grâce au témoignage d'Alexandre, nous avons pu procéder à l'arrestation des gangsters dont l'un avait encore en sa possession deux billets de cinq cents francs volés à la Banque de France.

La perquisition que j'ai ordonnée immédiatement a permis de découvrir dans les caves du “ Bégonia ” le butin de plusieurs hold-up commis dans ma circonscription.

Actuellement, toute la bande est sous les verrous et les honnêtes gens respirent.

Je n'ai pas besoin de vous dire que j'ai signalé à Monsieur le procureur de la République cette conclusion heureuse d'une affaire difficile. J'ai proposé Alexandre, à titre posthume, pour le Mérite civique. Je pense que cette distinction paraîtra incessamment au “ Journal Officiel ”.

J'écoutais abasourdi les explications de monsieur Langelet. Mon cœur pleurait et se réjouissait en même temps :

Sophira m'avait trompé. Alexandre était bien un Trambolin. Alexandre était bien mon fils.

J'osai pourtant poser une question délicate à monsieur Langelet :

— Excusez-moi, Monsieur le Juge, de mon indiscrétion, mais je me demandais, par pure curiosité, ce qu'il était advenu de mademoiselle Dragovitch à qui je m'étais intéressé pendant un certain temps.

— Alexandre avait sollicité mon indulgence pour cette personne qui, finalement, ne pouvait être inculpée que de délits mineurs. Compte tenu de son intervention et aussi de la surpopulation de nos maisons d'arrêt, j'ai obtenu du préfet qu'elle soit simplement reconduite à la frontière de son choix. Elle a opté pour l'Italie où elle compte, m'a-t-elle assuré, des relations dans la haute société. Et il est de fait qu'une luxueuse limousine, immatriculée à Palerme, l'attendait au poste de garde, celle d'un passionné de golf d'un certain âge, suivant toute probabilité.

Le juge but une gorgée de vin rouge, fit la grimace et déposa son couteau et sa fourchette sur son assiette, car il avait réussi le tour de force de manger tout en discourant.

— Vous aviez raison, cher monsieur. Cette maison ne mérite pas sa réputation et je me demande ce qu'un fin gourmet qui, de plus, est l'un des hommes les plus fortunés de France, en tout cas de notre région, peut bien y trouver.

Je haussai les épaules.

Ignorait-il que j'avais été spolié du patrimoine Trambolin ?

Il me regarda avec des yeux ronds.

— J'ai l'impression que dans votre douleur vous avez été si bouleversé que plus rien ne compte pour vous et pourtant, votre notaire, à qui j'ai à plusieurs reprises demandé de vos nouvelles, m'a assuré qu'il a tenté de vous joindre par tous les moyens jusqu'à vous écrire en recommandé avec accusé de réception.

— Les papiers de toutes les couleurs, roses, verts, bleus ou blancs, accusés de réception ou commandements d'huissiers, j'en reçois tellement que je balance tout à la poubelle.

— Si vous me permettez un conseil, ne tardez pas à prendre contact avec lui. Sauf erreur, il tient à votre disposition de quoi mettre fin à cette valse des papiers de couleurs et à vous offrir un ordinaire de meilleure qualité que celui que vous subissez ici dans cette infâme gargote.

— Mon notaire est un con ! m'exclamai-je.

Je me levai pourtant d'un bond pour me rendre chez maître Ricoud, oubliant, dans ma hâte, de faire signe à la Louise d'ajouter mon déjeuner sur ma déjà longue ardoise.

En principe, Maître Ricoud ne reçoit que sur rendez-vous. On considère à Nautailles que c'est manquer aux convenances que de s'introduire chez un notaire sans s'être mis d'accord avec lui sur le jour et l'heure de l'entretien que l'on sollicite. Mais les convenances, je n'avais rien à en faire.

Je n'eus pas besoin de sonner deux fois à la grille qui défendait, contre d'éventuels cambrioleurs, l'accès de la cour de la Maison Ricoud — à moins que cette grille ne préserve ses clients contre les agissements d'un notaire qui les ruinait plus souvent qu'il ne les enrichissait.

A peine eus-je tiré la sonnette que la grille s'ouvrit toute grande. Giroux, le premier clerc qui devait me guetter jour et nuit se précipita à ma rencontre suivi de près par Ricoud soi-même qui lui fit un geste pour lui enjoindre de rester en arrière de manière à être le premier à m'ouvrir ses bras.

— Mon cher Gilbert ! Quelle joie de te voir ! Mais quelle tristesse que ce soit dans des circonstances aussi pénibles, aussi douloureuses pour toi et pour tous ceux qui t'aiment et te considèrent, et pour moi le premier de tous, ton ami le meilleur. Je t'attendais depuis longtemps, en fait, depuis le décès de notre pauvre petit Alexandre, pour te faire part de l'entretien confidentiel que j'avais eu avec lui peu de temps avant le drame. Si je ne me suis pas manifesté, c'est parce que j'avais bien senti que tu ne pouvais supporter personne à tes côtés, pas même moi qui aurais tout donné pour te soutenir de mon affection dans cette terrible épreuve… Mais entre vite dans mon bureau... Nous allons enfin pouvoir nous entretenir de...

— Nous nous demandions même, intervint très judicieusement, monsieur Giroux, si vous n'aviez pas pris contact avec un autre notaire, ce qui nous aurait fort désobligés.

— Allez dire à madame Laclos de Fondchaude, qui est dans mon bureau, ainsi qu'aux autres personnes à qui j'avais donné rendez-vous et qui sont dans la salle d'attente que je ne pourrai pas les recevoir aujourd'hui pour la raison que vous voudrez.

— Je pourrais peut-être m'occuper d'elles ? susurra Giroux.

— Il n'en est pas question. Vous restez à notre disposition pour le cas où j'aurais besoin de vous. Et pour commencer, courez me chercher le dossier de Monsieur Trambolin.

Nous attendîmes quand même un bon quart d'heure avant que Giroux l'ait retrouvé : un quart d'heure pendant lequel j'eus le temps d'apprécier le fameux cognac Napoléon, souvenir de maître Raimbaud, vraiment élaboré au temps de l'Empereur — du Grand Empereur. Je n'avais jamais eu l'occasion d'y goûter et c'est madame Ricoud elle-même, l'insipide Agathe, qui nous servit, en grande cérémonie, l'inappréciable liqueur que l'âge avait changée en pipi de chat.

— Ne crois surtout pas, mon cher Gilbert, qu'en attendant ta visite j'ai perdu mon temps. Je te résume en deux mots les dispositions prises par notre merveilleux enfant. Evidemment, tu hérites de tout et les quelques exceptions qu'il souhaite te voir apporter à cette clause principale, se présentent sous forme de simples suggestions et pas du tout de conditions. Il s'agit de tes quatre belles-sœurs qui, comme tu le sais, sont dans un besoin extrême et aussi de monsieur Reinbach, père de Rebecca qui aurait été ta belle-fille si elle n'avait pas été fauchée à la fleur de l'âge.

Il ne s'est pas désintéressé non plus, connaissant ta méfiance envers le fisc, de prendre des mesures pour réduire les droits de succession, encore qu'en ta qualité d'héritier direct tu bénéficies déjà des barèmes les moins élevés. Tu verras que, profitant de certaines délégations de pouvoirs que tu lui avais signées, il avait mis trente-neuf parts de son affaire à ton nom en contrepartie d'une somme de cent mille francs que tu lui avais versée... Les droits de succession ne porteront donc que sur les cinquante et un pour cent qu'il ne pouvait pas ne pas conserver sous peine de perdre le contrôle de son affaire... A combien puis-je estimer la valeur de ces parts ? Tu avais, paraît-il exigé six millions de francs suisses, en contrepartie de l'option sollicitée par l'American Edison Company. Cette société ayant accepté tes conditions m'a fait savoir qu'elle était prête à la lever. J'évaluerais la valeur de tes parts à huit cents millions environ auxquels il faut ajouter la valeur de celles d'Alexandre, c'est-à-dire à peu près le double. Tu disposeras donc d'un capital de deux milliards environ.

— Avant paiement de tes honoraires, à moins que... je ne te retire ma clientèle.

— Je vois que tu n'as pas perdu ton merveilleux sens de l'humour, Gilbert. Et je te le dis tout net, cette plaisanterie me comble de joie, car je constate que tu commences à retrouver ta manière si personnelle de taquiner ceux qui te témoignent leur plus sincère dévouement... de la façon la plus désintéressée.

Apprends aussi que, bien que cela fût contraire aux intérêts de l'étude, je me suis déjà mis en relations avec la municipalité pour lui demander, comme l'a suggéré Alexandre, d'accepter la donation de votre propriété familiale pour en faire un parc réclamé depuis longtemps par tous nos concitoyens et plus particulièrement par nos jeunes, enfants et adolescents, qui y trouveront des terrains de football, de rugby et autres sports ainsi que des jeux correspondant à leurs goûts. Un parc qui complétera la base sports-loisirs actuelle, mais qui, contrairement à elle, sera ouvert gratuitement à tous, grâce à une fondation que toi, moi et quelques autres auront constituée. Tu n'ignores rien de l'influence occulte que j'exerce sur mes collègues du conseil municipal, aussi ai-je exigé d'eux qu'ils estiment à une très forte somme, nettement supérieure à la réalité, la valeur de la donation que tu feras.

« Parc Gilbert Trambolin, bienfaiteur de Nautailles », ça sonne pas mal, pensai-je à haute voix.

— Je l'avais proposé, dit Ricoud, mais certains conseillers municipaux, la préfecture et le ministère de la Culture penchaient plutôt pour “ Parc du connétable de Nautailles ”.

— Et puis quoi encore ! Ils ne veulent pas mon cul en plus ?

— Tu as raison. Leur proposition était tout simplement grossière et je ne me suis pas gêné pour le leur dire. Finalement, après des heures de discussion, nous nous sommes mis d'accord, et je suis sûr que tu ratifieras ce choix, sur “ Parc Alexandre Trambolin, enfin génial et bienfaiteur de Nautailles ”.

— Je comprends mal comment tu as pu te substituer à moi et envisager des décisions que je considère comme insultantes.

— Attends, Gilbert, je n'ai pas terminé. Il est question aussi de construire sur les ruines de ta maison un musée de l'ancien Nautailles qui, lui, s'appellera “ Musée Gilbert Trambolin ”. Tout le monde, ici, pense que tu te feras un devoir et une joie d'y installer les trésors de ton grenier qu'Alexandre a su sauvegarder avec la complicité de ton cousin, le capitaine Ruffier et celle de Salomon, le brocanteur. Celui-ci a pris sur lui de faire restaurer les plus belles pièces. Tout est maintenant à l'abri dans un garde-meuble qui, confidentiellement, pratique des tarifs tout à fait incongrus. Mais cela ne représente quand même qu'un pourcentage insignifiant de ta fortune. Nous savons tous que tu n'as jamais voulu les vendre et tu pourras ainsi t'enorgueillir d'avoir préservé définitivement ces souvenirs de famille tout en économisant les frais de garde. Là aussi, la déduction dont tu bénéficieras sera au moins égale à la valeur de tes donations à l'Etat.

— Cela demande réflexion, mais vu sous cet angle-là, cela paraît présenter davantage de plus que de contre.

— Merci, Gilbert, je savais que tu me comprendrais. Ah ! autre chose dont je me suis occupé très activement : outre le capital qui te sera versé en contrepartie des parts d'Alexandre et des tiennes, il te reviendra — oui, en plus ! — des royalties sur l'exploitation des brevets d'Alexandre. Je tiens à te prévenir tout de suite que ce sera peu de chose. D'après ce que j'ai entendu dire, l'American Edison Company a passé un accord avec ses concurrents pour mettre ces brevets au réfrigérateur pendant quelque temps afin d'éviter la dévalorisation de leurs fabrications actuelles et celle des investissements qu'ils viennent de faire pour la modernisation de leurs moyens de production. Heureusement, l'agent d'Alexandre aux Etats-Unis a eu la bonne idée de fixer un minimum à ces royalties. L'American Edison Company s'est donc engagée à te payer un minimum de un million de dollars par an en attendant que ces brevets soient mis en exploitation. De cette somme, il faudra, bien sûr, déduire la commission de l'agent qui est de quarante pour cent. Cela te laisse tout de même un revenu de trois cent mille francs, nouveaux bien sûr — oui, par mois. Cette petite rente te permettra de subsister, sans même toucher aux revenus de ton capital. Enfin, il n'est pas besoin de te dire que je mets à ta disposition toutes les sommes dont tu pourrais avoir besoin dans l'immédiat.

— Puisque tu insistes, j'accepterai volontiers un mois d'avance sur mes royalties… Mais attention, sans intérêt.

— Cela va de soi, Gilbert. J'ai déjà pris la liberté de te faire ouvrir un compte à ma banque puisque ces minus du Crédit Régional avaient fermé les tiens. D'autre part, j'ai fait le nécessaire pour tous les découverts et toutes les hypothèques qui pesaient sur tes épaules. Inutile de verser des amendes faramineuses au fisc ni de payer des intérêts exorbitants à des individus sans cœur.

Selon ton désir, je te libelle immédiatement un chèque

représentant un mois de royalties. J'ai aussi pensé qu'il te serait peut-être agréable d'avoir un peu d'argent de poche : voici donc cinquante mille francs en espèces pour tes menues dépenses. Pour le reste, tu peux dormir sur tes deux oreilles, je m'occupe de tout. Avant que tu ne partes, il faut pourtant que je te confesse quelque chose pour soulager ma conscience. En te quittant, Alexandre est passé me voir avec Becky. Je n'ai pas tout de suite compris pourquoi. Nous avons eu une brève conversation. Il m'a fait part de sa déception de n'avoir pas réussi à s'entendre avec l'American Edison Company. Il était au désespoir de ne pouvoir assurer ton avenir. Les sommes dont il me parlait me parurent tellement démentielles que, franchement, j'ai cru qu'il était devenu fou et je l'ai renvoyé au bout de quelques minutes. Avant de le faire reconduire, j'eus pourtant le réflexe de lui proposer quelques billets pour le dépanner éventuellement. Il refusa gentiment, mais fermement, m'assurant que, comme d'habitude, tu lui avais déjà donné largement tout ce dont il pouvait avoir besoin.

J'ai appris seulement par la suite qu'ils n'avaient Becky et lui pas un sou vaillant, qu'ils s'étaient épuisés à marcher à pied jusqu'à la ville — couchant dans les granges quand ils en trouvaient — que tous les organismes de bienfaisance auxquels ils s'étaient adressés avaient refusé de les héberger quand Alexandre, avec son honnêteté et ce sens de l'honneur Trambolin, leur déclarait qu'ils étaient tous les deux séropositifs, que même l'hôpital, auquel ils s'étaient adressés, les avait repoussés et que, finalement, Becky était morte de faim et d'épuisement à l'infirmerie spéciale du dépôt où ils avaient été conduits comme vagabonds.

Je me reproche de ne pas avoir insisté, mais j'étais sûr, te connaissant comme je te connais, qu'Alexandre ne m'avait pas menti et que tu leur avais donné tout ce dont ils pouvaient avoir besoin et au-delà. J'ai appris depuis, et cela me console un peu, que la mort de Becky n'était pas due à la misère, mais à l'anorexie qui caractérise la dernière phase de la terrible maladie dont elle souffrait. J'espère que tu me pardonneras.

— Merci, mon vieux. Tu ne peux savoir comme c'est réconfortant de se retrouver entier après s'être senti en mille morceaux.

Je me levais pour partir quand Giroux intervint.

— Maître, nous avons aussi une enveloppe pour monsieur Trambolin.

— Mais oui, bien sûr ! s'exclama l'ami Ricoud. Où avais-je donc la tête ? Pardonne-moi. Je te demande une seconde. Elle est dans le coffre.

Sur le verso de l'enveloppe, scellée de cinq cires marquées du monogramme A. T., je reconnus l'empreinte d'un vieux cachet en ivoire qui avait appartenu à un Armand Trambolin. Etait-ce un ascendant ou un collatéral ? Vivait-il en 1850 ou plus tard ? Je ne m'en souviens plus. J'avais retrouvé son cachet dans un tiroir à bricoles ne pouvant servir à rien et je l'avais donné à Alexandre qui avait alors huit ou neuf ans et qui était ravi de couler sur toutes ses lettres et jusqu'à ses cahiers quantité de cire fondue portant l'empreinte de ses initiales. Comment, lui, si prodigue des cadeaux que je lui faisais, avait-il réussi à conserver ce souvenir de quelqu'un qui n'en avait laissé aucun à personne ? Encore un mystère !

Je retournai le pli. Sur le recto, Alexandre avait tracé de son écriture inimitablement calligraphiée « A ne remettre à personne d'autre qu'à mon père après ma mort, qu'elle soit naturelle ou accidentelle. A détruire, sans ouvrir, au cas où je lui survivrais ».

C'est avec une grande émotion et même quelques larmes que je pris connaissance de son contenu :

« Papa, m'écrivait mon pauvre fils, il m'est impossible de survivre à ma femme. J'ai trop souffert de l'impossibilité où je me trouvais de lui éviter cette abominable agonie dans cette sordide salle des incurables, l'unique lieu d'où nous n'avions pas été rejetés. Je pardonne à sa famille comme Becky vous a pardonné.

Je t'aime. Je t'admire.

Je t'admire pour ton courage, ta générosité et aussi ton insouciance de l'opinion des sots.

Je t'aime pour tes vertus et aussi pour tes faiblesses.

C'est contre la méchanceté, la jalousie, la mesquinerie des médiocres que moi, que tu as accepté pour égal, devais agir.

Après le passage de Becky dans l'Intemporel — Réalité Suprême — où le temps, cette illusion de nos sens limités, n'existe pas, où il n'y a ni passé, ni présent, ni futur — où ceux qui sont, sont sans qu'il soit concevable qu'ils puissent ne plus être — la pensée de Becky, et peut-être son intervention, m'ont aidé à assurer en quelques jours ta vie matérielle.

Le lendemain de son décès, alors qu'il fallait payer les frais d'hôpital et les obsèques, et que depuis trois jours j'étais à la rue sans un franc, j'ai été abordé par une sorte d'ange aux yeux bridés. En fait, c'était un détective privé japonais que la multinationale d'électronique Kasachimuschi avait envoyé à ma recherche, s'inquiétant de ce que ses lettres et télégrammes adressés à la Maison Trambolin lui soient revenus avec la mention : “ Parti sans laisser d'adresse. ”

Kasachimuschi acceptait toutes mes conditions ainsi que celles que tu avais posées. J'ai signé.

J'ai su, par la suite, qu'elle avait traité avec l'American Edison Company qui, elle aussi, m'avait recherché en vain.

Tu ne m'en voudras pas, j'espère, d'avoir institué un trust pour gérer le capital que je t'ai ainsi constitué. Il me fallait bien te prémunir contre les élans de ton cœur et ton mépris des biens de ce monde.

Tu disposeras, à ton gré, des revenus de ce capital, de mes royalties et du produit de la vente dont tu es propriétaire. J'espère qu'ainsi tu ne manqueras jamais de rien.

Papa, excuse-moi de te quitter. Je sais que c'est mal. J'ai supporté de survivre ces quelques jours à Becky seulement parce que je t'aime.

J'espère que tu m'aimes assez pour exaucer ce vœu, le dernier de ma raison et de mon cœur : remarie-toi.

Remarie-toi. L'avenir t'appartient. Tu es si jeune ! Tu

auras trois fils, Antoine, André et Jacques qui auront le génie d'Antoine, André et Jacques, nos oncles prématurément disparus, avec la chance en plus.

Il n'y a pas de femme au monde qui ne serait heureuse de devenir la mère de tes enfants — mais je ne sais pourquoi, je pense à ta Marie-Ange : elle est capable de tout te donner et de tout te pardonner.

Quand j'avais huit ans et sa fille, Valérie, dix, nous nous étions secrètement fiancés et je puis t'assurer qu'elle aussi t'aime et t'admire. En elle, tes Antoine, André et Jacques auront une grande sœur qui saura se vouer entièrement à eux. »

Il y avait encore quelques paragraphes où il parlait d'un futur présent, de l'amour triomphant de la mort et d'autres abstractions... Mais je pensais à son dernier vœu qui, à tout prendre, n'était peut-être pas aussi extravagant qu'il pouvait paraître.

Je me voyais déjà acheter une île — non, plutôt un archipel désert — dans le Pacifique. Je me voyais déjà le modelant à ma guise pour en faire un paradis. J'y installerais une population, en majorité féminine, triée sur le volet, mais pas à l'abri des microbes et des virus. J'investirais un maximum dans une pharmacie et un laboratoire d'analyses et de recherches où, à l'abri des tracasseries et des contrôles officiels, exonéré de toutes taxes et impôts, je créerais de nouveaux remèdes à tous les maux d'une humanité qui me reconnaîtrait pour son bienfaiteur.

J'épouserais Marie-Ange et je ferais d'autres enfants géniaux comme le souhaitait le pauvre Alexandre.

Et pourquoi pas, ce serait même assez joyeux, et finalement peu commun, de coucher avec cette chère Marie-Ange et la ravissante Valérie qui, je suis bien obligé de le reconnaître, me manifeste, depuis quelques années déjà, un amour qui n'a rien de filial

FIN

Cet ouvrage
a été composé
par l'Imprimerie BUSSIÈRE
et imprimé
sur presse CAMERON
dans les ateliers de la S.E.P.C.
à Saint-Amand-Montrond (Cher)
en mars 1988

N° d'édition : 1180. N° d'impression : 3696-322.
Dépôt légal : 1er trimestre 1988.

Imprimé en France

ISBN : 2-85018-576-0